여행이란 열차에 탄 것처럼 풍경이 빠르게 지나가는 것도 즐거운 요소다.
다만 숲속 가도만 자꾸 이동하기만 하면 질리기 마련이다.
계속해서 이동하는 마차 안에서는 풍경을 보는 것 말고는 할 일이 없으니까
록시느가 그림책을 챙기기는 했지만, 멀미할 가능성도 있었다.
그림책을 읽어 주는 건 야영할 때 자기 전에만 할 수 있다.
처음에는 루카와 리트가 번갈아 퀴즈를 내는 식으로 놀았지만, 마을에 산 지
얼마 안 되는 루카가 대답할 수 없는 것이 많아서 금방 끝나고 말았다.
그런고로 케나가 꺼낸 것이 트럼프다.
과거에 있었던 플레이어가 퍼뜨렸는지,
아니면 그 양자가 보급한 건지는
모르겠지만, 이런 종류의
보드 게임은 이 대륙에도
이것저것 있는 듯하다.

케나

록시느

리트

루카

【수상보행】을 쓴 케나는 수면에 뛰어내려 걷기 시작했다.
뒤에서 술렁대는 사람들을 돌아보지도 않고 반대편 강가로 간다.
중간섬에 상륙해서 가로지를 때 교회 관계자나 낯익은 왕족과
스쳐 지나친 것 같지만, 부르지 않아서 그대로 뛰어갔다.
그리고 다시 수면을 밟았더니
이번에는 주택가 쪽에서 술렁거리는 소리가 들려온다.
"아, 진짜! 일일이 웅성거리지 마!"
『구경거리가 될 건 잘 아셨을 텐데요.』
"알아도 불평하고 싶어지는 거야!"
키에게 주절주절 불평불만을 늘어놓으며 뛴다.

리아데일의 대지에서

WORLD OF LEADALE

[글] Ceez

[일러스트] 텐마소

WORLD OF LEADALE   CONTENTS

ILLUST. 텐마소

지금까지의 줄거리

대형 사고를 당해 입원한 소녀, 카가미 케이나는 VRMMO 게임 〈리아데일〉을 플레이하던 중 발생한 정전으로 생명 유지 장치가 망가져 목숨을 잃고 말았다.

그러나 본인은 그것도 모른 채 낯선 여관의 방에서 눈을 뜨고, 자기 모습이 게임 아바타가 된 것을 확인했다.

그리고 여관의 주인 말레르에게 현재의 리아데일에는 3국밖에 없고, 7국이었던 시절은 200년 전이라는 말을 듣고 경악한다.

그 이야기를 통해서 현재가 게임보다 더 시간이 지난 시대라는 사실과 플레이어들이 이 세계에 있을지도 모른다는 사실을 알 수 있었다.

그래서 카가미 케이나는 게임 속 아바타인 '케나'로서 살아가기로 결심했다.

이어서 스킬 마스터로서 자신이 보유한 수호자의 탑으로 간 케나는 탑을 지키는 벽화에게 다른 탑이 기능을 멈춘 상태라는 정보를 입수한다. 수호자의 탑을 찾아가면 다른 플레이어의 정보를 알아낼 수 있지 않을까. 케나는 그런 마음으로 대륙 여기저기를 도는 여행에 나서기로 했다.

그 이후로 케나는 신세를 진 변경 마을에 은혜를 갚고자 우물에 양수기와 온천 시설을 제공하고, 상단을 이끄는 코볼트 상인 에리네와 용병단 단장 아비타를 만난다.

그리고 그들과 동행해 먼저 '펠스케이로' 라고 하는, 대륙 중앙을 통치하는 나라로 가게 되었다.

그곳에서 케나는 모험가 길드에 등록할 때 재상 아가이드와 그 손녀 론디를 만난다. 두 사람에게 성에서 탈주한 왕자를 수색하는 의뢰를 받은 케나는 주위를 깜짝 놀라게 하면서 의뢰를 달성한다.

나아가 게임 시절에 양자로 보냈던 아이들, 장남 스카르고와 장녀 마이마이, 막내 카타츠와 재회하고, 자신이 어머니로서 존경받는 사실을 알게 된다.

그리고 우연히 모험가 길드의 의뢰로 찾아간 투기장이 스킬 마스터 No.9의 탑이라는 사실이 판명되고, 깨우는 데 성공했다.

우여곡절 끝에 케나는 수호자에게 게임 서비스가 끝났다는 정보를 입수하고 한때는 자포자기 상태에 빠진다. 하지만 아이들과의 인연을 확인하고, 우울해질 때가 아님을 깨달았다.

이윽고 에리네에게 북쪽 나라 헬슈펠로 떠나는 상단의 호위 의뢰를 받은 케나는 가는 길에 들른 변경 마을에서 지하 수맥에 조난한 인어 미미리를 구한다.

다음으로는 헬슈펠 국경에서 서쪽 통상로를 막은 도적단의 일부와 싸우고, 이를 물리친다.

헬슈펠 왕도에 도착한 직후, 케나가 딸 마이마이에게 받은 편지를 전한 곳은 대륙에서 손꼽히는 상회 '사카이'였다. 그 창립자인 케이릭과의 만남으로, 그가 마이마이의 아들이자 케나의 손자라는 충격적인 사실을 아는 바람에 천하의 케나도 하마터면 졸도할 뻔했다.

그리고 그 자리에서 사소한 갈등이 발생해 손자 케이릭과의 사이가 틀어진다. 그 뒤로 케나는 기사단 소속인 케이릭의 쌍둥이 누나 케이리나와 만나면서 혼란이 더욱 심해진다.

하지만 헬슈펠 국내에 있는 수호자의 탑에 가려면 대륙 서반부를 장악한 도적단의 세력권을 통과할 필요가 있음을 알고, 케나는 케이릭의 힘을 빌려 싸울 준비를 시작하게 된다.

그리하여 마침내 저택처럼 꾸민 수호자의 탑 앞에서 도적단의 두목과 대치하는 케나.

그 두목이 플레이어임을 안 케나는 아직 이 세계를 게임으로 아는 상대의 인식을 고쳐주고자 무자비하게 때려눕힌다. 그리고 숨통을 끊으려는 찰나, 케이리나가 이끄는 기사단이 개입하면서 케나는 순순히 범죄자인 두목의 신병을 넘겨줬다.

13번 수호자의 탑을 깨운 케나는 그곳이 옛 악우이자 길드원인 오푸스의 탑임을 알고 놀란다. 그곳의 수호자가 케나에게 준 것은 요정이 있는 책이었다.

그것이 오푸스의 존재를 암시한다고 확신한 케나는 요정을 보호하며 오푸스의 발자취를 찾아보기로 했다.

다음으로 에리네의 상단과 함께 펠스케이로로 돌아가던 케나는 도중에 동쪽 통상로를 복구하고자 다리를 놓으려고 하는 카타츠와 마주친다. 케나는 카타츠와 협력해 무사히 다리를 놓는 데 성공한다.

펠스케이로로 돌아간 케나는 모험가 길드의 의뢰로 혼 베어를 사냥하러 가기로 했다. 그런데 어쩌다 보니 론티와 그 친구 마이가 동행하게 되었다.

마이의 정체는 펠스케이로의 첫째 왕녀, 마이리네였다.

마이리네는 스카르고에게 홀딱 반한 것을 실토하고, 잠정적이나마 케나에게 교제 허가를 받게 되었다.

그 무렵, 왕도에 있는 마법 학원에서는 마이마이의 남편인 연금술사 교수 로프스가 케나의 【고대의 기술(스킬)】에 매료되어 시행착오를 거듭하고 있었다.

로프스는 독자적으로 구한 재료로 포션을 제작하려다가 실패하고, 그 폐기물을 학원 쓰레기장에 버렸다. 문제는 그 쓰레기장이 게임 시절의 영지 쟁탈전 포인트였다는 것이다.

무슨 인과인지, 폐기물이 이벤트 지정 재료의 조건을 충족하는 바람에 키메라가 출현했다.

무작위로 생성된 펭귄 괴물은 펠스케이로 주민들을 공포에 빠뜨렸다.

같은 시각, 왕녀 수색에 나선 기사단장 샤이닝세이버는 모험가 길드에서 마주친 모험가 코랄이 게임 시절의 같은 길드원임을 알았다.

옛날처럼 연계해서 괴물에 맞서는 두 플레이어. 이를 지원하는 대사제와 마법사단이 힘을 합쳐도 발목을 잡는 게 한계였다.

수수께끼의 메시지를 받은 카타츠는 어머니(케나)를 부르러 가고, 펠스케이로의 위기를 전한다. 엑스트라 장비도 쓴 케나의 최대 화력 앞에서, 불쌍한 펭귄 괴물은 티끌이 되어 사라졌다.

그리고 예상하지 못한 플레이어들과의 만남과 새로운 탑의 소재지 정보를 입수해서 기뻐하는 케나.

일단 변경 마을에 이주할 것을 타진하러 돌아온 케나의 앞에, 남쪽 나라 오우타로퀘스에서 조사단이 찾아왔다. 그 멤버인 클로피아라는 여성은 케나에게 심한 적개심을 드러내고, 급기야 결투로 발전하고 만다.

손쉽게 클로피아를 격파하자, 그 오빠인 클로프가 그들이 나라의 밀정임을 고백했다. 듣기로 오우타로퀘스를 건국 당시부터 통치하는 여왕이 케나의 조카라고 했다.

사하라셰드라고 하는 그 여왕은 게임 시절 케나를 언니처럼 따른 플레이어의 양자라고 한다. 만나는 관계자가 전부 나라의 높으신 분밖에 없어서, 케나의 식은땀은 멎을 기미가 없다.

정신을 차리고, 케나는 용궁성 탐색에 나선다.

기사단의 원정에 중간까지 따라간 케나는 기사단장(샤이닝세이버)과의 친한 분위기 때문에 샤이닝세이버의 약혼자로 오해 받는다.

용궁성의 목격 증언이 있었던 어촌은 수상한 안개에 휩싸여 있다.

거기서 케나는 유통 문제를 조사하러 온 인간 여성 쿠올케와 드래고이드 남성 엑시즈와 마주친다. 두 사람은 플레이로, 그중에서도 엑시즈는 케나와 같은 길드였던 플레이어, 타르타로스 이기도 했다.

어촌에서 생존한 소녀를 케나가 소환한 집사 록시리우스에게 맡기고, 이변을 해결하고자 분주히 뛰어다니는 세 사람. 그리하여 싸우게 된 게임 시절의 이벤트 보스, 해적 선장과 유령선은 엑시즈의 검에 타도되어 사라졌다.

그 뒤로 6번 수호자의 탑인 용궁성을 깨운 케나는 어촌에서 살아남은 소녀 루카를 거두어들이고 이주 예정인 변경 마을에서 키우기로 결심한다.

길을 가던 도중에 일손이 부족하다고 록시리우스가 지적해서, 소환 메이드 록시느가 합류했다. 사이가 나빠 앞날이 깜깜한 집사와 메이드를 데리고, 케나는 변경 마을에 집을 지어 살기 시작한다.

마을에 정착한 케나는 과거에 한 약속을 지켜, 여관집 딸 리트를 공중 유람 비행에 부른다.

여기에는 루카와 마을 공무점의 아들 라템이 동행했다.

기분 좋게 하늘에서 경치를 즐기고 있을 때, 마물 무리에 습격받은 에리네의 상단과 마주친다. 케나는 마물 무리를 격파하고, 아비타와 상단을 구출해 마을로 돌아갔다.

그리고 마을 주변에 퀘스트 적이 잠복한 사실이 판명되고, 케나는 아비타 일행과 함께 이를 퇴치하러 나간다.

같은 시각, 꽃 왕관을 만들고자 리트, 루카, 라템이 아이들끼리만 마을을 빠져나간다. 그리고 마을 밖에서 마물에게 습격당해 위기에 처한다.

그러나 케나가 루카에게 준 부적에서 나타난 화이트 드래곤이 아이들을 지키고, 숲에 깊은 상처 자국을 남긴다. 굉음을 듣고 서둘러 마을로 돌아온 케나는 루카가 무사한 것을 알고 엉엉 울었다.

염소와 닭을 사려고 방문한 헬슈펠에서는 모험가 길드에서 사카이 상회의 의뢰를 받은 코랄의 파티가 헤매고 있어서 증손자인 이즈쿠를 소개했다.

거기서 국경에서 회담이 있다는 정보를 케이릭에게 듣고 변경 마을로 돌아온 케나 앞에, 아들인 대사제 스카르고가 나타났다.

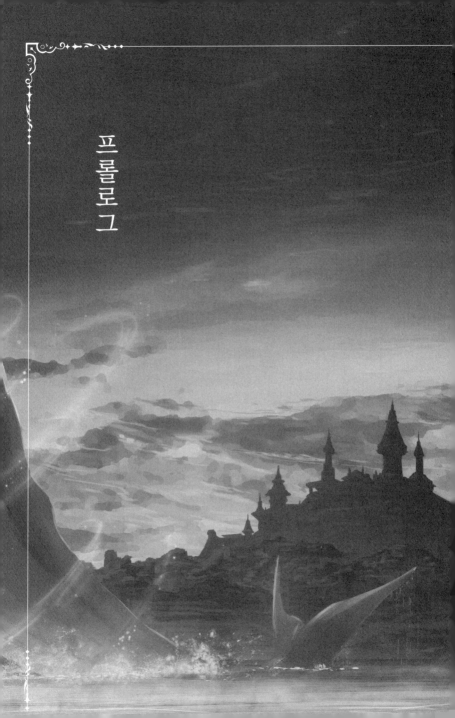

프롤로그

손을 멈추고, 지금껏 연마하던 물건을 요리조리 살펴본다.

여태까지 몇 번이고 반복한 일과이지만, 구석구석 잘 연마했는지 꼼꼼하게 확인한다.

갈색, 주황, 검정의 마블 무늬가 아름답게 대비를 이루고, 어느 면을 봐도 그 광채가 질리지 않는다.

거친 곳이 없는 매끄러운 촉감이 오랫동안 연마한 고생의 산물이라고 생각하면 팔이 저려도 만족스러운 법이다.

전용으로 설치한 단에 올리고, 자기 방의 탁자로 옮기면 존재감이 달라 보인다.

길이가 1미터쯤 되는 이상한 세 손가락. 그렇게 보이는 그것은 어릴 적 정원사가 자른 나뭇가지였다. 어린 마음에 그 형상은 그가 아는 모든 세계와 동떨어진 물건처럼 보였다.

적은 지식 속에서 두려움과 선망이라는 두 감정에 지배당한 그는 늙은 정원사를 곤란하게 하면서 그 가지를 달라고 조르고, 자기 것으로 삼았다.

그때부터 책을 봐서 지식을 얻고, 나뭇가지에서 불필요한 부분을 신중히 제거하며, 줄로 연마하는 것을 거듭해 지금의 형태로 만드는 데 5년 정도의 시간을 들였다.

하루에 한 번 연마하는 데 전념하면 나뭇결이 눈에 띌 정도였던 표면도 상아처럼 광택을 낸다.

특수한 향을 내는 액체로 다시 연마하면 조금씩 색이 변해서 마블 무늬를 띠게 된다.

원래는 나뭇가지였지만, 그에게 있어선 오랜 세월에 걸쳐 고생해서 손에 넣은 명품.

입장상 원본이 뭔지를 밝힐 수 없지만, 가끔 찾아오는 손님에게 진귀한 물건으로서 선보이게 되었다.

하지만 그 희소성은 제삼자의 눈에 들기에 성립하는 것이다.

원본이 뭔지를 아는 본인의 마음 한구석에선 그것이 단순한 나뭇가지라는 응어리가 남는다.

그것을 얼버무리듯, 그는 오늘까지 희귀한 것들을 수집했다.

귀족들이 애용하는 골동품점을 연줄로 둘러보고, 상업 길드에 유적에서 발굴되었다는 유물이 있다는 소식을 접하면 자기 발로 찾아갔으며, 평민이 유품으로 소중히 간직하는 유물이 있다는 소문을 들으면 더러운 수를 써서라도 손에 넣었다.

그것에 한해서는 양심을 팔아먹은 것처럼 집착했다.

그 덕분에 사교계에서는 그를 유물에 집착하는 원념이라며 숙덕거리는 지경.

그 수집품은 책, 무구, 잡화 등 다방면에 걸쳤다.

왕도의 토지에 별장을 짓고, 그쪽에 모은 물건을 진열해 미술관처럼 개방하고 있다.

그는 그것을 노리는 도적을 특별히 경계하여 마법과 사병을 구사해 지키게 했다.

【고대 마법사가 수많은 사람을 거쳐 만든 마도서】.

표지에서 페이지 하나하나에 이르기까지, 사람의 가죽으로 만들었다는 책이다.

축복받은 가죽끈으로 엄중히 묶고, 성수를 가득 채운 케이스에 보관하고 있다.

표면에는 종종 눈알이 나타나 눈이 마주친 자를 저주해 죽인다고 하지만, 진위는 분명하지 않다.

그가 자랑하는 수집품은 많지만, 서적이라고 하면 이것이리라.

진품인지 아닌지는 판별할 수 없어도, '내용을 보고 싶다'고 말하면 온갖 욕설이 다 날아올 게 확실하다.

【멸망한 나라의 기사단장이 쓰던 투구】.

섣불리 손에 들면 원념에 지배당하고, 승전국의 혈통을 찾아 몰살할 때까지 멈추지 않는다고 한다.

그러나 과거의 일곱 나라는 명확한 왕정 국가였는지 불분명하므로, 패전국 운운은 헛소리다.

실내에 장식한 기사 갑주가 그것을 쓰고 있다.

손에 닿는 곳에 그런 물건을 두지 말라며, 구경하는 사람에게 들은 적이 있다.

【검붉은 피가 눈물 자국처럼 눌어붙은 드래곤의 두개골】.

지금 세상에서는 존재조차 의심하는 드래곤이지만, 옛 일곱 나라에서는 그 모습을 확인할 수 있었다고 한다.

현재는 그것과 관련된 기록이 하나도 남지 않은 것도 존재가 의심받는 원인이다.

실내의 일각, 바닥에 놓인 것이 이 두개골이다.

아이라면 통째로 삼킬 듯한 아가리가 있지만, 골격 전문가는 새끼 드래곤일 같다는 견해를 보였다.

말은 많지만, 위와 같은 것들을 다수 보관한 것을 알면 그자가 그런 물건에 유달리 집착함은 이해할 수 있으리라.

그런 그가 다음 표적으로 삼은 것이 낡은 포장마차다.

그 물건 자체는 유물도 뭐도 아니다. 그가 관심을 보일 기괴한 유래는 하나도 없다.

그러나 그가 보유한 기록 중에 관련된 문장 하나가 있어서 눈에 든 것이다.

그 문장의 내용은 '바퀴가 달린 저택 또는 성이 말도 없이 나라를 이동한다' 였다.

그 기록을 기억하고 있어서, 애용하는 상인에게 들은 소문을 무시할 수 없었다.

'평민 모녀로 보이는 인물이 말 없는 마차에 타고 있었다.'

그 소문을 들은 그의 반응은 빨랐다.

마차가 이동한 곳을 조사하고, 구매한 상회를 알아보고, 손에 넣을 방도를 궁리했다.

그에게 불행인 것은, 소문의 원천에는 눈길도 주지 않았다는 점이다.

잘 조사해 보면 '평민 모친'이라는 인물이 모험가라든지, 그 인물이 대사제의 관계자라든지, 사카이 상회의 창시자가 공경하는 인물임을 알았을 텐데.

희소성에 집착하는 그는 드래곤의 보물에 손대는 바보처럼.

그것에 손대면 최악의 결과가 기다린다는 사실을, 끝까지 몰랐다.

제1장

마을의 일상과 보급과 여로와 불길한 그림자

"휴. 조마조마했군요."

"의심이 너무 많아. 잠깐 모습을 바꾸는 마법이라고 했잖아."

하룻밤이 지나 추악한 저팔계에서 원래의 미남으로 돌아온 스카르고는 케나의 집에 호출받아 아침을 먹고 있었다.

물론 그 모친이 강제로 부른 것이다.

그녀는 불쑥 '말레르 아줌마의 여관밥 맛에 스카르고가 사로잡히면 안 된다.' 라고 생각해서 급히 아침 식사 자리로 부르고자 여관을 찾아갔다.

그저 식사의 호불호로 교회와 스카르고가 한꺼번에 이사할 가능성의 싹을 뽑았을 뿐이다.

왠지 모르게 샘솟는 불안은 그녀가 이 마을에 있는 한 사라지지 않겠지. 케나라는 빛에 스카르고가 끌리지 않는 일은 있을 수 없으니까.

이 자리에서 같이 식사하는 사람은 케나를 빼면 루카밖에 없다.

평소라면 '식사는 다 함께 하는 것' 이라는 가장의 말에 따라 록시느와 록시리우스도 동석하지만. 손님이 왔다는 이유로 마침 잘됐다는 것처럼 급사 일에 전념하고 있다.

평소의 메뉴(빵과 샐러드와 수프와 과일)에 식사 시중이 필요

할지는 고개를 갸우뚱할 상황이다.

대놓고 스카르고에게 시비를 걸 법한 록시느가 부엌에 틀어박히고, 차를 추가하면서 때로는 루카에게 식탁 예절을 가르치는 록시리우스가 곁에서 대기하고 있다.

루카는 아직 적극적으로 말하려고 하지 않지만, 서서히 스카르고를 "오, 빠."라고 부르게 되었다. 케나로서는 기쁜 변화다.

우쭐해진 스카르고가 무심코 버릇처럼【장미는 아름답게 지네(오스칼)】를 발동할 뻔해서 케나의 훈훈한 마음에 찬물을 끼얹었지만.

그때마다 눈을 흘겨서 방지한 건 더 말할 나위도 없다.

스카르고도 오랜 습관을 버리지 못하겠는지, 압박에 굴해서 허탈한 웃음을 지었다.

실수로 긴장을 풀었다간 어젯밤처럼 어머니의【용모 저주】가 날아오지 않는다는 보장이 없다.

다시 하룻밤 동안 저팔계가 되는 일이 생기면 앞으로 가야 할 회담도 실패로 끝날 가능성이 있다.

그렇게 되었다간 외교 사절 임무는 고사하고 대사제의 체면도 구겨진다.

"어머님, 또다시 그 모습이 되는 건 사양하고 싶습니다만……."

"그렇다면 일일이 스킬에 의지하지 말고 대화해. 일할 때 쓴다면 네가 어디서 뭘 하든 상관없지만, 펑펑 쓰지 않으면 나랑 대화할 수도 없다는 거야?"

"아뇨. 그렇지는."

"200년이나 방치한 내가 할 말은 아니지만, 네 아내가 될 사람도 고생이 훤해 보여."

이마를 짚는 포즈를 취하자, 스카르고가 팔을 활짝 벌려 등 뒤로 꽃밭을 전개하다가 케나가 눈을 흘기는 바람에 곧바로 사라지게 했다.

"실례했습니다……."

가볍게 헛기침하고 사죄하는 스카르고를 본 케나는 진심으로 머리가 지끈거리기 시작했다.

이런 걸 왕성에 넣어서, 펠스케이로의 존속은 괜찮은 걸까? 그런 걱정이 전체의 20퍼센트. 이걸 붙들고 살아야 할 마이리네의 마음고생이 얼마나 심할지 하는 걱정이 80퍼센트다.

아직 결혼이 확정된 건 아니지만, 마이리네의 상태를 봐서는 첫사랑의 뿌리가 깊은 듯하다.

케나도 지금 와서 이걸 내주는 데 반대하진 않지만, 연애 결혼이 되려면 스카르고의 안쓰러움이 단단한 벽으로 앞을 가로막고 서리라.

"어머님."

"왜?"

식사를 마친 스카르고가 냅킨으로 입을 닦으며 진지한 표정을 짓는다.

그 모습만 봐도 내성이 약한 여성은 눈에 하트 마크를 띄우고 비명을 지르겠지. 하지만 말 그대로 제작자인 케나에겐 미남의 얼굴이 통하지 않는다.

"아까 '아내' 라고 말씀하셨는데, 누군가 제게 소개할 분이 있습니까?"

"고민 중이야……."

"왜 고민하십니까! 어머님께서 소개해 주신다면, 이 스카르고가! 몸과 마음을 바쳐 그분을 아끼고, 지키겠다고 맹세하겠습니다!"

일어나서 가슴에 손을 대고, 여기가 아닌 어딘가를 향해 올곧은 시선을 보내고, 배경에 하얀 장미를 활짝 피우게 하는 스카르고.

하지만 록시느가 힘껏 휘두른 쟁반에 얼굴을 얻어맞고, 벽으로 날아가 침몰했다.

'까앙' 하고 좋은 소리가 났다.

"스카르고 님. 아가씨가 놀라니까 연극배우처럼 행동하는 건 자제해 주세요."

"……!?"

"시이의 그 행동이 루카가 깜짝 놀란 원인이 아닐까?"

얼굴 모양으로 움푹 파인 쟁반을 손끝으로 빙빙 돌리는 록시느.

조금 전까지 스카르고가 있던 곳과 벽에 처박힌 의붓오빠를 보고 말문이 막힌 루카.

그것을 등지고 선 채로 말없이 끄덕이는 록시리우스.

소란스러운 하루의 시작에 익숙해진 자신이 무섭다며, 케나는 이마를 짚고 한숨을 쉬었다.

"어머님, 이만 다녀오겠습니다."

"그래. 너라면 괜찮을 것 같지만, 가는 길에 조심해."

"그래요. 그렇죠. 그야 물론. 저는 이제 어엿한 어른임을 어머님께 보여드릴 수 없어서 아쉽지만 말입니다."

"어느 세상에 어머니를 대동하고 협상하러 가는 외교 사절이 있는데?"

케나의 당부에는 스카르고만 대답한 게 아니다. 호위 기사들이 철컥철컥 갑옷의 가슴에 손을 대는 소리도 같이 들렸다. 가는 길의 안전은 맡겨 달라는 주장인 듯하다.

보아하니 샤이닝세이버가 이끄는 부대와는 다른 듯, '기사단장의 약혼자' 발언이 없다는 사실에 안도했다.

아침 식사를 마친 다음 자기 몸을 마법으로 회복한 스카르고는 그날 중에 국경으로 출발한다고 말했다.

유달리 번쩍번쩍해서 자기주장이 강한 호화찬란 마차 한 대와 이를 따르는 평범한 마차 세 대. 인원은 스카르고와 기사 10명, 문관 4명. 그리고 종자 몇 명이 사절단을 구성한다.

원래라면 조금만 더 위세를 떨치기 위한 인원이 필요하지만, 대사제가 감으로써 경비를 아낀 듯하다. 겉으로 봐선 수수하지만 내용물은 화려하단 걸까?

사절단의 정보를 술술 말하는 아들에게 위기감이 들었지만, 케나를 믿으니까 그런 것이라고 여겨서 잔소리를 자제하기로 했다.

그 대신에 록시리우스에게 "친지라고는 해도 기밀 누설 아닙니까?"라는 딴지가 걸려서 몹시 허둥대는 스카르고, 라고 하는 진귀한 장면을 구경할 수 있었다.

"그러고 보니 마이마이가 루카를 보고 싶어 했습니다. 폐하가 직접 지명하지 않았다면 그 아이가 솔선해서 왔겠지요."

"아, 그렇구나. 고마워, 스카르고. 그러네. 마이마이한테도 보여줘야지."

"아닙니다. 어머님, 또 기회가 생기면 다시 뵙지요. 루카도 잘 지내라."

떠나는 차에 한마디를 남기고, 스카르고는 뒤를 향해 손을 흔들며 마차에 탄다.

케나는 푸근한 눈으로 사절단이 안 보이게 될 때까지 배웅한 뒤, 팔짱을 끼고 중얼거렸다.

"조금 따돌린 느낌일까?"

학원을 항시 지켜야 하는 업무인 이상, 마을에 틀어박힌 루카와 마이마이가 만날 기회는 거의 없으리라. 그쪽에서 움직일 수 없다면 이쪽에서 움직여야 한다.

아직 마을에 정착하고 며칠밖에 안 지났으니까 무작정 움직이

는 것도 문제라고 생각한 케나는 물건을 사러 외출할 때 루카를
데려가 보자고 생각했다.

 아이들의 무단 외출 사건 뒤로 케나는 '루카짱' 이란 호칭을
'루카' 로 바꿨다.

 이것은 록시느에게 '가족이 됐는데 남의 집 아이를 맡은 것처
럼 부르는 건 이상하지 않습니까?' 라는 말을 들었기 때문이다.

 뭐, 실제로 편하게 부를 때까지는 시간이 오래 걸렸다.

 반나절을 들어서 생각에 잠긴 케나가 부를지 말지 고민하고 있
을 때, 더 참지 못한 록시리우스가 케나를 질질 끌고 루카의 앞
에 데려가는 과정을 거쳤기 때문이다.

"있잖아."

"응……."

"루카, 짱을……."

"응……."

"루카, 라고 불러도, 될까?"

"응……!"

 눈을 빛내며 활짝 웃은 루카를 끌어안은 케나를 뒤에서 지켜보
던 록시리우스와 록시느는 생기가 없는 눈으로 무릎을 꿇고 허
탈해했다고 한다.

 대면하고 그것에 이를 때까지 두 시간이나 걸리면 주위에서도
속이 터진다.

마을의 일상생활에도 어느 정도 익숙해진 케나는 오프라인 모드의 거점처럼 마을 개조 작업에 손대기 시작했다.

물론 촌장과 말레르에게 허가받고 나서 행동에 옮기는 걸 잊지 않는다.

우선 외적 대책으로써, 마을 안과 밖을 분리하는 울타리를 개량한다.

울타리에는 '주술' 이라고 하는 이 세계 특유의 술법을 걸어서, 어느 정도는 마물의 침입을 방지하고 있다.

케나는 울타리 바깥의 토지를 정리해서 시야를 개선하는 것부터 시작했다.

다만 케나가 그 일을 시작하면 초목의 비명이 직접 들리니까, 벌채 같은 일은 록시리우스에게 시킨다.

초목을 썩둑썩둑 자르며 무덤덤하게 전진하는 그 모습은 청소에 맛들인 악마 같았다고, 목격한 마을 주민이 증언했다.

그 뒤로는 울퉁불퉁한 지면을 평평하게 다지는 【대지의 정령】이 일할 차례다.

높이가 5미터나 되는 체스의 폰이 지면에 말을 놓듯 이동하기만 하면 나무뿌리가 자취를 감추고, 구멍이 많이 난 지면이 평탄해진다.

이 과정으로 베어 넘긴 대량의 나무는 케나의 【크래프트 스킬】에 의해 장작으로 바뀌고, 마을의 각 가정에 균등하게 분배되었다.

마을 인구가 전성기보다 줄어든 상태에서 마을 면적을 늘리면 땅을 놀릴 수밖에 없다는 말을 촌장에게 들었기에 확장 자체는 보류하기로 했다.

그 밖에도 이 주변을 관리하는 귀족이 허가하지 않으면 농지 면적을 넓히는 것도 허가할 수 없다고 한다.

"어라? 일단 어딘가의 귀족 영지이긴 하구나……."

"그래요. 규칙을 깐깐하게 따지는 분은 아니니까, 물어보겠습니까?"

"흐응. 귀족의 이름은 뭐예요?"

"하베이 남작가입니다."

"어……?"

어디선가 들어본 적이 있는 가문 이름이라서 케나는 입을 쩍 벌렸다.

잘못 들은 게 아니라면 하베이는 마이마이의 남편인 로프스의 가문 이름이었을 것이다.

딸이 시집을 간 곳이라면 방문하기 쉬울 것 같지만, 일개 모험가가 귀족의 일에 참견해서는 안 되겠지.

케나는 물어본 것을 조금 후회하면서, 이런 일은 촌장을 통해 협상하고, 결과를 기다리는 것이 낫다고 판단했다.

그리고 지난번처럼 오거가 나타날 때는 '주술'의 효과가 없을 것으로 예상되므로, 경비원을 별도로 배치해 둔다.

울타리 밖에서 다진 땅에 수십 미터 간격으로 돌기둥을 박는다.

그 뒤에 가고일을 설치하며, 겉모습을 바꾸기로 했다.

가고일이라고 하면 보통 박쥐 날개가 달린 악마 모양이다.

리아데일의 경우, 그런 골렘 타입의 사역물은 겉모습을 자유롭게 커스텀할 수 있다.

케나가 설치한 가고일은 눈토끼 모양이다.

눈을 가공해서 만든 반원 몸통에, 대나무 잎으로 귀를 만들고, 빨간 나무 열매를 눈으로 쓰는 것과 똑같다.

마운석을 넣어서, 움직이지 않는 동안에는 기동용 MP(매직포인트)가 자동으로 모이는 구조다. 그렇게 하면 케나가 일일이 활동용 MP를 충전하는 수고를 덜 수 있다.

겉으로 봐선 무해하고, 투박한 돌기둥의 장식이라고 할 수 있겠지. 한 번 움직이기 시작하면 돌격으로 토착 오거 정도는 가뿐하게 능가할 수 있을 만큼 강하다.

울타리 바깥만 보면 견고한 요새와 비슷한 방비를 보고, 일을 거들던 록시리우스도 쓴웃음을 참을 수가 없다.

"케나 님. 이건 조금 과격한 거 아닐까요?"

"괜찮아. 사람 생명이 가벼운 세계니까, 단단히 지켜서 나쁠 건 없어."

허리에 손을 대고 당당하게 말하는 케나의 머리 위에는 똑같은 포즈를 취하고 만족스러워하는 요정이 있었다.

케나의 주장에 전면적으로 찬성하는 듯하다. 그러나 아무도 못 보니까 눈물샘을 자극한다.

"그리고 이래야 록스의 일도 하나 줄어들잖아."

"일이 너무 없는 것도 모시는 보람이 없어지는데요……,"

마을 바깥을 둘러보고 위험한 마물을 없애는 것도 록시리우스가 할 일이었다.

케나가 관여하지 않은 곳에서 록시리우스와 록시느가 상담하고 일을 분담한 결과라고 한다.

집 안의 일은 록시느가, 집 밖과 마을 관련 일은 록시리우스가 담당한다나 보다.

"공동 목욕탕 청소는 아직 벌 받는 아이들이 하니까. 록스도 도와주고 있고."

"그렇죠."

그때 록시느가 나타났다.

록시느는 록시리우스와 서로 슬쩍 노려본 다음, 케나를 돌아봤다.

"케나 님. 잠시 부탁드리고 싶은 게 있는데요."

"응. 뭔데?"

"보통, 사용인의 부탁을 순순히 들어주는 주인이 있나요?"

갑자기 황당해하는 대답을 듣고, 케나는 쓴웃음을 짓는다.

"일상의 자잘한 일은 너희한테 다 맡기고 있으니까. 너희가 부탁해서 생활이 좋아진다면 뭐든지 듣고, 협력할게."

이 말에는 사이가 나쁜 록시리우스와 록시느도 서로 얼굴을 보고 어깨를 으쓱했다. "뭐라 할 데가 없네.", "너무 이상적인 주

인이야."라고 조용히 말을 주고받는다.

"좋아질지 어떨지는 미묘해요. 부탁이란 한동안 보급을 자제해 달라는 거니까요. 지금의 식량 비축만으로 얼마나 버틸지, 시험해 보고 싶어요."

"그렇구나. 그렇게 부탁할게. 그렇다면 【쿠킹 스킬】도 그만두는 게 좋겠네."

"네. 부탁드려요."

록시느는 머리를 꾸벅 숙인 다음 집으로 돌아갔다.

"무슨 이야기를 했더라?"

"제 일 이야기를 했습니다. 원래라면 케나 님이 그때그때 명령해 주시면 되지만."

"록스에게 부탁할 일······?"

끙끙거리며 생각하던 케나가 좌우지간 말한 것은 창고를 짓는 일이다.

처음에는 마을 사람들에게 지어 달라고 할 예정이었다.

그러나 할 일이 없는 인재가 있다면 그쪽에 맡기면 된다.

온도나 습도 관리가 필요하더라도, 마운석을 쓰면 해결되므로 일일이 지하실을 만들 필요도 없겠지.

"왜 있잖아. 밤에 잘 때, 비가 올 때 염소를 둘 축사가 필요하지? 그리고 맥주통은 아이템 박스에 넣어도 되지만, 위스키는 묵힐수록 맛있어진다고 하니까, 만들어서 보관할 곳이 있으면 좋겠어."

전부 키가 제안한 거지만, '모시는 보람이 있는 주인' 으로서 일을 줘야 한다고 생각했다.

닭은 어떻게 하고 있냐면, 마을 안 여기저기서 풀어놓아 키우고 있다.

달걀이 필요할 때는 마을 수풀 같은 곳을 뒤지는 게 좋다고, 말레르 씨가 말했다.

다만 달걀의 신선함에 관해서는 마을 사람들은 관심이 별로 없어서, 가끔 배앓이하는 사람도 있는 듯하다. 신속히 구분법을 보급해야 한다고, 키가 말했다.

"알겠습니다. 맡겨 주세요."

일을 받고 활짝 웃으며 공손하게 머리를 숙이는 록시리우스는 그날 바로 행동을 시작했다.

록시리우스가 보유한 스킬은 전투 관련이 많아서, 대부분 수작업으로 해야 한다.

케나처럼 재료만 두고 【크래프트 스킬】의 【건축 : 가옥】으로 빠르게 지을 수 없다.

새로이 배울 수 있을지도 모른다며 스크롤을 줘 봤지만, 별다른 반응이 없었다.

설계에서 시작해 목공 도구를 써서 목재를 가공하고, 기초를 만든 다음에 짓는 방법을 취한다.

케나도 혼자 다 하게 시킬 마음은 없으므로, 짐을 나르고 높은 곳에서 작업하기 위한 골렘을 만들었다.

마을 한복판에서 건축하면 좋든 싫든 사람들 눈에 띈다.

손이 빈다며 마을 사람들이 조금씩 도와주러 와서 예상보다 일찍 완성했다.

완성된 건물은 2층 창고다. 2층 부분은 폭이 좁다.

1층 부분의 절반은 축사. 염소 두 마리 정도가 한계일 것이다.

2층에서 1층의 나머지 반에는 벽을 따라서 나무 레인을 고정했다. 건물 폭이 나무통과 똑같은 길이라서 눕힌 통을 돌려서 놓을 수 있다.

2층에서 밀면 비스듬하게 연결된 레인 위를 따라서 통이 굴러가 최종적으로는 1층에서 받을 수 있는 구조다.

"이러면 어떨까요? 케나 님."

"왠지 고릴라가 통을 굴리는 게임 같은 구조인데……."

"네?"

만족스러워하는 록시리우스와 관계없이, 어디선가 본 듯한 설계에 케나는 쓴웃음을 띤다.

그래도 완성 기념으로 도와준 마을 사람들에게 위스키를 대접했다.

술에 취한 남자들에게 록시리우스가 붙들려서 막장 술판으로 발전하는 데는 시간이 오래 걸리지 않았다.

대낮부터 취한 남자들은 데리러 온 형제나 아내들에게 맡겼다.

다음 날에는 숙취도 없이 평범하게 집사 일을 하는 록시리우스에게 전율했다.

그동안 록시느는 뭘 했냐면, 집안일 숙련도를 올리고 있었다.

우선 재료비가 많이 드는 【쿠킹 스킬】에 의존하지 않기로 했다. 이건 케나가 말한 대로다.

다음으로 마을 부인들에게 가르침을 청해서 일반적인 조리 방법을 습득했다.

이건 록시느의 성격을 아는 케나와 록시리우스도 깜짝 놀랐다.

"무슨 한심한 말씀을 하시나요. 앞으로 이 마을에서 살 거니까 사치를 가르칠 수는 없잖아요. 루카 님을 키우고, 이끌어 나가기 위해서라도, 이쪽도 솜씨를 키워 나가야 하니까요."

"엄청 지당한 의견인데?!"

"뭘 놀라세요. 케나 님께서 말씀하신 건데요."

그야 '이 아이가 이 아이답게' 라고 말하긴 했지만, 록시느가 그만큼 생각했을 줄은 몰랐다.

케나는 뒤늦게나마 루카를 키우는 데 있어서 정신을 다시 바짝 차리기로 했다.

그건 그렇고, 달리 신경 쓰이는 게 있다.

"어때?"

케나는 옆에 있는 록시리우스를 팔꿈치로 찔렀다.

"가능성은 작지만, 어색함을 털어낼 수 없군요."

그는 시선을 내리고 고개를 끄덕였다. 앞에 있는 록시느를 의식하면서.

뭐라고 할까, 예전의 록시느를 아는 사람으로선 눈앞에 있는 사람이 같은 인물로 여겨지지 않았다.

케나는 아이템 박스에서 소환용 벨을 꺼내 슬쩍 흔들어 본다.

"다시 흔들면 진짜가 올까?"

"어쩌면 그쪽도 가짜일 수 있는데요……,"

"그건 곤란한걸."

"무슨 이야기를 하는 거죠?!"

끙끙대며 생각에 잠긴 케나와 록시리우스 사이에 록시느가 끼어들었다.

"아니, 네 가학적인 성격이 얌전해져서, 가짜가 아닌지 의심하고 있어."

"네?"

록시느의 이마에 핏대가 섰다. 케나는 불길한 예감이 들어서 한 발짝 물러난다.

시선을 들면서 생각하는 록시리우스는 아직 눈치채지 못했다.

"이 천방지축 암고양이가 간단히 성격을 고칠 리가 없…… 으억?!"

비속어를 섞어 중얼거린 록시리우스의 말은 중간에 끼릭끼릭하는 금속음에 막혔다.

무기를 뽑아서 실력 행사에 나선 록시느의 공격을 록시리우스가 막았기 때문이다.

록시리우스의 무기는 한 손으로 쓰는 흔한 검. 록시느의 무기는 손도끼였다. 그것도 레어 무기인 제이슨 블레이드다.

도끼 같은 무기를 원한다고 해서 안 쓰니까 준 기억이 있다. 그리고 곧장 동료를 공격하는 용도로 쓸 줄은 케나도 미처 생각하지 못했다.

"보아하니 결판을 낼 때가 왔나 보네!"

"야! 무기를 꺼내면 안 되지!"

끼릭끼릭, 끼기기긱 하고 두 사람 사이에서 교차한 검과 도끼가 이상한 소리를 낸다.

취득한 스킬은 차이가 있지만, 역량은 같아서 경합이 유지되고 있었다.

사이좋게 지내라고 했을 텐데, 아주 사소한 말 한마디에 싸움으로 발전하는 건 게임 시절과 달라지지 않았다.

이번에는 케나도 너무 놀렸다고 반성할 수밖에 없다.

양측 모두 교차한 상태에서 움직이지 않는 만큼, 아직 평화로운 축에 속한다.

케나가 본격적인 칼부림이 시작되기 전에 말리려고 생각했을 때였다. 등 뒤에서 "이게, 뭐야……?" 하고 가냘픈 목소리가 들렸다.

"어, 미미리? 무슨 일 있어?"

케나가 뒤돌아보자 다리가 달린 욕조에 들어간 인어 미미리가 멍하니 있었다.

"무슨 일인지는…… 내가 물어보고 싶은데?"

악귀 같은 얼굴로 검과 도끼를 맞대고 있는 집사와 메이드의

모습은 두 사람의 생태를 모르는 사람에게는 제법 충격적일지
도 모른다.

"조금 의견이 갈려서 말이야."

"의견이 갈리면 칼부림 사태가 되는 거야?!"

일상적인 풍경 같은 느낌으로 어깨를 으쓱한 케나를 본 미미리
는 머리가 지끈거렸다. 누가 봐도 피로 피를 씻는 위험한 상황이
다.

그걸 태연하게 구경하는 케나도 미미리가 보면 이상한 사람에
불과하다.

처음 만났을 때부터 생각했지만, 정상적인 감수성으로 여기기
어려운 부분이 있다.

"역시 가끔은 이렇게 혈기를 발산시켜 주는 게 좋을까?"

"그런 문제야?"

손을 떨면서 눈앞의 살벌한 광경을 가리키는 미미리에게, 케
나는 쓴웃음을 지으며 손을 짝짝 마주쳤다.

중재하는 게 아니라 잉어에게 밥 주는 것처럼 보이는 건 기분
탓이 아니리라.

"자자, 구경꾼이 곤란해하니까 너희도 오늘은 이쯤에서 끝내."

"큭!?"

"윽!?"

미미리는 눈곱만큼도 못 느끼는, 록시느와 록시리우스를 저격
한 위압이 덮쳐든다.

허둥지둥 무기를 집어넣고 자세를 바로잡은 두 사람에게, 케나는 등골이 싸늘해지는 미소를 지었다.

그것도 미미리가 돌아볼 때까지 아주 잠깐뿐이다.

""시, 실례했습니다.""

"그래. 루카가 없는 자리라고 싸우면 못써."

조금 전까지 살벌했던 분위기가 싹 가시고 오히려 위축한 느낌이 드는 두 사람을 본 미미리가 고개를 갸웃했다.

두 사람과의 교류가 깊지 않은 미미리는 이해할 수 없지만, 남의 집 사정에 참견하진 않는다. 집사와 메이드가 갑자기 무서워졌기 때문이다.

"그나저나 일부러 목욕탕에서 여기까지 무슨 일로 왔어?"

"아, 응. 빵을 받으러 왔는데."

"빵?"

그 말에 케나는 고개를 갸우뚱한다.

무슨 빵인지는 모르겠지만, 갑자기 그걸 받으러 왔다고 해도 머릿속에서 이어지지 않았기 때문이다.

미미리도 지금이야 여관에서 주는 식사를 평범하게 먹고 있지만, 그 과정이 험난했다.

처음에는 인어의 생태를 아무도 몰라서, 케나에게 미미르를 부탁받은 촌장과 말레르도 그 사실이 판명되기 전에는 고민을 많이 했다는 듯하다.

처음에는 반이 인간이니까 여관에서 식사를 내주면 괜찮지 않겠냐고 쉽게 생각한 듯하다.

설마 채소 수프를 보고 얼굴이 새파래질 줄은 몰랐던 것이다.

이야기를 듣기로, 미미리가 살던 촌락의 식사는 주로 해조류였다고 한다.

물고기는 먹을 것으로 보지 않고, 반대로 조개는 먹었다고 한다.

그 이야기를 들은 말레르는 이파리 채소를 중심으로 수프를 만들고, 조금씩 익숙해지게 하는 작전으로 미미리의 신뢰를 얻었다는 듯하다.

일이 정리된 뒤에 만났을 때는 케나도 푸념을 많이 들었다.

그런 경위가 있는 미미리가 빵 이야기를 하면 케나도 곤혹스럽다.

최근에는 마을을 위해 할 수 있는 일을 찾아서 여기저기 뛰어다니는 바람에 그쪽을 신경 써주지 못했으니까 조금 멋쩍은 기분도 들었다.

하지만 빵에 관해서는 록시느가 "아, 그러고 보니."라고 대답했다.

그리고 잠시 집 안으로 들어가더니 천을 덮은 바구니를 들고 나타나 "가죠."라고 미미리에게 말했다.

흥미가 생긴 케나는 동행하는 것을 택하고, 록시리우스는 집에 남는 것을 택했다.

두 사람의 목적지는 공동 목욕탕 근처의 다른 빈집이었다.

그곳에는 록시느와 똑같이 천으로 덮은 바구니나 접시를 든 마을 부인들이 여러 명 기다리고 있었다.

"어머, 케나 양도 왔니?"

"신기하구나. 오늘도 도와주게?"

"저기, 이건 무슨 모임이죠?"

그런 말을 들어도 취지를 몰라서는 케나도 대답하기 어렵다.

곤혹스러워할 때, 몇 사람이 천을 걷어서 내용물을 보여주었다. 거기에는 주먹 크기만 한 하얗고 둥근 물체가 여러 개 있다.

"이걸 구울 건데, 케나 양은 몰랐니?"

머릿속을 뒤져봐도 본 기억이 없다.

봐서는 빈집을 이용해서 록시느가 독자적으로 뭔가를 주도해서 추진하고 있는 듯하다. 실내에는 피자 굽는 가마처럼 생긴 것이 몇 대나 나란히 있다.

그제서야 케나는 그것이 무슨 용도로 사용되는지를 눈치챌 수 있었다.

병원에서 지낼 때 TV 방송 등에서 조리하는 광경을 몇 번인가 본 기억이 있다.

"빵을 굽는 거야?"

"정확하게는 반죽을 만드는 법을 가르치고, 한꺼번에 굽는 거예요. 가마는 랙스 님이 만들어 주었죠."

록시느에게 물어보니 담담하게 대답하는 말을 들었다.

마을의 각 가정에서 만드는 빵은 검은빵이라고 해서, 소금기가 있는 딱딱한 것이다. 스튜나 수프에 찍어서 먹으면 적당히 부드러워진다.

케나의 집에서 만드는 건 스킬로 만들어서 말랑말랑하게 씹히는 롤빵이다.

이걸 한 번 밖에 가져갔더니 말레르를 비롯한 마을 부인들은 눈이 휘둥그레질 정도로 충격을 받았다. 마치 귀족님이 먹는 것 같다고 절찬했다나 뭐라나.

이걸 본 록시느는 마을 밖에서 딴 과일에서 효모를 만드는 데 성공한 듯하다. 그것에 관해서는 게임 중에 외부 하드에서 얻은 지식이라고 한다.

'어떻게 그런 걸 알아?' 라고 물어봤지만, 본인은 잘 모른다고 했다.

일정한 지식을 출력할 수 있는 데이터베이스 같은 것이 머릿속에 막연하게 새겨져 있다나.

"본인이 잘 모르는 걸 물어봐도 명확한 답이 나오는 건 아니야. 생각하면 내 머리가 지끈거릴 안건인걸."

"현명하시군요."

생각하길 포기한 이유를 제공한 상대에게 그런 말을 들으면 뭐라고 표현할 수 없는 표정이 절로 지어진다.

메이드가 일부러 놀린 거라고, 케나는 생각하고 만다. 상대가 록시느라면 더더욱.

그렇지만 자발적으로 마을의 식량 사정 개선에 공헌한 건 기쁜 일이다.

케나가 아는 한 가족이 아니면 전혀 흥미가 없는 록시느의 행동 변화는 정말 놀랍다.

가마에선 장작을 쓰니까 한꺼번에 굽는 방식을 택한 거겠지.

지금 계절은 상관없지만, 겨울이 되면 장작을 아껴 쓰는 경향이 있다. 각자 따로따로 굽는 것보다는 한꺼번에 굽는 게 효율적이리라.

"케나 님이 계시면 장작을 안 써도 되니까요."

"동행해도 아무 말이 없던데, 완전히 화력 담당으로 삼을 작정이었구나."

"부정하진 않아요."

"이 메이드가 진짜⋯⋯."

미안한 기색도 없이 긍정하는 걸 보면 계획적인 범행이었던 듯하다.

미미리는 빨래의 대가로 먹을 걸 받고 있으니까, 이 모임에 편승해서 빵을 얻으려고 온 거겠지.

케나는 마지못해 【불의 정령】을 가마의 숫자만큼 소환하고, 록시느의 지시에 따라 화력을 방출했다.

다만 가마 아래의 구멍에서 【불의 정령】이 한 손을 하늘로 쳐들고 포즈를 잡거나, 어딘가의 격투 히어로 같은 포즈로 불을 쏘는 광경이란 진짜 이상하다.

이걸로 빵을 굽기만 하니까, 정령의 용도가 완전히 잘못됐다.

　마운석으로 대용하지 않는 건 화력을 세세하게 조정할 수 없고, 크기로 봐서 연료가 부족해지기 때문이다.

"오푸스가 보면 폭소하겠네."

『그럴지도, 모르겠군요.』

　중얼거린 말에 반응하는 키의 말투에는 황당해하는 느낌이 섞여 있었다.

　우선 시험 삼아 보름 정도 마을에서 움직이지 않고 생활하고 있는데, 역시 부족한 게 생긴다.

　그 부분은 록시느가 계산해 준 바와 같다.

　가장 많이 소비하는 건 식량이다.

　조미료나, 빵 같은 주식에 쓰는 밀가루처럼.

　밀가루의 경우, 케나의 집은 마을에 밭이 있는 게 아니므로 자급자족할 수 없다.

　정 뭐하면 식사만큼은 말레르의 여관에 가는 방법도 있지만, 록시느의 기분이 상한다.

　채소는 마을 부인들을 매료한 록시리우스가 일을 조금 거들고 받아 오니까 문제없다.

　고기는 사냥꾼 로틀이 잡은 것을 마을에서 균등하게 나눈다.

　그리고 록시느가 산딸기나 산나물을 따러 갔을 때 해치운 동물도 있다.

　다음은 피복류다.

천 제품은 집을 지은 다음 대량으로 제작했다.

케나 본인은 일상생활에 얼마나 필요한지 몰라서, 처음에 산 것만으로는 부족했다.

록시느의 지시에 따라 '여기에 커튼을 달고 싶어요.' 라거나 '여기에 융단이 있으면 좋겠어요.' 같은 요구에 응했더니 순식간에 천이 다 떨어지는 사태가 발생했다.

루카의 재봉 연습용으로도 천을 쓰니까, 소비하는 양이 많다.

가공만 할 거라면 여러모로 응용할 수 있지만, 그것도 재료가 있어야 한다.

만능 스킬이라고 해도 없는 걸 만들 수는 없다.

"음. 역시 펠스케이로나 헬슈펠에 사러 가야겠네."

사카이 상회에 뭔가 주문하려면 랙스 공무점에 직접 연락할 수단이 있다고 한다.

다만 물자가 도착할 때까지 10일 넘게 기다려야 한다.

"그러고 보니 염소에게 줄 사료도 필요하지?"

"그 부분은 안심해 주세요. 밭의 작물을 건드리지 않는다면 마을의 잡초를 먹이면 된다고 들었어요. 건초를 주는 건 묶어 둬야 할 때죠."

"염소, 산책, 할래……."

염소는 젖을 목적으로 키울 작정이다.

어떻게 키우는지는 록시리우스가 마을 사람들에게 다 물어본 듯하다.

루카는 그 말을 듣고 자기가 돌보겠다고 말했다.

"내가 할 일이 없는데?"

"케나 님의 잡일은 저희가 할 일이에요."

"케나 님은 먼저 오푸스 님을 찾아야 하지 않겠습니까?"

"그랬지……. 그나저나 있기는 할까, 그 자식은."

존재할지 어떨지 수상쩍은 오푸스지만, 요정의 존재가 있는 곳을 찾는 열쇠가 된다……고 여겨진다.

그러려면 요정과 의사소통이 되어야 할 필요가 있는데, 그 방법은 판명되지 않았다.

케나의 머리카락 사이에서 모습을 드러낸 요정이 생긋 웃는다.

그 모습을 플레이어만 볼 수 있는 것도 고민거리다.

"요정의 존재도. 수수께끼가 많단 말이지."

케나는 주위를 즐겁게 빙빙 돌며 나는 요정에게 눈길을 준다.

신장은 20센티미터 정도, 케나가 편 손바닥에 딱 들어가는 크기다.

연두색 머리카락. 파란 눈. 등에 달린 네 장의 얇은 날개도 연두색이며, 반투명한 느낌이다.

얼굴 생김새는 인간으로 치면 10세에서 12세 정도의 소녀이다.

평소 지내는 곳은 케나의 머리카락으로, 가끔 나와서는 생긋 미소를 지을 때가 많다.

케나와 플레이어는 만질 수 있는 것 같은데, 다른 사물은 전부 통과하는 듯하다.

소리에 민감해서, 갑작스러운 소리와 큰 소리가 울리면 금방 숨는다.

먹을 것이 필요하지 않고, 매일 아침 식탁에서는 모두가 식사하는 걸 웃으며 지켜보고 있다.

바람이 세게 부는 날에도 영향을 받지 않는 듯, 케나의 어깨 위에서 편하게 앉아 있었다.

오푸스가 붙인 이름이 있을지도 몰라서, 케나는 '요정'이라고 부른다.

케나가 스킬이나 마법을 쓸 때는 희미한 빛을 내거나 하니까, 그 부분의 시스템과 관계가 있을지도 모른다.

"아니, 무조건 관계가 있겠지."

코랄이 말한 시스템의 변화는 마침 케나가 요정과 만난 직후쯤에 있었다고 한다.

그리고 【엑스트라 스킬 : 신탁】 때 보인 행동도 이상하다.

마치 요정이 없으면 쓸 수 없는 스킬 같다.

오푸스가 게임에서 보인 행동을 보면, 그는 운영진에 속하는 플레이어가 아니었을지 하는 의심이 생긴다. 그걸 본인에게 확인해 본 적은 없지만.

"요정은 오푸스가 의도적으로 남긴, 시스템과 관계가 있는 무언가일까?"

왠지 진상에서 한참 멀어진 기분이 든다.

요정이 케나의 앞에서 볼을 부풀렸기 때문이다.

흥, 하고 고개를 홱 돌리고 케나의 어깨에 앉는 요정.

왠지 기분을 상하게 한 느낌이다.

이렇게 되면 말을 걸거나 머리를 쓰다듬거나 해서 오로지 사과할 수밖에 없었다.

기분을 푼 요정이 즐겁게 날아다닐 즈음에는 정신적으로 지쳐서, 케나는 방 침대에 뻗었다.

그때 문을 똑똑 두드리는 소리가 나서, 케나는 나른해진 몸을 일으킨다.

"들어와."

열린 문 틈새에서 얼굴을 내민 사람은 루카다.

루카는 방에 들어와 케나에게 뛰어왔다.

"케, 나…… 엄마."

"무슨 일이니, 루카?"

다리를 끌어안은 루카를 안아 들고, 아이의 따뜻한 몸을 느낀다. 루카는 케나에게 안긴 채로 "누구, 랑…… 말했, 어?"라고 물어봤다.

보아하니 요정에게 사과하는 소리가 방 밖에 들린 듯하다.

케나는 조금 생각한 다음 루카를 내려놔 옆에 앉힌다.

"그게 있지. 루카한테는 예전에 말했을 건데, 내 눈에는 요정이 보여."

"응."

"그 요정을 화나게 해서, 지금까지 사과했어."

"응……?"

루카는 잘 이해하지 못한 듯하다.

본인의 눈에는 보이지 않으니까, 보이지 않는 걸 믿기는 어렵다.

동화처럼 아이의 눈에만 요정이 보였다면 상황이 달라졌겠지.

"요, 정…… 화내, 면, 무서, 워?"

루카의 질문에 잠시 생각한다.

이럴 때 '장난을 심하게 쳐.' 라고 말하긴 쉽지만, 그랬다가 또 요정의 기분이 상하면 피로가 더 쌓일 것이다.

"그게 있지. 잠잘 때 머리카락을 잡아당기거나, 밥 먹을 때 포크를 못 쓰게 한다거나, 책을 읽을 때 페이지 사이에 앉거나 하려나."

날고 있는 요정의 반응을 보면서 말을 고른다.

루카의 머리 위에서 다소곳이 앉아 케나를 가만히 보니까 무척 긴장됐다.

지금 말한 건 작은 장난에 불과하다.

어떨 때는 마법을 엉뚱한 곳으로 날아가게 하니까, 그건 제발 하지 말기를 바란다.

루카가 슬퍼하는 얼굴을 보였기에 "괜찮아." 라고 말하고 머리를 쓰다듬어 준다.

그런 다음에 "봐봐." 라고 말하고 【환영 마법】을 쓴다.

작은 빛이 주위에서 모이며 루카의 눈앞에서 응축한다.

그것이 점점 인간의 형태를 취하고, 뚜렷한 요정이 하나 탄생했다.

진짜의 모습을 복사한 가짜니까 크기는 똑같다.

환영이므로 만질 순 없지만, 요정을 루카가 인식할 수는 있으리라.

한동안 눈이 동그래졌던 루카는 차분해진 다음에 환영인 요정에 손을 뻗는다. 하지만 그 손은 허공을 갈랐다.

"아, 미안해. 루카. 이건 그림이야. 만질 순 없어."

"이, 게…… 요, 정?"

날아가는 걸 참고해서 날개를 펼치고 두 팔을 뻗은 모습이다.

진짜는 그 옆에서 똑같은 포즈를 취하며 기뻐하고 있다.

재밌어서 작게 웃자, 루카가 고개를 갸우뚱했다.

"이렇게 생긴 요정이 내 주위를 날아다녀. 진짜는 지금 그 그림 옆에서 똑같은 자세로 있어."

가르쳐 주자 루카는 환영으로 된 가짜와 아무것도 없는 공간을 번갈아 보며 키득 웃었다.

"다음, 에…… 진, 짜, 보여, 줘……."

"그래. 언젠가 진짜를 보여줄게."

그날 케나는 잠들 때까지 루카와 수다를 떨고, 잘 때도 같이 잤다.

다음 날에는 루카가 환영인 요정을 남기는 방법을 물어봤다.

"음. 못 하는 건 아닌데, 뭘 하려고?"

"라, 템, 한테…… 만들어, 달라고."

엄청나게 어려운 부탁을 들을 것 같은 라템을 동정할 수밖에 없다. 힘내라!

응원은 하지만, 지원하진 않는다.

케나는 복제를 만드는 【카피】 스킬로 종이에 환영을 인쇄해 루카에게 줬다.

"조각하게 하는 것도 좋은 생각 같지만, 루카도 도와야 해."

"응!"

기운차게 대답한 루카는 들떠서 어쩔 줄 모르는 기색이었다.

리트를 불러서 곧장 가고 싶겠지만, 오전 중에는 리트와 루카와 라템이 다 모이기 어려울 것이다.

식사를 마친 케나는 록시리우스와 록시느에게 지시한다.

"아무튼, 집 일은 너희에게 맡길게. 너무 다투진 마."

"뭐하면 식량은 마을의 주변에서 긁어모으겠어요."

"고기만 먹게 되잖아."

일단 마을에는 한 달 정도 주기로 에리네의 상단이 방문한다.

케나의 정착은 그것을 상정하지 않아서, 비축 물자의 균형이 맞지 않았다.

록시느와 록시리우스는 이 사태를 예측한 듯, 드물게도 진지하게 이야기하고 있다.

"예상보다 빨라요."

"부족하진 않을 텐데. 불과 물을 마법으로 감당하는 만큼 다른 가정보다 연료를 적게 쓸 거야."

"식량을 소비하는 방식의 문제겠죠."

"하긴. 하루 세 끼 식사는 케나 님의 습관에 따른 거니까."

"아침과 점심을 1.3끼 정도로 잡아서 줄이는 게 좋겠네요."

"그래. 비율은 9 대 4 정도가 적당하겠지."

"그건 좋은 생각이네요. 그렇다면 분배는 우리 여자들이 9, 무능한 고양이가 4로 하죠."

"너도 다이어트해야 하지 않나? 슬슬 담장 위에 올라가기도 힘들 텐데."

"하악!"

"후욱!"

그러지 말라고 방금 말했는데도 숨 쉬듯 자연스럽게 다툼으로 발전하는 건 타고난 성질이라고 말할 수밖에 없다. 잠시 눈을 떼기만 해도 이런다.

케나가 편두통을 느끼기 시작했을 때, 루카가 두 사람 사이에 끼어들어 주먹다짐으로 발전하기 전에 말려 주었다.

착한 아이야……. 그렇게 감동한 케나가 루카의 머리를 쓰다듬어 칭찬해 주는 것까지는 한 세트다.

"외, 출……?"

"그래. 루카를 마이마이랑 만나게 해줘야 하거든."

"마이…… 누구?"

"내 딸이고, 네 언니가 되는 사람이야."

창고 2층에서 위스키 통을 레인에 내려놓고, 케나는 생각에 잠겼다.

오르내리는 것만 한다면 이 집의 사람은 【도약】 스킬을 쓸 수 있으니까 사다리가 필요 없다.

이번에는 루카가 흥미진진한 눈치여서 케나가 안고 뛰어오르는 방식으로 데려왔다.

투입한 통이 덜컹덜컹 굴러가는 것을 보는 루카는 즐거워 보인다.

내부는 마운석을 여기저기 배치해서 온도와 습도를 일정하게 유지하고 있다.

그 수치를 설정하는 건 공정을 생각한 키였다.

본인은 조언밖에 할 수 없으므로 결국 작업은 케나가 했다.

"좋아. 오늘 작업은 끝."

루카를 안아서 훌쩍 뛰어 내려간다.

케나의 머리 위에는 '잘 일했다'는 듯이 땀을 닦는 시늉을 하는 요정이 있었다.

아마도 마을에서 가장 한가한 건 요정이고, 두 번째는 케나일 것이다.

루카는 지면에 내려오자 "시, 도우러, 갈래."라고 말하더니 집으로 갔다. 아직 말이 어색한 루카는 록시리우스와 록시느를 똑바로 부를 수 없다. 그래서 두 사람은 자신들을 짧게 불러도 상관없다고 말했다.

그 결과, 루카는 록시느를 '시'로 부르고, 록시리우스를 '리'라고 부르고 있다.

솔선해서 돕는 건 집안일을 도맡은 록시느다.

록시리우스와 움직일 때는 벌 받는 아이들의 일이 된 목욕탕 청소 정도다.

"자, 뭘 할까."

생각에 잠긴 케나의 귀가 마을에 들어오는 소란스러운 소리를 포착한다.

말이 히힝거리는 소리와 거친 발소리가 다수. 마차 바퀴가 대지를 밟는 소리와 사람이 한꺼번에 늘어난 듯한 어수선함. 익숙해지면 멀리 떨어져 있어도 '아는 사람이 왔다'고 알 법한 존재감.

정기적으로 마을에 찾아오는 에리네의 상단이다.

할 일이 없던 참에 잘됐다며, 케나는 그쪽으로 발걸음을 옮겼다.

평소처럼 마을의 입구에 있는 광장에서는 상단 사람들이 짐을 내리고 간이 점포를 준비하고 있었다.

눈치 빠른 마을 사람들이 이미 찾아와 개점을 이제나저제나 기다리고 있다.

케나는 친숙해진 사람들과 인사만 간단히 주고받고, 시선을 이리저리 돌린다.

곧바로 자기가 찾던 인물, 에리네를 발견했다.

그는 상단 사람들과 아비타와 함께 마차를 세워 놓은 곳에서 담소 중이었다.

"안녕하세요. 에리네 씨."

"어라, 케나 양. 잘 지내셨습니까."

"안녕. 젊은 아가씨."

손을 들고 다가가자, 두 사람 모두 웃으며 맞이해 주었다.

"그렇지. 케나 양에게 전해 달라고 사카이 상회에서 염소와 닭을 맡겼습니다. 담당자가 전하러 갔습니다."

"그래요? 고맙습니다."

"별말씀은. 이게 우리 일이니까 말입니다. 운송료도 받았고 말이죠. 케나 양에게 물건을 전할 때는 시세보다 많이 받아서 돈을 잘 벌고 있습니다."

흡족하게 웃고 고개를 끄덕이는 걸 보면 케이릭이 나름대로 돈을 잘 얹어준 것이리라.

그 수송료에 염소와 닭 자체의 가격이 포함되지 않은 것을 이해하고, 케나는 떫은 표정을 지었다.

"남한테는 '이런 돈으로 기울 만큼'이니 뭐니 했으면서, 돈 벌 생각이 없으면 곤란한데."

"손자가 할머니를 챙긴 게 아닐까? 납득하고 받아."

"……."

아비타가 케나를 '할머니'로 부른 순간, 주위 기온이 확 내려

갔다.

근처에 있던 에리네와 부단장이 황급히 아비타와 거리를 벌리고, 스포트라이트를 비춘 것처럼 공백지대가 발생한다.

"저기, 아비타 씨? 지금 뭐라고 하셨어요?"

"잠깐만?! 진정해! 아무튼 도로 집어넣어! 말이 그렇다는 거지! 미안해! 내가 실수했어! 다신 말하지 않을 테니까 용서해 달라고!"

아비타는 어느새 거울처럼 잘 닦인 얼음벽에 둘러싸였다.

해도 나서 따뜻한 날인데 거기만 극한의 감옥으로 변했다. 초조해한 아비타가 비명을 지르듯 거듭 사죄한다.

케나도 '조금 따끔하게 경고해 주자'고 생각한 정도여서 금방 해방해 주었다.

가슴을 쓸어내린 아비타는 부단장에게 "그러니까 생각하고 나서 말하라고 했잖아요."라며 쓴소리를 들었다.

말한 당사자는 도주를 생각할 겨를도 없이 목숨이 위태로울 지경에 처했으니까, 케나의 진짜 역량이 무서울 뿐이다.

따뜻한 햇볕 아래로 돌아와 안도하지만, 뒤늦게 추가타가 아비타를 엄습한다.

"단장도 참 못 말리겠군요. 여자에게 나이 이야기를 하다니, 뒤에서 난자당해도 불평할 수 없는데요."

그렇게 말하는 부단장의 손에는 단검이 들려 있었다.

무심코 얼굴이 새파래져서 경직하는 아비타에게, "농담이에요."라며 싱글벙글 웃는 부단장. 그러나 손에는 여전히 단검을 쥐었다.

평소 쌓인 스트레스를 해소하는 것처럼 아비타를 가지고 노는 부단장을 내버려두고, 케나는 에리네에게 자기 볼일을 말했다.

"펠스케이로까지 동행하겠다고요? 상관없지만, 케나 양은 마음만 먹으면 한순간에 이동할 수단이 있지 않습니까?"

"이번에는 다른 사람도 데려가려고 해서요. 느긋한 마차 여행도 나쁘지 않을 것 같아서."

"그렇다면 꼭 그리하여 주시죠. 이동할 때 강력한 마법사가 동행해 주면 고맙지요."

순순히 허락하지만, 다른 우려를 느낀 에리네가 미간을 좁힌다.

"말은 그렇게 해도, 이번에는 마차 안에서 잘 공간이 별로 없군요. 밤에는 또 해먹에서 자야 하는데, 괜찮습니까?"

미안해하는 에리네에게, 케나는 "괜찮아요."라고 말하고 웃으며 손을 흔들었다.

"이번에는 저도 마차를 쓸 거니까요. 에리네 씨의 가게 거지만."

"아아, 지난번에 사주신 마차 말이로군요. 듣자니 신기하게 개조했다던데. 일각에선 소문이 다 났더군요."

소문이 퍼지는 속도가 무시무시하게 빠르다. 역시나 상인들의 정보망.

"펠스케이로에서 여기로 올 때만 썼는데요?"

"눈썰미가 좋은 사람은 신기한 점만으로 판단하지 않지요. 중요한 건 그게 얼마나 실용성이 뛰어난지 여부이니 말입니다."

그리고 거리를 좁힌 에리네는 갑자기 진지한 표정을 짓고 목소리를 낮춘다.

"조심하십시오, 케나 양. 당신의 물건을 노리고, 이미 몇몇 귀족이 움직이고 있다고 합니다. 한동안 이 마을을 떠날 거라면, 이웃 나라라도 가는 게 어떻습니까?"

한순간 놀란 케나는 손바닥을 탁 치더니 "아아, 알았어요."라고 중얼거린 다음, 나쁜 꿍꿍이가 있는 것처럼 씩 웃었다.

케나를 잘 아는 사람, 예를 들어 엑시즈가 있었다면 그 웃음에 담긴 악의라고 할까, 일어날 소동을 예상하고 머리를 부여잡았을지도 모른다.

"헤에, 귀족님이 말이죠. 참 흥미로운 퀘스트네요……."

"퀘스트?"

"아, 아뇨. 제 혼잣말이에요. 아무튼 충고해 주셔서 고마워요, 에리네 씨. 몰랐으면 엄청난 일이 생겼을지도 몰라요."

"그래요. 조심해 주시길. 저희도 단골손님에게 무슨 일이 생기면 곤란하니 말이지요."

"네, 그럴게요. 진짜 조심할게요. 에리네 씨가 곤란해지지 않게요."

에리네가 안도하고 케나에게서 거리를 벌렸다. 그러나 에리네의 '조심하는' 것과 케나가 '조심하는' 것 사이에 차이가 있는 건 이해하지 못했다.

옆에서 보던 아비타가 "후후후." 하고 웃는 케나에게 눈을 흘길 정도로.

"이봐, 아가씨."

"왜요, 아비타 씨?"

"왕도에서 무슨 일이 생기면 상담해 달라고. 옛날 직장에 말해줄 수 있어."

눈이 휘둥그레진 케나는 슬며시 웃고 "고마워요."라며 머리를 숙였다.

"와, 아비타 씨가 진짜 친절해. 내일은 천재지변이 일어나지 않을까?"

"야, 인마! 사람이 신경을 써 주는데 말을 뭐 그렇게 하냐?"

"농담이에요, 농담. 힘들면 마이 양한테 매달릴게요."

"그러니까 전하께 폐를 끼치지 말라고오오오오!"

창을 붕붕 휘두르며 케나를 쫓는 아비타를 보고, 단원들이 웅성거린다.

뭔 일이 생기면 가장 먼저 달래려고 드는 부단장이 상관없다는 태도를 관철해서, 단원들은 두 사람의 술래잡기를 따스한 눈으로 구경했다.

곧바로 "그런 눈으로 보지 마!"라며 화살을 돌리는 단장 때문에 단원들이 허둥지둥 도망치는 지경에 처한 것은 더 말할 나위도 없다.

살벌한 술래잡기 중인 아비타 일행과 멀어진 케나는 그대로 여관으로 갔다.

평소처럼 농사일 전에 밥을 먹으러 온 마을 사람들과 마주치고, 인사를 주고받으며 가게로 들어간다.

"안녕하세요. 말레르 씨, 리트."

"어머, 케나 왔니? 안녕."

"안녕하세요. 케나 언니."

모녀와 인사하고 카운터로 다가간 케나는 "잠시 상의할 게 있는데요."라고 말해서 말레르를 잠시 멈추게 했다.

괴이쩍은 기색으로 고개를 갸웃하는 말레르에게, 딸을 빌려달라고 부탁한다.

"리트를 말이니? 술 만드는 일을 거들게 하려는 건 아니지?"

"아니에요. 루카를 데리고 큰딸을 보러 가려는데, 리트도 데려갈 수 있을까 해서요. 이런 기회가 아니면 왕도에 갈 일도 없을 테니까요. 사회 견학이라고 생각하고, 리트를 맡겨 주실 수 있을까요?"

"음. 그러네……."

"가게 일이라면 우리 시이를 보내서 돕게 할까요? 그리고 맥주통을 하나 공짜로 드릴게요."

리트 자신은 "어?"라며 영문을 모르겠다는 눈치로 경직하고 있다.

말레르는 딸과 케나를 힐끔 보더니 진지한 눈빛을 못 이기고 "하아." 하고 한숨을 쉬었다.

"장사를 잘하는걸, 케나는. 알았어. 그 조건으로 우리 딸을 맡길게."

"그러면 나중에 록스에게 한 통 가져가라고 시킬게요. 그러니까 리트, 여행 준비를 하자. 에리네 씨네 상단과 같이 움직일 거야."

"어? 어? 어어어어어어?!"

이야기를 이해하지 못해서 눈을 연신 깜빡이는 리트를, 말레르가 등을 어루만져 침착하게 했다. 에리네의 상단은 오늘 하루를 쉬고 내일은 이 마을을 떠난다고 들었다.

"어르신들과 같이 가는 거야? 그렇다고 말해 줬으면 금방 대답했을 텐데."

"으으으, 그런가요."

"그렇지. 여자 셋이서 여행한다면 당연히 걱정하지 않겠니?"

듣고 보니 그렇다고 납득했다. 말레르는 케나가 얼마나 강한지 본 게 아니니까, 자기 딸을 걱정하는 마음도 더 큰 거겠지.

케나는 말레르를 안심시키듯 주먹쥔 손을 쳐들어 선언했다.

"리트에게 해를 끼치는 게 나타나면 무조건 퇴치할 거니까 걱정하지 마세요. 게다가 이번에는 제 마차를 쓰니까 록스도 데려갈 거고, 수비는 완벽해요."

록시리우스의 레벨은 케나의 반 정도이지만, 접근전 능력만 보고 판단하면 케나와 견줄 수 있을 만큼 강하다.

리트는 말레르가 시켜서 여행 준비를 하려고 안쪽으로 들어갔다. 말레르는 딸이 사라진 가게에서 케나에게 머리를 숙인다.

"고마워, 케나. 저 아이를 잘 부탁해."

"무슨 말씀이에요, 말레르 씨. 저도 저 아이의 신세를 졌고, 친구니까요. 지키는 건 당연해요."

"케나가 온 뒤로 우리 마을도 옛날로 돌아간 것처럼 활기가 생겼어."

"너무 들쑤셔 놔서 조금 미안한 감도 있지만요. 촌장님이 쓰러지지 않을 정도로는."

어깨를 으쓱하는 케나를 보고 말레르가 웃기 시작했다.

무슨 일인가 해서 안쪽에서 나온 가트도 이유를 듣고 웃는다.

얼마 안 되는 옷가지를 작은 배낭에 채워서 돌아온 리트는 폭소하는 어른들을 보고 고개를 갸우뚱했다.

내일 출발이므로, 이른 아침에 상단이 있는 곳에서 집합한다고 말해 두었다.

케나는 리트의 짐에 부족한 게 없는지 검사한 다음, 여관을 뒤로했다.

일단 라템도 불러 봤지만, 지난번 일로 랙스가 아직 화난 상태여서 허가가 안 떨어졌다.

본인은 아쉬워했지만, 태어난 곳이 헬슈펠이라서 대도시는 익숙하다는 듯하다.

본인은 "다, 다음에 또 불러줘."라고 어색하게 웃으며 대응했다. 그 뒤에서 이상한 소리를 안 하는지 감시하는 스냐가 없다면 좀 더 그럴싸했겠지.

처음에는 사교적인 관점에서 록시리우스를 동행자로 지정했
는데, 록시느가 자신을 강하게 추천했다.

"아가씨 일행과 동행한다면, 제가 가겠어요. 여자 마음도 모
르는 벽창호를 데려가진 말아 주세요."

"하지만 사람이 많을 텐데, 시이는 괜찮겠어?"

"하찮은 벌레들이라고 생각하면 살의도 안 생겨요. 여차할 때
는 살충제를 뿌리면 될 일이죠."

깔끔하게 구분하는 것 같지만, 말하는 것만 들어선 테러리스
트와 별반 차이가 없다.

가끔은 록시느를 밖으로 데려가고 싶은 케나로선 반가운 제안
이다.

록시리우스도 어쩔 수 없다며 고개를 끄덕여서, 다툼이 생기
지 않고 끝났다.

다만 록시리우스가 "몇 명이나 재기불능 쓰레기가 될지……."
라고 무서운 소리를 중얼거린 것이 귀에 남았다.

"집을 봐줘, 록스. 아마도 우리가 돌아오기 전에……."

"압니다. 헬슈펠에서 온 짐을 받고, 주류와 마도구를 전하는
거죠? 제가 맡겠으니 안심해 주세요."

"응. 잘 부탁할게."

공손히 머리를 숙인 록시리우스에게, 케나는 손을 흔들며 대
답했다.

아무 일도 안 생기는 게 제일 좋지만, 만약 루카에게 해를 끼치

려고 한다면 이야기가 달라진다. 미쳐 날뛰는 자신을 다스릴 방법을, 케나는 떠올릴 수 없다.

"이런 대처는 오푸스가 잘했는데 말이야."

없는 걸 생각해도 소용없다. 부족한 지혜를 쥐어짜 귀족님의 무리한 요구를 회피할 방법을 오랫동안 생각하게 되었다.

그 옆에선 록시느의 조언을 들으며 짐을 싸는 루카가, 머리를 붙잡고 중얼중얼 소리를 내는 케나를 보고 눈을 동그랗게 떴다.

다음 날 이른 아침.

에리네의 상단에 속한 일행은 마차를 덜컹덜컹 이끌고 나타난 케나를, 입을 쩍 벌리고 맞이했다.

물론 먼저 와 있던 리트도 예외가 아니다.

"이, 이봐, 아가씨…… 그건 뭐야?"

아비타가 케나의 등 뒤에서 히힝거리는 말의 머리를 가리킨다.

그것은 생물로 부를 수 없는, 머리만 있는 조각상이었다. 표면에 나뭇결이 있는, 나무를 파서 만든 말의 머리만 있다.

아비타도 직업상 말 모양의 골렘을 본 적이 있지만, 히힝거리며 머리를 흔드는 골렘은 본 적이 없다.

그것이 마차의 마부석에서 튀어나온 것이다.

말이 끌지 않는 마차라는 존재는 근본적으로 이상하다. 그런 건 그냥 짐수레다.

짐칸에서 졸린 눈을 비비며 루카가 얼굴을 내비쳤다.

그리고 상단에서 시선이 집중하는 것을 눈치채더니, 화들짝 놀라 안으로 들어간다.

"우리 마차인데요. 무슨 문제 있어요?"

""" ...... """

물어봐도 곤란하다. 문제는 없지만, 존재가 문제다. 소문 정도는 들었던 에리네도 이것에는 입꼬리가 떨린다.

"저기, 케나 양. 그게 소문으로 듣던 그 마차입니까?"

"네. 이게 그 마차 맞아요."

상단에서도 호기심이 생긴 자가 포장마차 골렘을 관찰하듯 주위를 에워싼다.

겉으로 봐서는 천막을 씌운 짐수레다. 이 점은 구매했을 때와 달라지지 않았다.

달라진 점이라면 마부석에서 튀어나온 말 머리다. 나무로 된 것처럼 보이는 말 머리가 이 골렘 마차의 본체라고 할 수 있는 부분이다.

군데군데 마운석을 박았지만, 그것을 총괄해서 마차를 움직이는 역할은 말 머리가 맡는다. 그래서 이 포장마차는 쾌적한 주행을 보장받는다.

짐칸의 안팎을 구분하는 커튼에는 결계가 부여되어 내부를 쾌적한 온도로 유지한다.

내부에는 쿠션이 깔려서 어른 세 사람 정도는 팔다리를 뻗고

편하게 지낼 공간을 확보하고 있다.

바퀴축과 바퀴에도 충격을 완화하는 마법이 걸려서 주행 시 생기는 흔들림을 최대한 억제했다.

이런 사양이 알려지면 귀족들이 앞다투어 손에 넣으려고 하겠지.

단, 실용성이 있다면.

"사실은 이거, 마력을 무식하게 먹어요. 따로 MP 탱크를 달아야 할 정도로."

일반인은 하루에 몇 번이나 MP가 바닥나 기절할 것이다.

무한대라고 할 만한 MP를 자랑하는 케나가 아니면 마을에서 왕도로 달리게 할 수조차 없으리라.

케나를 걱정하는 사람들 사이에서는 그러한 것에 집착하는 귀족을 조심하라는 의견이 있었다.

아무튼 마차를 관찰하고 있을 수만은 없다.

에리네의 부하들이 빠릿빠릿하게 준비를 마치고, 상단이 출발한다.

배웅하러 나온 마을 사람들 중에서 말레르를 본 리트는 손을 크게 흔들었다. 루카도 짐칸에서 몸을 내밀어 말레르에게 손을 흔든다. 케나도 똑같이 손을 흔들자 말레르는 쓴웃음을 짓고 손을 흔들어 주었다.

"잠시 실례하겠습니다."

"그러세요."

상단이 출발하기 시작해서 마을에서 벗어난 직후, 에리네가 케나의 포장마차로 다가왔다.

싱글벙글 웃는 얼굴로, 마차에 태워 줄 때까지 움직이지 않겠다는 기색이다.

물론 케나는 거부할 이유가 없으므로 흔쾌히 마차 안으로 초대했다.

"이건 참…… 흔들림이 없군요."

바닥을 가득 채운 쿠션 중 하나에 앉은 에리네는 아래에서 진동이 거의 느껴지지 않아서 몹시 감동했다.

쿠션은 루카가 재봉을 연습하면서 만든 것이다. 록시느는 옷을 기우는 것보다 무언가를 만드는 데 중점을 두어서 루카를 교육한 듯하다.

개중에는 뭘 보고 만들었는지 모르는 것도 있어서, 눈을 즐겁게 해준다.

루카와 리트는 위쪽 커튼을 걷어 나란히 앉아 있다. 뒤쪽으로 흘러가는 풍경을 보며 눈을 빛냈다.

그 옆에는 록시느가 조용히 서서 두 아이가 마차에서 떨어지지 않게끔 감시하고 있었다.

일행의 짐은 천막 벽에 달린 고리에 걸렸다.

일단 수상하게 보이지 않게끔 하는 장식물의 의미를 지닌다.

케나는 물론, 록시느도 아이템 박스가 있으니까 마차 안에 두는 짐은 최소한으로 줄일 수 있었다.

케나가 작은 탁자를 꺼내자 록시느가 티 세트와 홍차를 내놓는다. 어디선가 향이 진한 홍차가 나타나자 에리네가 눈을 휘둥그레 뜨고 놀란다.

"매번 그렇지만, 케나 양은 어디서 이런 것을 꺼내는 겁니까?"

"그런 종류의【스킬】이에요. 이것만큼은 이제 손에 넣을 방법이 없을 거예요."

"그렇군요. 그것도 매우 흥미로운 일이지만……."

아이템 박스의 존재는 위험해서 말할 수 없다. 이런 것은 통틀어서【스킬】이라고 하면 추궁을 피할 수 있다고 학습했다.

"그나저나 이 시기에 펠스케이로에 간다면, 빈방이 있을지 어떨지."

잡담하면서 문득 떠올린 듯 에리네가 불길한 소리를 했다.

"이 시기가 왜요? 펠스케이로에서 뭔가 하나요?"

"그렇지요. 케나 양은 모르는 게 당연하겠군요. 강 축제라는 걸 합니다."

처음 만났을 때 '시골 출신'이라고 했으니까, 케나가 모르는 것도 당연하다며 에리네는 자세히 설명해 주었다.

펠스케이로는 에지드 강에 분단되는 세상에서도 드문 도시지만, 그만큼 강이 없으면 성립하지 못하는 도시이기도 하다.

시민의 생활은 강에 밀접하고, 그 은혜와 혹독함을 겪으며 자란다.

그래서 강에 감사하는 도시 축제가 열린다고 한다.

"분위기가 가장 고조되는 건 마지막에 어른부터 아이까지 참가하는 소형선 경주겠군요. 중간섬 주위를 두 바퀴 도는 건데, 매년 손에 땀을 쥐게 하는 전개가 좋습니다."

"헤에. 그건 좀 보고 싶네요."

"이러는 저도 어릴 적에는 친구들과 함께 몇 번 참가한 적이 있지요."

"어? 에리네 씨가요?"

코볼트 특유의 작은 체구를 보면 너무 불리한 게 아닐지, 케나는 걱정이 된다.

추억에 잠긴 에리네는 아이처럼 천진난만한 웃음을 짓고 당시 이야기를 했다.

"결과는 예산 탈락이었지요……."

"아차……."

머리를 긁적이며 쓴웃음을 짓는 에리네지만, 분한 기색은 조금도 없다.

전혀 신경 쓰지 않는 듯, 그 증거로 추억이 워낙 즐거운지 자기가 말해 놓고 웃음을 터뜨릴 때도 있었다.

"거참. 실패하긴 했지만, 저는 그걸로 모두와 힘을 합치는 즐거움을 알았지요."

절절하게 청춘 시대를 말하는 에리네를 보고, 케나도 절로 미소가 지어진다.

그 이전에 평소 모습과 달라서 조금 재밌다.

케나가 웃는 걸 눈치챈 에리네는 멋쩍은 듯이 고개를 숙인다.

"어이쿠…… 거참, 무심코 그때 얘기에 열을 올렸군요. 케나 양, 이건 부디 비밀로 해주시길."

"네. 그럴게요. 방금 본 에리네 씨는 가슴속에 묻어 둘게요."

실내에 있어서 이야기가 들렸을 록시느에게 눈짓하자 작게 고개를 끄덕인다.

록시느라면 이런 이야기를 흘리지 않겠지. 그런 화제가 나올 상대도 떠올릴 수 없지만.

"끙. 그건 그렇고, 여관방을 잡기 어려운 건가……."

인간족 아이가 같이 있어서 예전에 묵은 여관도 못 이용할 것 같다.

거기서 마주친 투숙객들은 왠지 모르게 인간족을 꺼리는 느낌이 들었기 때문이다.

추가로 케나가 이용해 본 곳은 루카를 데려갔을 적에 적당히 고른 여관.

그때는 강에 가까운 곳을 골랐는데, 제법 고급 여관이었던 듯 1박에 금화 1개를 낸 기억이 있다.

돈이 쪼들리는 건 아니지만, 너무 고급스러운 곳은 자기에게 맞지 않는다고 느껴서 피하고 싶었다.

"그렇다면 케나 양. 제가 묵을 곳을 소개할까요?"

"네?"

에리네가 말을 꺼냈는데, 감이 안 잡히는 케나는 입을 벌렸다.

에리네의 상회는 부동산을 다루지 않는다는 선입견이 있었기 때문이다.

케나의 걱정과는 달리, 에리네는 상회에서 취급하는 빈집을 제시했다.

덤으로 상인이면 다양한 상품을 다루는 게 당연하다고도 알려 줬다.

에리네의 상회에서 취급하는 부동산은 작은 단독주택에서 집합 주택까지 여러 종류가 있다고 한다.

"가족용 단독주택을 하나 빌려드리죠."

"그래도 되나요?"

"그럼요. 마음에 드시면 케나 양의 펠스케이로 거점으로 사줄지도 모른다는 계산은 있지만 말입니다."

"그건 이용해 봐야 알겠지만, 감사히 쓸게요."

그리고 사용상의 주의 사항을 듣는다. 정식 계약은 에리네의 상회에 도착한 다음에 한다.

설비를 망가뜨리지 않는다. 다 쓰고 나면 깨끗하게 청소한다. 이렇게 두 가지만 지키면 된다.

"그게 다예요?"

"그렇습니다. 그것만 엄수해 주시면. 망가뜨리면 변상받겠지만요."

"알겠어요. 깨끗하게 반납할게요."

자신만만하게 대답하자, 에리네는 즐겁게 미소를 짓는다.

"케나 양이 그렇게 말하면 신품이 되어 돌아올 것 같아서 무섭군요."

"무슨 말씀을~. 뭐, 못 할 건 없지만, 피곤해지니까 안 해요."

몇 가지 스킬을 같이 쓰면 오래된 가옥을 새집처럼 만들 수 있다. MP는 물론 HP(히트 포인트)도 깎는 식으로 스킬을 써야 하니까 작업이 끝나면 몹시 지친다.

케나가 봤을 때는 단점이 많아서 쓰기 싫은 방법이다.

그리고 강 축제에 관해서 자세한 이야기를 물어보려고 했는데, 에리네는 개최하는 관계자가 되니까 큰 행사 말고는 잘 모르는 듯하다.

"그런 건 아비타 씨가 잘 알 겁니다."

"아하~."

그날은 처음 야영지에 도착할 때까지 에리네와 '펠스케이로에 관한 상인의 관점' 이란 주제로 이야기꽃을 피웠다.

물론 루카와 리트는 그 이야기에 따라갈 수 없어서 어느새 사이좋게 잠들어 있었다.

록시느가 모포를 덮어줄 즈음, 잠시 휴식하고자 상단이 정지했다.

에리네는 그 기회에 "너무 오래 머물러서 미안하군요."라며 포장마차 골렘에서 내렸다.

그날 밤, 가도 근처의 야영지에서.

인원이 많아서 모닥불을 여럿 피워 식사를 마친다.

케나가 있는 곳에서는 록시느가 솜씨를 발휘해 같은 자리에 있던 상인들도 호평했다.

이참에 다른 사람에게도 친절하게 굴었으면 좋겠다고 케나가 생각했을 때, 아비타가 한 손에 술병을 들고 케나가 있는 곳으로 찾아왔다.

곧바로 불쾌한 얼굴을 한 록시느가 루카와 리트를 일어나게 한다.

"그러면 케나 님, 루카 님과 리트 님은 제가 볼 테니, 주정뱅이를 보살펴 주시길 바랍니다."

"부탁할게, 시이. 리트, 루카, 잘 자."

"언니, 잘 자~."

"안녕, 히, 주무……세, 요."

아직 술에 취하지 않아서 아픈 데를 찔린 아비타는 찍소리도 못한다.

마차로 돌아가는 아이들과 술병을 번갈아 보고, 마실지 말지를 정하지 못하는 눈치다.

그리고 키득키득 웃는 케나를 보고 언성을 높인다.

"이, 이봐, 아가씨!"

"마셔도 상관없어요. 아비타 씨도 한숨 돌릴 때는 있어야 하는걸요. 뭘 주저하는 거죠?"

"아니, 너희 메이드 아가씨, 딱 봐도 날 싫어하잖아……."

"시이는 누구든 저런 느낌이에요. 요새는 예전에 비해서 확실

73

하게 성격이 둥글둥글해졌지만요."

"저게 둥글둥글해진 거야? 어딜 봐서?"

벌레를 씹은 얼굴을 한 아비타가 밤의 어둠 속으로 사라지는 록시느의 뒷모습을 보고 나서 술병을 입에 댄다.

"카하! 이 한 잔을 마시려고 사는 거지. 속이 뻥 뚫리네."

"한 잔……?"

술꾼에겐 한 병도 한 잔인 거겠지.

케나는 안주가 될까 싶어서 아이템 박스에서 볶은 콩과 물고기 소금구이 등을 꺼냈다.

이것들은 예전에 펠스케이로의 노점에서 산 것이다.

몇 가지는 맛이 마음에 들어서 많이 사서 쟁여뒀다.

록시리우스와 록시느를 소환한 뒤로는 말하지 않아도 자기가 좋아하는 요리가 나와서 깜빡 잊고 살았다.

"오, 좋은 안줏거리인걸. 이건 아가씨가 만든 거야?"

"만든 게 아니에요. 예전에 사서 저장한 거예요."

솔직하게 말하자 아비타는 이상한 표정을 짓고 콩과 물고기 냄새를 맡는다.

"상하진 않은 것 같은데."

"못 먹을 건 아니에요. 그건 보장할게요."

아이템 박스 안에 있으면 상하지 않으니까 안심할 수 있다.

왜 그런지는 물어봐도 대답할 수 없다.

"에리네 회장한테 들었는데. 아가씨는 강 축제가 처음이라며?"

"네. 그야 아비타 씨를 처음 봤을 때 시골에서 나온 거니까요."

"그때가 아주 오래전처럼 느껴지는걸. 아가씨의 존재감은 엄청나니까."

"그게 무슨 소리죠?"

술병을 기울이며 절절하게 말하는 아비타에게 쓴웃음을 짓고 대꾸한다.

잘 생각해 보면 이벤트가 왕창 있어서 하루하루가 질리기는커녕 파란만장하게 느껴지고 있었다. 병원 침대에서 누워 지내던 인생보다 지금이 더 살아있는 느낌이 드니까 기분이 좋다.

안주를 먹으며 아비타에게 강 축제를 즐기는 법을 얼추 듣는다.

노점은 큰길에 있는 것보다 주택가의 주민들이 차린 것이 가족 단위로 느긋하게 구경할 수 있다든가.

구경할 곳은 많지만, 소매치기 같은 범죄도 많으니까 돈은 분산해서 들고 다녀야 한다든가.

축제 마지막에 중간섬을 도는 소형선 경주는 한 번 꼭 볼 가치가 있다든가.

다만 그쪽 내기 도박을 추천하진 말아 주면 좋겠다.

아비타는 축제를 즐기는 법을 자세히 알려주었다. 먹고 마시는 게 절반쯤 되는 건 아비타의 취향 때문이리라.

"축제 같은 건 처음 가니까 기대돼요."

말하고 나서 실수했음을 깨닫지만, 흘린 말은 도로 담을 수 없는 법이다.

'이 세계에서는' 라는 말을 꺼내지 않은 것만 해도 다행일지도
모른다.

"엘프는 축제를 안 해?"

"아, 그게, 하기는 하는데요. 저는 하이엘프라서. 같이 놀 수
는 없어요."

게임 퀘스트에서 본 풍경을 그대로 말한다.

그건 하이엘프 플레이어의 전용 퀘스트로, 엘프 축제를 성공
시키는 미션이다.

퀘스트 난이도는 높지 않지만, 과정마다 방해물이 있어서 그
걸 처리하면서 진행하는 방식이다.

축제는 무사히 개최되지만, 플레이어는 옥좌 같은 데 앉아야
하므로 축제를 구경할 순 없다.

그렇게 '어떻게 좀 해줄 수 없어?' 라는 불만을 느끼게 하는 퀘
스트였다.

"그래? 아가씨도 모르는 데서 고생했군."

잘 얼버무린 것 같아서, 케나는 안도했다.

그 말에 맞장구를 쳐준 아비타는 기울인 술병 속을 살피고 떨
어진 방울을 받아먹는, 정말 분위기 깨는 모습이었다.

차마 보다 못한 케나는 작은 통에 나눠 담은 맥주를 건넸다.

"오, 이건 혹시…… 받아도 되는 거야?"

"그렇게 불쌍한 모습을 보면 좀…….."

"거참, 눈치를 준 것 같아서 미안해."

작은 통을 품에 안고 만족스럽게 웃는 아비타의 분위기에 이끌
렸는지 단원들이 하나둘 모인다. 맥주통은 금방 들켰다.

"아아아! 치사해요, 단장. 좋은 술을 독점하다니."

"닥쳐! 이건 내가 받은 거야."

곧바로 정보가 퍼지고, 케나가 있는 모닥불에 단원들이 몰려
든다.

부러운 듯이 쳐다보기만 하는 단원은 야간 경비를 담당하기에
자기 자리에서 벗어날 수 없다.

서비스로 내준 거니까 아비타는 자기가 마실 것을 열심히 지키
기 바란다.

"아가씨, 더 없어?"

"없어요."

""".............""

여행이란 열차에 탄 것처럼 풍경이 빠르게 지나가는 것도 즐거
운 요소다. 다만 숲속 가도만 자꾸 이동하기만 하면 질리기 마련
이다.

계속해서 이동하는 마차 안에서는 풍경을 보는 것 말고는 할
일이 없으니까 록시느가 그림책을 챙기기는 했지만, 멀미할 가
능성도 있었다.

그림책을 읽어 주는 건 야영할 때 자기 전에만 할 수 있다.

처음에는 루카와 리트가 번갈아 퀴즈를 내는 식으로 놀았지

만, 마을에 산 지 얼마 안 되는 루카가 대답할 수 없는 것이 많아서 금방 끝나고 말았다.

그런고로 케나가 꺼낸 것이 트럼프다.

과거에 있었던 플레이어가 퍼뜨렸는지, 아니면 그 양자가 보급한 건지는 모르겠지만, 이런 종류의 보드 게임은 이 대륙에도 이것저것 있는 듯하다.

트럼프, 카루타, 백인일수(용케 그걸 다 외우고 있었다며 감탄했다), 바둑, 장기, 체크, 오셀로, 인생 게임, 마작 등등. 종류가 진짜 폭넓다.

케나도 자신도 사카이 상회의 점포에서 보고, 그 풍부함에 놀란 적이 있다.

다만 트럼프든 카루타든 두껍고 고급스러운 종이를 쓰니까 가격이 제법 나간다. 변경 마을 사람들은 쉽게 손댈 수 없을 것이다.

에리네의 상단에서도 취급하지만, 마을 사람들은 용도를 모르는 데다가 비싸서 멀리했다고 한다.

케나는 우선 카드를 전부 깔아서 그림이 있는 면을 보여주기로 했다.

킹과 퀸의 그림이 삼등신 인물로 된 것 빼고는 특이하지 않은 트럼프 카드다. 조커 카드는 아기자기하게 그린 고스트다.

이즈쿠에게 들은 바로는, 아이들 취향에 맞게 그렸다고 한다. 어른들 취향에 맞는 카드는 다른 그림을 그렸다나 뭐라나.

하지만 케나는 보드 게임 매장에서 가게 책임자가 나오는 건 좀 아니라고 생각했다.

대접해 주는 건 알겠지만, 그 자리에 있던 점원이 질겁했다. '이즈쿠 님이 하실 일은……' 이라며 허둥대던 것이 인상에 남았다.

마지막에는 이즈쿠가 '드리겠습니다' 라고 말해서, 케나는 단호히 거절하고 대금을 치렀다. '이런 돈으로 망할 만큼' 어쩌고는 대대로 물려줄 말이 아닐 텐데.

"그러면 먼저 짝 맞추기 게임을 해보자."

"짝……"

"맞, 추기……?"

카드를 전부 뒤집고 시범을 보이며 규칙을 설명해 준다. 록시느도 거들게 해서 게임의 흐름을 설명하고, 다시 시작해 본다.

케나 자신은 기억력이 좋지 않다고 생각했는데, 몸은 스킬의 은총으로 스펙이 좋은 듯하다. 네 짝을 찾은 뒤에는 아이들에게 기회를 주기로 했다.

록시느는 세 짝을 찾은 다음에 아이들이 기억할 수 있게끔 뒤집어서 차례를 넘겼다. 록시느의 기억력도 문제가 없는 듯하다.

루카와 리트 말고 문제가 있을 법한 건 요정이다. 모두가 둥글게 둘러앉은 자리 위에 떠 있으니까 게임 진행을 구경하는 줄로만 알았다.

그런데 자신만만한 얼굴로 '이거야 이거' 라는 듯이 카드 위를 날아다녀서 뒤집어 봤더니 하나도 안 맞았다.

"1등~!"

"2, 2등……."

첫 게임에선 리트가 1등, 루카가 2등. 케나가 3등이고 록시느가 4등이다. 그 뒤로 루카와 리트가 1등과 2등을 다투는 성적이 이어진다.

딱 한 번, 리트가 '언니들도 진지하게 해!' 라고 말했을 때는 케나와 록시느가 거의 모든 카드를 뒤집게 되었다.

진지하게 하라는 소리를 들었긴 해도, 어른스럽지 못했다.

다음으로 손댄 것은 도둑잡기가 아닌, 고스트 잡기다.

그림 때문에 이 세계에서는 그런 명칭으로 불리는 것 같다. 도둑잡기라고 아는 사람으로선 어색해 죽겠다.

이건 처음부터 결과가 뻔히 보였다.

"아이참~ 루카랑 록시느 언니는 왜 그렇게 잘해?"

세 번을 해서 리트만 참패했다.

1등과 2등은 루카와 록시느가 번갈아 했고, 케나는 안정적인 3등이다.

"얼, 굴, 보면…… 알아."

"리트 님은 얼굴에 너무 잘 드러나네요."

표정을 완전히 제어하는 록시느와 아직 표정 변화가 두드러지지 않는 루카 앞에서, 리트는 적수가 되지 못했다.

"리트는 상대가 도둑, 이 아니라 고스트를 잡으면 웃으니까 알아보기 너무 쉬워."

"으으으으으~!"

분한 듯 신음할 수밖에 없는 리트.

다시 고스트 잡기를 하면서 자기 뺨을 잡고 얼굴을 푸는 리트를 보니 웃음이 절로 나온다. 결과는 유감이었다.

풀이 죽은 리트를 루카와 록시느에게 맡기고, 케나는 마차에서 내렸다. 케니슨이 부르러 왔기 때문이다.

"무슨 일 있어요? 아비타 씨?"

상단은 무언가를 경계하듯 속도를 낮추고 이동 중이었다. 케나는 '화염창 용병단'이 모인 곳까지 가서 복잡한 표정을 지은 단장에게 말을 걸었다.

"뭔가 일정한 거리를 유지하면서 쫓아오는 것들이 있는데. 짚이는 데가 있어?"

"잘 모르겠네요."

케나 일행은 대금을 치르고 동행하는 거라서 손님 신분이다. 당연히 호위 대상이기도 하다.

그래도 케나는 부탁받으면 방위든 요격이든 함께할 마음이 있었다. 이건 상단에 낄 때도 말한 바가 있다.

"그렇다면 도적으로 봐도 되겠지?"

"단장…… 조금만 더 상대의 동향을 살펴봐야죠."

부단장이 황당한 표정을 짓자 아비타가 인상을 팍 구겼다. 잔소리를 어떻게든 피하고 싶은 듯하다.

케나는 말을 거들지 않고【바람의 정령】을 소환해 아비타가 신경을 쓰는 쪽으로 보냈다. 시야를 공유해서 주변을 탐색하자 제법 많은 도적을 발견할 수 있었다.

"축제가 다가오면 상인들이 일제히 움직이니 말입니다. 번 돈을 노리고 모여드는 겁니다."

에리네가 탄 마차가 다가왔다. 그는 마부석에서 우울한 표정을 짓고 뒤쪽, 도적이 모인 방향을 봤다.

"대체 해마다 어디서 나타나는 건지……."

미간을 주무르며 지겨워하는 사람은 부단장이다. 도적들은 가정에서 혐오하는 바퀴벌레 취급을 받는 듯하다. 당연한 거지만.

"아마도 밤에 어둠을 틈타 습격하겠지요."

"밤이 될 때까지 기다릴 수 없어. 후다닥 정리하자고. 아가씨, 도와줄 거지?"

"네~."

케나는 승낙했지만, 아비타가 "돌진해서 쫓아내면 되겠지." 라고 말하는 바람에 부단장과 함께 딴지를 걸었다.

"그러면 안 되죠."

"케나 양의 말이 맞습니다. 반쯤은 포박하거나 죽여서 도적의 전력을 줄일 필요가 있습니다. 무작정 돌진해도 지형적으론 상대가 유리합니다. 도망치면 우리가 지는 겁니다."

"그렇다면 일단 상단을 멈추게 할까? 회장, 바퀴축이 망가진 척하고 멈추고 싶은데."

"금방 움직일 수 없는 것처럼 위장하는 거군요. 상관없습니다. 케나 양이 있으면 수비를 맡길 수 있으니 말입니다."

무작정 돌진하자고 한 사람이 맞는지 생각될 정도로, 아비타가 교활한 작전을 말했다. 그것을 곧바로 허가하는 에리네도 오래 알고 지낸 악우 같았다.

""그런고로 아가씨(케나 양), 수비는 맡기마(맡기겠습니다).""

"왜 그렇게 호흡이 딱딱 맞는 거예요?!"

즐겁게 웃으며 어깨를 토닥이니까, 케나는 어이가 없었다.

부단장이 곧바로 지시를 전파해 도적들이 도망칠 수 없는 포진을 갖춘다.

케나도 앞으로 나서려고 했지만, 아비타가 "아이가 있잖아. 피비린내 나는 걸 보여주지 마."라며 말리는 바람에 물러났다.

그 대신 지원 마법을 한껏 서비스했다.

【공격력 상승】과 【방어력 상승】, 【이동 속도 상승】. 기습을 맡는 단원에게 【은신】도 걸어주는 철저함.

몸속에서 치솟는 힘을 주체하지 못하는 부하들을 보고, 아비타도 체념한 것처럼 한숨을 쉰다.

"아가씨가 동행할 때 집적대는 놈들의 정신머리를 이해할 수 없군."

"틀림없이 국경 때의 재탕이 되겠죠."

부단장도 동조하고 도적들이 잠복한 곳을 보며 손을 맞댔다.

잠시 작전을 서로 재확인하고, 상단 전체에 전파한다. 소란스러운 일이 생겨도 모른 척하라고 덧붙이는 걸 잊지 않고.

다시 평소 속도로 돌아온 상단이 이동하기 시작하고, 야영지가 가까워졌을 때였다.

야바위꾼 역할을 맡은 단원이 "이봐! 잠깐 기다려!"라고 주위에 다 들리게 큰 소리로 외쳤다. 그것을 시작으로 마차가 차례차례 멈춘다.

상단 전체가 이동을 멈추고, "무슨 일이야?"라며 상인들이 마차에서 고개를 내민다.

다들 어이가 없을 정도로 연기가 엉성하지만, 다행히 완벽한 연기는 바라지 않는다. 사냥감을 속일 수만 있으면 된다.

"마차의 바퀴축이 이상해. 아무나 좀 도와줘!"

이것도 주변에 다 울릴 정도로 큰 소리로 말했다. 주위에 아무것도 없는 숲속이니까 진짜 멀리까지 잘 퍼진다.

이번 작전에서 야바위꾼 역할로 뽑힌 사람은 평소 과묵한데, 자기 목소리가 너무 커서 고민거리라고 한다. 아비타가 직접 '너밖에 부탁할 사람이 없다'라고 해서 울어야 할지 웃어야 할지 모르는 얼굴로 그 임무를 맡았다.

사정을 모르는 루카와 리트도, 마차에서 몸을 내밀고 바깥 상황을 살핀다. 그러나 록시느가 넌지시 말려서 하는 수 없이 마차 안으로 돌아갔다.

소리친 단원 주위에 몇 사람이 모인다.

그동안 【은신】을 건 기습 멤버들이 차례차례 숲속으로 들어가서, 모인 인원의 반쯤은 케나가 마법으로 만든 환영이다.

호위 병력의 태반이 상단 한쪽에 모여서, 그것을 기회로 본 도적들이 숲속에서 차례차례 튀어나왔다.

'히얏호!' 같은 느낌으로 습격하는데, 다음 순간에는 도적들이 등 뒤에서 습격당했다.

"꺼억?!"

"끼악?!"

"뭐, 뭐지?!"

사냥감을 잡는다는 흥분을 유지한 채로 쓰러지는 자들과 자신에게 무슨 일이 생겼는지 모르는 채로 쓰러지는 자들이 대다수를 차지한다.

"하, 항복한다! 항복할게!"

"제, 제발! 목숨만은!"

살아남은 건 상황을 일찌감치 파악하고 무기를 내던져 항복한 자들뿐이다.

"깔끔하다고 할지, 추하다고 할지……."

"그런 소리 하지 마, 아가씨. 원래 다 그런 거야."

"이런 것들이 모이면 큰일이네요."

"주절주절 떠들지 말고 얼른 포박해!"

"""네─입."""

죽은 도적들은 그 자리에 구덩이를 파서 매장한다.

살아남은 도적들은 포박해서 왕도로 연행한다.

모두 손을 뒤로 모아 묶고, 마지막 마차에 걸린 줄에 연결했다.

도망과 저항을 방지하기 위해 모두가 거대한 쌍두뱀의 몸에 휘감긴 걸 빼면 평화롭다.

아이에게 이 뱀을 보여주긴 뭐해서, 케나의 포장마차 골렘은 상단의 전방으로 이동했다.

"이봐, 아가씨. 저건 뭐야?"

"오보사라고 해요. 한 번 물리면 다섯 걸음도 못 가서 죽는다고 하죠."

종종 긴 혀로 집요하게 핥거나 정면에서 가만히 응시하므로, 도적들의 안색은 새파랗다 못해 흙빛이다.

오보사는 마계 지역의 뱀 마물로, 레벨은 450. 중간 보스로 나오는 마신의 목에 감겨서 장식처럼 출현할 때가 많다.

장식으로 취급하는 걸 좋아해서, 소환한 케나가 '밧줄 대용이 되어서, 저들을 장식해 줘.' 라고 했더니 흔쾌히 수락해 주었다. 그래도 되는 거냐고 되묻고 싶을 지경이다.

그것을 처음부터 끝까지 지켜본 아비타는 얼굴이 핼쑥해졌다.

누가 사람을 묶을 밧줄로 뱀을 쓸지 알까.

다만 가도에 있으니까 오가는 여행객을 놀라게 할 수는 없다. 지시를 내리면 본인, 아니 본뱀이 보호색 뿜치는 마술로 몸을 굵직한 밧줄처럼 보이게 한다.

"아무튼 펠스케이로는 거의 다 왔으니까. 이제부턴 느긋하게 갈 수 있겠지."

벌써 한가함 모드로 진입한 아비타에게, 부단장이 길게 한숨을 쉬었다.

다 포기한 표정인 걸 보면 항상 있는 일인가 보다.

마음고생을 이해한다며 몇몇 단원이 어깨를 토닥이며 일을 거들겠다고 했다.

"아비타 씨……."

"뭐, 뭐야? 왜 불쌍한 사람처럼 보는데?"

"부단장 씨가 너무 불쌍하니까, 똑바로 해주세요."

"괜찮아. 내가 당당하게 있기만 하면 부하도 안심, 나도 안심. 아무 불안도 없지!"

"패기 넘치는 것과 일을 내팽개치는 건 같은 의미가 아닐 것 같은데요?"

주위에서 쓴웃음을 짓는 가운데, 진지한 얼굴로 따지고 드는 케나에게 아비타가 자기 말을 들으라고 손짓했다. 케나는 잠시 주저했지만, 순순히 귀를 기울인다.

"펠스케이로에서 기묘한 일이 생긴 것 같아. 조금 조심하라고."

속닥속닥 귀띔하는 말이 곤혹스러운 케나. 너무 추상적이어서 뭘 조심하라는 건지 모르겠다.

간단히 말해서, 무슨 일이 생겨도 괜찮게끔 마음을 단단히 먹으라는 뜻 같다.

그러나 상단에서 어떻게 그런 정보를 얻었는지는 의문이다.

오랜만에 찾은 펠스케이로는 활기가 넘쳤다.

동문에서 진입할 때는 다소 줄을 서야 했지만, 그때 유력 상인이라고 하는 에리네가 허가증을 보여줌으로써 상단이 통째로 그냥 지나갈 수 있었다.

뱀은 미리 돌려보내고, 도적들은 문에서 경비를 서는 병사에게 넘겼다. 나중에 아비타 일행이 묵는 여관으로 상금을 보내준다고 한다.

케나 일행이 탄 골렘 마차도 문지기들이 보고 놀라긴 했지만, 문제없이 통과할 수 있었다.

줄을 선 사람들의 시선이 쏠린다. 모두가 놀란 얼굴로 말이 없는 골렘 마차를 구경하는 판국이다.

"아차. 들어가기 전에 아이템 박스에 넣을 걸."

케나는 넋이 나간 사람들의 눈과 입이 동그랗게 된 것을 보고 나서야 후회했다.

"이렇게 혼잡한 거리에 루카 님과 리트 님을 걷게 하는 건 힘들 거예요."

록시느가 하는 말에도 일리가 있다.

펠스케이로를 처음 방문했을 때보다 큰길에 사람이 많았다. 이동 시간은 지난번보다 곱절은 더 걸린다.

손님을 부르는 목소리. 목청껏 파는 물건을 선전하는 점원의 목소리.

기분 좋게 춤추는 사람과 이를 에워싸고 박수를 보내거나 환호하는 사람.

머리나 어깨 위에 짐을 수북하게 올리고 운반하는 사람과 셋이서 하나의 짐을 운반하는 사람들.

물건을 사러 온 손님, 관광객처럼 보이는 사람, 모험가와 순찰 중인 기사 등등. 좌우지간 다양한 사람들로 거리가 붐볐다.

마차가 지나가는 길은 따로 있지만, 그런데도 경계선이 흐릿한지 우연히 마차가 지나는 길로 뛰쳐나오는 사람이 있다.

상단의 마차 행렬은 그런 것과 부딪히지 않도록 속도를 낮추고, 용병단원들이 줄을 정리하는 사람처럼 벽이 되어 이동하고 있었다.

루카와 리트도 처음 보는 인파에 눈을 빛내며 놀란 눈치다.

루카는 펠스케이로에 두 번째로 오는 거지만, 지난번에는 아직 자신의 처지와 마음을 정리하지 못했기 때문에 주위를 살필 여유가 없었을 것이다.

나이에 맞게 구는 두 아이가 '저건 뭐야? 저건?' 하고 흥분하는 모습을, 케나와 록시느는 흐뭇하게 지켜보고 있었다.

상단은 시내를 가로질러 에리네 상회의 토지에 도착했다.

지난번에 케나가 마차를 산 가게의 뒤로 돌아가 차례차례 정차하자 종업원들이 우르르 몰려나와서 짐을 척척 옮기기 시작한다.

그들도 말이 없는 골렘 마차를 보고 놀랐지만, 상단에 동행 중이던 상인들이 '어디 가서 말하지 마라.' 라고 귀띔해서 고개를 끄덕이고 다시 자기 일을 시작했다.

"케나 양. 마차는 우리가 맡아드릴 수도 있는데, 어떻게 하겠습니까?"

마차에서 내린 케나가 몸을 풀고 있을 때, 에리네가 다가와 그렇게 제안했다.

"아뇨. 너무 신세를 질 순 없고, 귀찮은 일이 생길지도 모른다고 알려준 에리네 씨가 그런 귀찮은 일을 당하면 미안해지잖아요."

리트와 루카가 내린 것을 확인한 케나는 케나는 골렘 마차를 아이템 박스에 넣었다.

보는 앞에서 마차가 홀연히 사라지면, 【스킬】이라는 설명을 들어서 아는 에리네도 놀라움을 감출 수 없다.

물론 이제 와서 추궁하진 않지만, 에리네의 표정은 자세히 물어보고 싶은 낌새로 가득했다. 마차를 통째로 수납할 수 있는 운송 수단의 확보라는 점에서 케나의 존재는 매력적이리라.

케나에게 빌려줄 집의 계약을 간단하게 끝마치고, "가게 사람에게 안내하게 하지요."라고 했을 차에 차분한 얼굴을 한 아비타가 나타났다.

조금 전만 해도 술집으로 직행하자며 신났던 사람과는 같은 인물로 보이지 않을 만큼 분위기가 딴판이다.

"무슨 일 있어요? 아비타 씨?"

"사전에 어느 정도 정보를 구했지만, 보아하니 기묘한 일이 생긴 것 같다. 축제 개최도 위태롭다고 하던데."

"뭐라고요?!"

축제는 이미 개최된 줄 알았는데, 아직 준비 기간이라는 듯하다. 그 기간에 날씨가 맑은 날을 골라 본축제가 열린다고 한다.

"지금 활기로도 부족한 건가요······. 축제가 위태로운 사태는 또 뭐죠?"

"이미 우리 사람을 모험가 길드에 확인하러 보냈어. 자세한 사정을 알면 너희한테도 소식을 전하게 할 거니까, 아가씨는 꼬마들을 쉬게 해."

루카와 리트는 록시느의 손을 잡고 케나와 아비타의 대화를 멀리서 지켜보고 있었다. 초롱초롱한 눈빛은 여전해서, 가슴이 뛰는 기대감이 얼굴에 드러나 있다.

저런 얼굴을 보면 '오늘은 외출 금지' 라고 말할 수도 없다.

에리네와 아비타에게 고맙다고 인사한 뒤 헤어지고, 케나 일행은 상회에서 멀지 않은 집으로 안내받았다.

라아데일의 대지에서

WORLD OF LEADALE

제2장

음모와 조사 의뢰와 날파리 대처법과 두 딸

"어, 집?"

"뭐, 조금 크긴 하죠. 원래는 작은 가게였습니다."

에리네 상회의 점원이 소개한 곳은 옆으로 널찍한 2층짜리 집
이었다.

크기는 말레르의 여관과 비교해서 반 정도일까. 그래서 단독
주택이라고 하기엔 너무 크다.

점원은 열쇠를 건네고는 "자유롭게 써주세요."라고 말한 뒤
돌아갔다.

1층은 휑한 점포 부분과 작은 방이 두 개, 부엌이 있다. 작은 방
하나는 식당이며, 여섯 명이 앉을 수 있는 탁자와 의자가 마련되
어 있었다. 2층에는 서너 평쯤 되는 방이 세 개 있었다.

케나와 루카와 리트는 셋이 함께 2층에 있는 방 하나를 침실로
쓰기로 했다. 록시느는 1층에 있는 작은 방을 쓴다고 한다. 집을
돌아다니며 부엌을 살펴본 뒤 "장작이 필요하겠네요."라고 중
얼거렸다.

아무튼 아이템 박스에서 꺼낸 침대를 침실로 쓸 방에 떡하니
놓았다.

식기와 식재료는 록시느의 아이템 박스에 있으니까 문제없지

만, 그래도 부족한 게 있는 듯하다.

"아, 먼저 장을 보러 갈까."

"아뇨. 잡일은 제가 처리하겠어요. 케나 님은 먼저 두 분을 데리고 주변을 돌아보세요."

아이들끼리 밖에 다니지 말라고 타이르긴 했지만, 아이들의 흥미는 완전히 밖으로 쏠렸다.

지금도 근처 거리에서 악기를 연주하며 통과하는 집단을 보고 시선으로 쫓고 있었다. 요정은 저절로 이끌리는 것처럼 멍하니 벽을 통과했다가 황급히 쌩하고 돌아왔다. 이쪽이 먼저 미아가 될지도 모르겠다.

부족한 건 록시느가 조달하게 하고, 케나는 루카와 리트를 데리고 소란스러운 거리에 나가 보기로 했다.

예전에 전돌이와 술래잡기를 한 기억을 더듬으며 케나가 아이들을 데리고 간 곳은 강기슭이다.

강기슭이라고는 해도 이곳은 주민이 선창을 마구 증축한 탓에 원래 강기슭보다 강 쪽으로 수십 미터는 더 진출한 형태다.

더군다나 괴수 소동 때 광범위하게 파괴되고 말았다.

그 뒤로 다시 증축과 개축을 반복한 거겠지. 위에서 보면 심하게 들쭉날쭉했다.

평상시라면 강에 작은 배가 무수히 떠 있고, 노 젓는 사람이 많이 필요한 대형 갤리선도 있을 텐데, 지금은 나룻배 하나도 눈에 띄지 않는다.

거의 모든 선창 주변에 작은 배 여러 척이 묶여 있다.

스산할 정도로 조용한 강물이 햇빛을 반사해 반짝반짝 빛나기만 할 뿐이다.

"어라~?"

"와~ 굉장해."

"넓, 어."

이상한 광경에 고개를 갸우뚱한 케나와는 반대로, 리트는 강을 보고 감동했다.

루카는 한 번 온 적이 있지만, 너무 부산했던 탓에 기억에 별로 남지 않았던 듯하다.

기억 중간에 강렬한 대사제가 있었던 탓일지도 모른다.

여기와 중간섬 사이는 물이 천천히 흘러서, 물결이 일지 않는 날에는 커다란 호수로 착각하는 일도 생긴다고 한다.

게다가 이 거리에서도 중간섬 동쪽에 있는 교회는 눈에 확 들어온다.

상아로 지은 궁전처럼 보이는 교회는 한층 우아하게 보였다.

"기묘한 일이란 건, 강에 뜬 배가 없는 것과 관계가 있을까?"

"케나 언니! 케나 언니! 저게 뭐야? 저거!"

리트의 들뜬 목소리를 듣고 생각을 중단한 케나는 뭘 가리키는지 쳐다봤다.

머리 위를 느긋하게 비행하는 건 사람을 등에 태운 거대 라이거얀마다.

배를 쓰지 못하는 대신인 듯, 수많은 잠자리가 머리 위를 날아다니고 있다.

"저건 수송 잠자리야. 라이거얀마에 타고 관광하거나, 반대편 강가로 넘어가거나 해."

"우와."

리트는 머리 위에서 날아다니는 수송 잠자리를 쭉 쳐다보고 있다. 관심이 무척 많은 듯하다.

머리 위만 보다간 선창에서 떨어질 수 있으므로, 케나는 리트를 끌어당겼다.

"케나, 엄마."

"그래. 무슨 일이니? 루카?"

이번에는 루카가 망토를 잡아당겨서 몸을 낮추고 눈높이를 맞춘다.

"왜…… 배, 없어?"

"어? 음…… 글쎄? 뭔가 사정이 있는 거겠지."

"응…….."

(역시나 어촌 출신. 강에 뜬 배가 없는 걸 가장 먼저 눈치채다니. 루카, 무서운 아이!)

『케나. 아이의 의문에 경악하는 척하진 맙시다.』

키가 어이없는 눈치로 보는 것 같아서 진지하게 생각해 본다.

그렇다고는 해도 아비타에게 들은 '기묘한 일' 말고는 다른 원인이 없을 것이다.

"강에 뭔가 무서운 게 나왔다거나?"

"무서, 운……."

"아! 미안해. 무서운 거 아니야!"

루카의 얼굴에 그늘이 지는 바람에, 케나는 황급히 루카를 끌어안았다.

자기가 살던 마을에서 일어난 이변을 떠올리게 했을지도 모른다는 초조함과 엄마답지 않다는 후회 때문에 자신을 때려주고 싶어진다.

하지만 루카는 끌어안은 케나를 꾹 밀어내고, 포근하게 웃는다.

"케나, 엄마, 강한 거…… 아니까."

"루카……."

감동이 북받쳐 몸을 부르르 떠는 케나.

옆에서 리트가 루카를 끌어안고 "맞아. 케나 언니는 강해. 나쁜 마녀니까."라며 싱글벙글 웃는다.

"저기요?! 리트, 그건 비밀!"

허둥대는 케나를 보고, 리트와 루카가 깜짝 놀란 기색으로 대답한다.

"루카한테는 벌써 말했는데……?"

"엄마, 는, 나쁜, 마녀, 아니야."

"으앙! 다들 천사야~!"

다시 감동이 북받쳐 아이들을 끌어안는 케나.

다만 선창의 눈에 잘 띄는 곳에서 이런 말을 주고받는 바람에 주위 사람들이 따스한 눈으로 지켜본 것을, 케나는 눈치채지 못했다.

강 구경을 마치고 선창을 떠난 케나 일행은 사람들이 많은 큰길을 피해 주택가를 지나가기로 했다.

처마 아래에서 마실 것을 팔거나, 고기 꼬치를 굽는 노점을 하는 주민이 많기 때문이다.

떠드느라 목이 마른 루카와 리트에게 과일을 짜서 넣은 마실 것을 사준다.

컵 하나에 동화 두 개 정도니까, 무척 싸다.

물에 타서 양을 늘린 것 같지만, 과즙 맛은 확실하게 남아 있었다. 다 마시고 나무 컵을 반납한다.

큰길에서 들리는 시끌벅적한 소리를 들으며 주택가 거리에 있는 가게를 둘러보는 것도 즐겁다.

부인들이 만든 나무 머리 장식을 산 루카와 리트는 기쁜 눈치다.

『주위에 위험 요소는 없는 것 같습니다.』

"이 주변엔 보는 사람이 많으니까."

키의 보고를 들으며 두 아이와 손잡고 걷다 보니 아이들 집단이 앞을 지나갔다.

그중에서 눈에 익은 인물을 발견한 케나는 무심코 말을 걸었다.

"전돌이! 또 탈주했어?"

"어? 헉?! 괴물녀!"

케나의 얼굴을 보자마자 소스라치듯 놀란 전돌이는 무례한 별명으로 케나를 부르며 삿대질한 다음 잽싸게 도주하기 시작했다. 집과 집 사이의 좁은 골목에 뛰어들고, 순식간에 자취를 감추고 말았다.

같이 있던 아이들도 전돌이의 반응에서 케나를 떠올렸는지 뿔뿔이 줄행랑을 쳤다.

"도망치는 속도 하난 참 빠르네……."

"언니. 아까 그 애하고 아는 사이야?"

말을 걸고 나서 순식간에 집단이 증발했다.

사정을 모르는 루카와 리트도 너무 빨리 도망친 아이들을 보고 넋이 나갔다.

"괴, 물?"

루카는 케나가 들은 말이 신경 쓰이는 눈치였다.

케나는 웃으면서 두 아이의 머리를 쓰다듬고 간단하게 사정을 말해 주었다. 물론 상대의 정체가 왕자님이라는 사실을 얼버무리고.

"예전에 모험가 길드의 의뢰로 공부하기 싫다고 도망친 좋은 집 도련님을 붙잡은 적이 있거든. 방금 개가 그 도련님이야."

멋대로 공부를 싫어하는 아이로 설정된 전돌이의 이야기를 듣고, 두 아이는 서글픈 표정을 짓는다.

"공부, 재미있는데."

"응. 그림, 책, 보는 거…… 즐거, 워."

성실한 반응이 기뻐서, 케나는 아이들을 끌어안았다.

애초에 루카와 리트에게서 눈을 뗄 수 없는데 전돌이를 붙잡으러 갈 수는 없다.

순찰하는 기사 중에서 샤이닝세이버의 부하를 보면 일단 전해 주기로 했다.

노점을 돌아서 고기 꼬치 등을 사고 빌린 집으로 돌아오자 부엌에 장작이 높이 쌓여 있었다.

록시느가 짧은 시간에 이것저것 챙긴 듯, 2층 침실에는 쿠션 등을 들여놓은 상태였다. 의자 대용인 듯하다.

곧바로 쿠션을 깔고 앉아 감촉을 확인하는 루카와 리트.

그런 아이들의 반응을 지켜보고 있을 때, 록시느가 케나에게 말을 걸었다.

"케나 님, 손님이 왔습니다."

"손님?"

그리고 점포 부분이었던 널찍한 공간에는 탁자와 의자가 배치되어 있었다.

그중 하나에 앉은 사람은 화염창 용병단 케니슨이다.

"많이 기다렸지? 케니슨, 무슨 일이야?"

"괜찮습다. 단장이 심부름을 보내서 왔는데요."

왠지 무척 난처한 듯, 말투가 어색하다. 눈앞에 놓인 찻잔을 가만히 응시하고 있다.

자세히 살펴보니 찻잔에는 차가 아니라 소금이 가득했다.

케나도 한동안 경직할 정도의 임팩트가 있었다.

누가 이랬는지는 물어보지 않아도 알겠다. 정말이지 주인 얼굴에 먹칠하는 메이드 때문에 머리가 지끈거린다.

"어…… 우리 메이드가 미안해."

"아, 아뇨! 저는 말만 전하러 온 거니까요."

솔직하게 사과했더니 케니슨은 의자에서 일어나 가슴에 손을 척 댔다. 무심코 기사식 경례를 한 것에 케니슨이 쑥스럽게 웃고, 케나는 웃음을 터뜨렸다.

"그건 모험가 길드에 알아보러 간 일이지?"

"넵. 듣자니 며칠 전부터 커다란 그림자가 수면에 나타나기 시작해서, 선박 운항을 금지했다고 하던데요."

"커다란 그림자……. 크기가 얼마나 되길래?"

"듣자니 이 강가에서 중간섬에 닿을 정도라고 합니다."

"뭐어?! 그건 너무 크잖아!"

케나가 기억하는 한, 리아데일 게임에서도 그만큼 큰 수생 몬스터는 없다.

예외는 【소환 마법(서먼 매직)】의 최대 레벨로 소환하는 그린 드래곤이지만, 그건 비행 특화인 드래곤이니까 물속에 들어갈 순 없다.

이 세계에는 대체 무엇이 숨겨진 건지, 케나는 등골이 오싹해졌다.

다음 날 아침 식탁에서, 오늘은 어디를 구경하러 다닐지 즐겁게 수다를 떠는 리트와 루카가 있었다.

루카는 아직 말을 더듬거리지만, 자기 의견이 없는 건 아니다.

리트가 좋아하는 것, 보고 싶은 것을 말하면 '예' '아니오' 로 대답하는 것으로 둘이서 이야기꽃을 피우는 것 같다.

"나는 공을 던지던 사람들을 보고 싶어. 루카는?"

"공?"

"사람이 엄청 많은 곳을 마차로 지나갈 때, 공을 던지는 사람을 봤어."

"못, 봤어……."

"난 가까이서 보고 싶어. 루카는 어쩔래?"

"갈래……."

"응! 같이 보자."

근처에서 듣던 케나도 금방 떠올리지 못했지만, 아마도 곡예 공연을 하던 사람들을 말하는 것 같다.

케나의 지식도 TV에서 얻은 것이 많다.

공을 던진다고 하면 피에로가 외바퀴 자전거를 타면서 저글링을 하는, 이른바 서커스 같은 광경만 떠오른다.

오늘은 인솔자니까 아이들보다 정신이 팔리지 않게 하자며, 케나는 자기 자신을 타일렀다.

그러는 와중에 식사 시중을 들던 록시느가 뭔가를 눈치채고 잠시 식탁을 떠난다.

곧바로 돌아오더니 케나에게 "버릇없는 손님이 왔는데, 물을 끼얹어서 쫓아내도 되겠습니까?"라는 말을 꺼냈다.

"아침부터 과격한 짓은 하지 마. 그래서 무슨 손님인데?"

"전형적인 오만방자 귀족의 심부름꾼 같은 집사입니다."

"집사?"

루카와 리트에겐 집에서 나오지 말라고 당부하고, 케나는 현관으로 갔다.

록시느는 집 안으로 통하는 문 앞에서 대기하고, 불순한 사람이 안에 쳐들어오지 못하게 하는 벽을 맡는다.

케나는 첫날에 이 집을 마법의 방비로 최대한 요새로 바꿨다.

2층에서 침입하려는 적은 지붕으로 의태한 끈끈이주걱 같은 마법 생물에 의해 붙잡힌다.

위력에 따라서는 짜부라질 가능성도 있다.

집 뒤쪽으로 침입하려는 적은 점프대 같은 마법에 의해 포물선을 그리며 날아가게 하는 장치가 맞이한다.

그 착지 지점은 강물이므로, 추락 속도에 따라서는 생명을 보장할 수 없다.

아이들에게 해를 끼치려는 자에게 인권은 없다는 것이 록시느와 케나가 내놓은 결론이다. 그 부분에서는 용서나 자비 같은 양심이 하나도 없다.

경계하면서 밖으로 나간 케나의 앞에는 입가에서 턱에 걸쳐 하얀 수염을 기르고, 마른 몸에 정장을 빼입은 늙은 집사가 서 있었다.

그는 케나의 얼굴을 보더니 먼저 머리를 숙였다.

"아침부터 힘든 걸음을 하시게 해서 죄송합니다."

"별로 힘든 일은 아닌데, 누구세요?"

"실례했습니다. 저는 한 고귀한 분을 모시는 집사로, 마르나스라고 합니다."

"모험가인 케나예요."

"압니다."

오른팔은 가슴 아래, 왼팔은 뒤로 돌린 자세로, 마르나스라고 이름을 댄 집사가 가볍게 인사했다.

"그래서? 고귀한 분의 집사 씨가 제게 무슨 일로 왔죠?"

케나는 평범하게 싱긋 웃으려고 했는데, 마르나스는 어째서인지 반걸음 물러났다.

오랜 집사 경험이 케나의 웃음을 드래곤의 아가리로 유도하는 함정이라고 느끼게 했다.

무심코 뺨이 떨리고, 완벽한 집사의 무표정이 무너지는 착각을 느낀다.

긍지로써 동요가 들키지 않게 숨기고, 자세를 바로잡아 상대를 정면에서 본다.

그 시간은 고작 1초.

사실 굴복 직전의 위압감을 내뿜은 건 케나의 등 뒤에 서 있는 록시느였다.

록시느는 자기 주인을 평민이라고 깔아보는 집사(록시느 개인의 주관적 생각)가 마음에 들지 않아서, 콕 집어서 【위압】을 가한 것이다.

록시느가 진심으로 디버프 스킬을 썼다간 마르나스처럼 레벨이 낮은 인간은 한 방에 심장마비로 죽을 수 있다. 따라서 아슬아슬하게 조절해서 발동한 것이다.

자세를 추스르는 것을 보고, 너무 약했다고 혀를 차며 스킬 발동을 멈춘다. 더 했다간 케나에게 들킬 위험이 있어서 얌전히 물러나기로 했다.

단, 언제 무슨 일이 생겨도 되게끔 집사에 대한 공격도 시야에 넣고서.

케나도 키에게 충고를 듣고 록시느가 뒤에서 스킬을 쓴 것에 속으로 한탄했다.

(시이도 참⋯⋯.)

『어차피 이 집사의 상사도 그걸 노리는 거겠죠. 록시느에게 명령하면 밤에 몰래 상사인지 뭔지 하는 인간을 죽여줄 겁니다.』

(축제 중에 큰 혼란이 생기잖아! 왜 키도 그렇고 시이도 그렇고, 흉흉한 생각만 하는 거야!)

오래 알고 지낸 머릿속 친구도, 메이드도, 너무 공격적이어서 기가 막힌다.

자유롭게 풀어뒀다간 나중에 자신이 고생하는 패턴이다. 케나는 그런 사건을 게임 속에서 질리도록 경험했다.

"용건을 물어봐도 될까요?"

"아, 그렇죠. 사실은 당신께서 보유하신 마차를 주인님께서 원하십니다. 팔아주실 수 있겠습니까? 물론 대금은 치르겠습니다."

거보라고. 케나는 에리네가 충고한 말과 똑같은 내용을 듣고 질색했다.

"참고로 얼마에 사주실 건가요?"

"그렇군요. 금화 500개면 어떻습니까?"

금화 500개는 은화 5만 개에 해당한다. 케나가 게임 시절에서 가져온 소지금의 1퍼센트에도 못 미친다.

케나는 단골인 말레르의 여관 숙박 요금제에 따르면 12만 5천 일을 묵을 수 있다. 하이엘프의 수명이라면 그만큼 머물 수 있지만, 여관이 그때까지 유지될지는 확실하지 않다.

"푼돈이네요. 다른 델 알아봐 주세요."

"?! 뭐라고!"

단호하게 쳐낸 케나에게, 늙은 집사가 처음으로 감정을 드러냈다.

불끈 쥔 주먹이 믿기지 않는다는 것처럼 부르르 떨리고, 실눈을 떠서 보이지 않았던 눈이 확 떠졌다.

곧바로 록시느가 앞으로 나서서 이야기는 끝났다며 늙은 집사를 쫓아내려고 했다.

"협상은 끝났습니다. 나가 주시죠."

"이야기는 아직 끝나지 않······!"

"더 고집을 부리면 실력을 행사할 건데, 괜찮겠습니까?"

물어보는 상대는 케나가 아니라 끈질긴 늙은 집사다.

록시느의 싸늘한 시선에 붙잡힌 마르나스는 등에 얼음을 댄 것처럼 경직했다. 한순간 무참히 찢기는 미래를 본 듯한 오한이 엄습했기 때문이다.

"이, 이렇게 좋은 거래를······. 후회하지 않았으면 좋겠군요."

그리고 마르나스는 뭔가 협박 같은 말을 남기고 사라졌다.

이 경우 생각할 수 있는 패턴은, 깡패를 고용해 아이들을 유괴하거나 괴롭히려고 드는 것이 있으리라.

"전형적인 악당이면 좋겠는데."

"명령해 주시면 오늘 밤에 숨통을 끊을 수 있는데요?"

"누가 암살하라고 했어. 내버려두면 금방 포기하겠지."

"낙관적이군요, 케나 님은."

"나랑 록시느의 방비를 뚫을 인간은 거의 없을걸."

"그건 그렇지만······."

암살하지 않는 것에 불만이 많은 메이드는 정말 흉흉하다.

우선적으로 아이들을 돌보게 하면 폭주하지 않겠지. 케나는 그렇게 생각했다.

"나는 잠깐 모험가 길드에 가서 자세한 이야기를 듣고 올게. 나중에 합류하자."

"어쩔 수 없지만, 알겠어요. 아가씨들은 제게 맡겨 주세요."

"이 소란 속에서 학원이 운영 중이면 좋을 텐데 말이야. 그러면 수송 잠자리를 타고 중간섬으로 갈 건데."

"소환수를 부르는 게 빠르지 않을까요?"

"기사단이 출동할걸! 다른 의미로 축제 개최가 위태로워져!"

소환수 중에서 수생 몬스터는 흉악하게 생긴 게 많다.

레벨로 크기를 바꿀 수 있는 건 블루 드래곤 정도다.

예를 들어서, 다리가 여덟 개 달린 불가사리는 크기가 펠스케이로 동문을 여유롭게 틀어막을 정도다. 드릴처럼 회전하는 껍데기가 있는 소라게는 현재 빌린 집보다 크다. 전형적인 문어는 왕성에 다 들러붙고도 여유가 있다.

괴수 출현 때와 같은 소동이 일어나지 않는다고 보장할 수 없으므로, 록시느의 제안은 단칼에 쳐냈다.

그날은 큰길에 발을 들였는데, 사람이 너무 많아서 입을 꾹 다물었다.

어떻게든 인파 속에서 이동해 나이프를 던지는 곡예사를 구경하고, 노점을 몇 군데 돌아다녔을 즈음에 아이들의 체력이 방전됐다.

돌아오는 길에는 에리네의 상회에 들러서 천을 대량으로 사기로 했다.

장소를 바꿔서, 펠스케이로에선 잘 알려지지 않은 희미한 어둠 속.

원래는 폐가가 많았던 곳이다.

폐가가 모인 일대가 하룻밤 사이에 관광용 성으로 변하면서, 지금은 낮에 시장에 이어서 두 번째로 사람이 많은 곳이 되었다.

밤에는 일부 화톳불과 병사들의 초소 말고는 인기척이 없다.

그곳과 주택지의 중간 지점에는 아직 아직 허름하면서도 사람이 드문드문 살기도 한다. 이른바 빈민가로 불리는 지역이다.

빈민층이 모이는 장소는 남문에도 있다.

그곳은 벽 밖에 있는데, 시내에서 쫓겨난 불법 점거자들이 모이는 곳이다.

물론, 병사들이 경비하는 범위 밖이므로 마물에 습격당할 위험이 큰 곳이다.

그런데도 시내의 빈민가에 살지 못하는 건, 약하기 때문이다.

빈민가를 주름잡는 자들은 하나같이 유별나다.

그런데도 시내에서 살려고 세금을 내므로, 적극적으로 쫓아낼 수는 없다.

순찰을 담당하는 병사들에겐 눈엣가시 같은 존재다.

그리고 그 밤에도 그들의 암약은 남몰래 실행으로 옮겨지고 있었다.

과거엔 거상이 세웠다고 하는, 영화를 뽐냈을 시절에는 3층 고급 주택이었던 곳. 지금은 반쯤 허물어져 그 영화의 흔적을 찾아보기 어렵다.

그 지하실에서 짐승 기름으로 붙인 작은 불빛 아래, 몇몇 남자들이 천박한 웃음을 띠며 모여든다.

　과거가 구린 악명 높은 현상수배범들이 한층 험상궂은 인물을 에워싸고 한창 음모를 꾸미고 있었다.

　"연락원에게 실행 연락이 왔다."

　얼굴 반쪽에 짙은 흉터가 남아 인상이 험악한 남자.

　펠스케이로의 깡패 조직 중 하나인 '목마른 전갈' 두목은 쉰 목소리로 부하들에게 말한다.

　"헤헤헤헤. 두목. 그래서 이번엔 무슨 의뢰일깝쇼?"

　"기왕이면 여자가 있으면 좋겠는데."

　처음에 물어본 건 손으로 단도를 빙빙 돌리는 기생오라비.

　여기 모인 사람 중에서는 가장 인상이 좋아 보이기도 한다. 그렇게 한정한 시점에서 쓰레기인 건 확실하다.

　천박한 소리를 한 건 키가 작은 코볼트 남자.

　털은 회색이고, 손질하지 않았는지 여기저기 삐죽삐죽 털이 삐져나왔다. 자면서 헝클어진 느낌이다.

　"여자는 있지만, 상대는 애로군."

　"오호. 그렇다면 진짜 내 입맛에 맞는 안건인데."

　기뻐하는 투로 말한 건 젊은 목소리에 비해 몸이 우락부락한 남자다.

　얼굴은 네모지고, 몸은 근육이 탄탄하다. 공사 현장에서 철근을 짊어진 모습이 잘 어울릴 것 같다.

　이렇게 생겼는데 소아 성애자다. 구제할 길이 없다.

"인질이다. 망가뜨리지 마."

"인질이라면, 상대는 상인입니까?"

"모험가라고 하더군. 그리고 메이드가 한 명 있다."

"모험가랑 메이드?"

괴이쩍은 얼굴로 되묻는 건 특징이 없는 남자.

길가에서 지나쳐도 악당으로 인식할 수 없고, 인파 속에 묻히면 찾아내기 어려울 것 같다. 지극히 일반인 같다고 해도 과언이 아니다.

눈에 띄지 않는 용모를 살린 남자의 직업은 소매치기다.

"그 여자 모험가가 요구를 받아들이도록, 아이를 납치하는 게 이번 의뢰다."

자기주장이 심한 부하들도 야비한 웃음을 띠며 고개를 끄덕였다. 콩고물을 기대하는 거겠지.

"여자만 있다니 참 부럽네. 아이는 그 여자의 아이일깝쇼?"

"그건 모른다. 관심이 있으면 네가 알아봐."

"흐헤헤헤헤헤. 나는 뭐든 좋아."

"메이드를 죽인 다음 아이를 납치하면 되는 거잖아? 편한 일이야."

"메이드는 죽이기 전에 나도 놀게 해줘. 그래도 되지? 형님."

"상관없지만. 너한테 갈 때까지 살아 있다면 말이지."

"너무해~."

멋대로 뒤처리 이야기로 수다를 떨지만, 그건 상대의 자세한 정보가 있기 때문이다.

상대는 여자, 아이라는 점에서 처리하기 쉽다며 얕잡아 보는 건 전형적인 삼류 악당이라는 증거다.

"명심해라! 내 체면을 망치지 마라!"

벽을 쾅쾅 치면서 두목이 흥을 돋운다.

부하들은 제각기 여유롭거나, 무표정하거나, 입가를 핥거나 하면서 고개를 끄덕인다.

"좋은 소식을 기다리라고, 두목."

"유괴는 쉽다고."

"헤헤, 여자, 여자……."

"거참."

간단한 일이라고 인식해서 웃음이 끊이질 않는 그들은 차례차례 집을 나섰다.

지금까지의 대화를 어둠 속에서 몰래 듣던 자가 있는 줄도 모르고.

악당들이 눈치채지 못한 것도 당연하다. 그건 손톱만 한 작은 벌레였다.

콜타르처럼 새까만 귀뚜라미는 유일하게 빨간 겹눈을 희미하게 깜빡이더니 마지막으로 집을 나서려고 하는 두목의 등에 달라붙었다.

다음 날.

케나는 정보를 수집하고자 모험가 길드에 들린 뒤 아이들과 합류해 학원으로 갈 예정이다. 합류할 때까지 록시느는 루카와 리트를 돌본다.

"떼를 쓰면 혼내야 해, 시이."

"네. 맡겨 주세요."

"떼쓰지 않을 거야."

"응. 안 해⋯⋯."

입을 삐죽 내밀고 불평하는 리트와 고개를 끄덕이는 루카는 케나의 망토 자락을 꼭 잡고 있었다.

그 손을 천천히 떼게 한 케나는 아이들에게 동화를 20개씩 쥐여 주었다.

"공부했으니까, 직접 돈을 내서 뭔가 사봐."

"어? 이렇게 많이 받으면 안 되는데⋯⋯."

리트는 손에 있는 동화를 세고 케나에게 돌려주려고 했다. 루카도 어쩌면 좋을지 몰라서 동화와 리트의 행동을 의식하는 듯하다.

"그럴 한꺼번에 다 쓰지 않아도 돼. 축제 동안 먹을 걸 사거나, 선물을 사거나 할 때 그 예산으로 해결하라는 뜻이야."

케나는 처음에 은화 하나를 주려고 했다.

너무 많이 줘도 소매치기의 표적이 될 뿐이라며 록시느와 키가 말해서, 줄이고 또 줄인 결과가 지금 액수다.

첫날 때 마신 음료를 사면 열 잔이면 다 떨어진다.

그 점을 고려해서 계획적으로 써 주면 아이들에게도 보탬이 되
리라고 생각한 것이다.

부족해지면 추가로 줄 생각이고, 그 정도면 펠스케이로 체류
가 길어졌을 때일 것이다.

축제 구경을 일찍 끝내려면 이변을 꼭 해결해야 한다.

그 전에 루카를 마이마이와 만나게 해준다는 목적을 달성해야
한다.

"최악의 경우에는 은색 고리가 필요해질까?"

"케나 님의 은색 고리는 최악의 사태를 더 최악으로 만들 수 있
으니 쓰지 마시죠."

"그래……."

최대 위력의 마법 공격은 케나 본인도 어떤 결과를 부를지 예
상할 수 없다.

최악의 경우 지형이 변할지도 모른다는 예상을 시사하고, 록
시느는 케나에게 자중할 것을 요구했다.

"그러면 잠깐 다녀올 거니까 잘 부탁해."

"다녀오세요."

"언니. 잘 다녀와."

"잘, 다녀…… 오세, 요."

"응. 나중에 보자."

정보 수집만 하는데 기운을 듬뿍 불어넣은 케나는 아이들에게
배웅받아 모험가 길드로 간다.

그 전에 몹시 혼잡한 길을 가로질러야 한다.

둘러보니 길가 건물 지붕에 올라간 사람도 있다.

그것을 모방해 케나도【도약】과【벽 걷기】를 같이 써서 사람들 머리 위를 뛰어넘었다.

케나가 지나간 뒤에는 머리 위를 뛰어넘은 무언가를 눈치챈 사람들이 소란스러워지고, 걸음을 멈춘 사람들에 의해 정체가 더 심해지는 악순환에 빠졌다.

모험가 길드에 들어가니 의외로 사람이 넘쳤다.

예전에 왔을 때는 단골이라고 할 수도 있는 모험가 파티가 자주 노닥거리고 있었다. 코랄의 파티가 좋은 예다.

지금은 의뢰가 붙은 벽 말고도 두 번째 의뢰 게시판이 설치되어 있었다.

마트의 이벤트 판매 코너처럼 설치되어 있으니까 일반적인 의뢰와는 다른 거겠지.

그것을 주로 처리하는지 계속해서 드나드는 사람이 있다.

몇 장을 한꺼번에 떼서 접수처에 가져가고, 뛰쳐나가는 젊은 솔로 모험가가 많다.

장비가 모험가답지 않은 걸로 봐서 싸우는 일이 아닌 시내 전용 의뢰를 소화하는 사람들 같다.

"이게 뭐지?"

두 번째 게시판을 살펴보니 축제 기간 한정 의뢰를 모아놓은 것 같다.

'미아를 찾아달라' 나 '가게를 봐달라', '줄 정리를 해달라' 같은 의뢰가 특히 많은 듯하다.

그 밖에 눈길을 끄는 건 '강에서 발생한 이변을 해결해 달라' 겠지.

몇 장을 넘어서 수십 장이 대충 뭉쳐서 붙어 있었다.

"무슨 기념품 같네."

접수처가 있는 카운터를 슬쩍 둘러보고 낯익은 직원과 눈이 마주친다.

"아, 케나 씨."

"아르마나 씨. 오랜만이야."

모험가 등록 때 담당해 준 빨간 머리 미인 직원, 아르마나가 케나를 보고 손을 흔들었다.

"저기, 아르마나 씨. 잠시 물어보고 싶은 게…….'"

무방비하게 다가간 케나의 두 손을, 카운터에서 몸을 내민 아르마나가 덥석 잡았다.

"흐에?"

"잡았어요, 케나 씨! 사실은 부탁할 게 있어요!"

"저기, 잡았다니? 어? 뭐야? 뭔데?"

"들어주세요, 케나 씨! 당신 말고 부탁할 사람이 없어요!"

"저기, 잡아당기지 마! 아니, 대체 뭐가 뭔지 모르겠거든! 왜 붙들려야 하는데!"

모험가와 길드 직원. 양쪽 모두 예쁜 여자다. 시끌시끌 소리를 지르는 모습은 사람들 눈에 잘 띄었다.

잠시 후 업무에 지장이 생긴다며 주위 직원이 두 사람을 떼어 놓았다.

개인 면담용 작은 방에 떠밀려 들어가고, 두 사람은 그제야 차분하게 이야기할 수 있었다.

"갑자기 그래서 놀랐잖아. 대체 무슨 일이야, 아르마나 씨?"

"죄송해요……."

케나 앞에 마실 것을 대령한 아르마나는 자신도 자리에 앉아 먼저 사죄했다.

"나는 그냥 물어보고 싶은 게 있어서 온 건데."

"물어보고 싶은 건가요. 어떤 용건이죠?"

"학원이 문을 열었나 해서. 마이마이를 보러 가려고."

아르마나는 케나의 질문에 어리둥절한 눈치였지만, "이런 상황에서도 학원은 운영하고 있어요."라고 대답했다.

눈앞에 있는 열일곱 살로 보이는 케나가 학원장인 마이마이의 어머니임을 떠올렸기 때문이다.

"그래서 아르마나 씨의 부탁은 뭐죠?"

"그게 있죠. 케나 씨에게 이번 조사를 부탁할 수 없나 해서요."

"조사?"

"네."

미간을 좁힌 케나에게, 아르마나는 현재 일어난 이변에 관해 자세히 설명했다.

사건은 축제 시기가 얼마 남지 않았을 때 일어났다.

갤리선만 한 크기의 물고기 그림자가 목격된 것이 시작이었다고 한다.

그 그림자의 정체를 알아내려고 나라에서 병사를 내보내 배로 수색하던 때였다.

선창에서 구경꾼들이 마른침을 삼키며 지켜보는 가운데, 거대한 그림자가 갑자기 나타났다.

길이는 이쪽 강가에서 중간섬에 닿을 정도.

구경하던 사람들만이 아니라 배를 탄 사람들도 혼란에 빠져 뒤집히는 배도 많았다고 한다.

다행히 부상자는 없었지만, 그 소동 중에 거대한 그림자가 갑자기 사라졌다.

나라에서 급히 선박 통행을 금지하겠다고 통보했지만, 그 이후로 거대한 그림자의 목격 정보는 없다고 한다.

"그런데 왜 나한테 조사 의뢰를 해?"

설명을 다 들은 케나는 가장 의문을 느낀 부분을 물어봤다.

이렇게 말하긴 뭐하지만, 케나는 모험가로 치면 신참에 가깝다.

펠스케이로 소속이긴 해도, 의뢰를 수행한 횟수는 별로 많지 않다.

"다 들었어요, 케나 씨. 서쪽 통상로를 주름잡던 도적을 토벌한 공로자라면서요?"

"아……."

그야 의뢰를 받은 건 아니지만, 케이릭과 같이 꿍꿍이를 벌여 의뢰를 달성한 건 사실이다.

케이릭이 케나의 이름을 숨긴 건 의뢰주이지, 모험가 길드에는 자세한 사정을 설명했을 것이다.

더군다나 케나 자신은 길드의 입을 막으려고 하지 않아서, 조직을 통해 직원에게 정보가 흘러간 것도 지극히 당연한 결과다.

"게다가 케나 씨라면 물 위를 걸을 수도 있잖아요."

"아……."

전돌이를 추적하려고 사람들이 보는 앞에서 강 위를 걸은 적이 있다.

그것이 케나를 점찍은 원인이리라.

『즉, 완전히 자업자득이군요.』

키도 지적하면 더는 찍소리도 할 수 없다.

포기하고 축 늘어질 수밖에 없다.

위로하듯이 요정이 머리를 쓰다듬어 주는 것이 유일한 위안이리라.

"알았어. 정말로 적임자가 더 없을 것 같네."

"받아주시는 건가요!"

하늘이 도왔다는 것처럼 몸을 쑥 내미는 아르마나를 "좀 떨어져!"라며 도로 밀어낸다.

"그 전에 마이마이를 보러 가게 해줘. 딸을 소개해야 하거든."

"그래요. 받아주시기만 한다면 얼마든지 기다릴 수…… 네?"

용의주도하게 서류를 꺼낸 아르마나가 움직임을 딱 멈춘다.

이어서 삐딱해진 문처럼 뻣뻣하게 고개를 돌리고, 케나가 한 말을 되짚어 본다.

"딸을, 마이마이 님을 만나는 거죠?"

"그래. 마이마이랑 딸을 만나게 해주려고."

"저기…… 케나 씨에게 딸이 더 있다는 말인가요?"

"그런데?"

이번에는 아르마나가 충격적인 사실을 알고 진짜로 딱딱하게 굳었다.

자기보다 어려 보이는 (하이엘프이다) 여자는 아이가 넷이나 있는데, 자신은 왜 아직 독신인 걸까. 그런 생각이 머릿속을 빙빙 맴돌고, 그 의식을 저 멀리 추방한다.

"어? 저기요, 아르마나 씨?"

눈을 뜬 채로 기절하는 추태를 드러낸 아르마나는 케나가 알려서 달려온 다른 직원에 의해 휴게실로 실려 갔다.

"왠지 끙끙 앓는 것 같던데, 무슨 소리를 하셨습니까?"

"전혀 짚이는 게 없어요."

다른 직원이 이유를 캐물어 봐도 자각이 없는 케나는 원인을 특정할 수 없다.

나중에 의뢰를 받으러 모험가 길드에 들를 것을 약속하고, 케나는 다른 일행과 합류하기로 했다.

케나를 보낸 록시느는 빌린 집의 문단속을 한 다음 아이들을
데리고 소란스러운 시내로 나섰다.

우선 리트가 마차로 이동할 때 본, 공을 던지는 공연을 하던 곡
예사가 있는 곳이다.

처음에 직면한 건 어디서 파고들면 좋을지 모르는, 벽과도 같
은 인파다.

아이가 걷는 속도보다 느리게, 정어리 떼처럼 이어진 사람들
이 이동한다.

록시느 혼자라면 끼어드는 것도 어렵지 않으리라.

그러나 인파에 익숙하지 않은 아이를 둘이나 데리고 있으면 너
무 어려운 미션처럼 보인다.

우선 록시느는 데려온 아이들에게 선택지를 주기로 했다.

"두 분, 찾으시는 곡예사는 저 쓰레기…… 아니, 사람 무리 어
딘가에 있을 거예요."

본심이 나올 뻔했지만, 아무 일도 없었던 것처럼 담담하게 설
명한다.

루카와 리트는 그 인파를 보고 생각에 잠겼다.

어디서 오는지도 모르는 사람의 벽은 어디까지 계속되는지 모
르는 저 너머로 이어졌다.

혼잡한 길 자체를 처음 경험하는 아이들은 그 안에 끼어드는
것만으로도 목숨을 걸어야 할 것 같다.

"어쩔까?"

"으, 응······."

잠시 느릿느릿 움직이는 사람의 벽을 지켜본 두 사람은 록시느에게 포기할 것을 말했다.

"케나 님이라면 다 쓰러뜨리고 갈 텐데요?"

"아, 안 돼!"

"케나, 엄마······ 나쁜 짓, 안 해······."

은근슬쩍 주인에게 죄를 뒤집어씌우려고 하는 록시느에게, 루카와 리트는 케나의 무죄를 주장했다.

큰길을 가로지르지 않기로 한 록시느 일행은 어제 케나가 데려간 주택가의 소박한 노점 골목으로 발걸음을 돌렸다.

어제 간 곳만이 아니라, 여기저기에서 주민들이 주도해 운영하는 가게가 있으므로, 하루 만에는 도저히 다 둘러볼 수 없다.

"으음."

"리, 트?"

"어때? 젊은 아가씨들. 싸게 해줄게."

그중 한 노점에서 가게를 보던 청년 앞의 탁자 위에는 실을 떠서 만든 작은 동물들이 늘어서 있었다.

개, 고양이, 새, 염소까지는 본 적이 있지만, 토끼나 뿔이 없는 곰, 백조와 같은 동물의 모습을 본뜬 것과 키메라나 와이번처럼 처음 보는 마물처럼 생긴 것도 있다.

두 사람은 '이거다!' 싶은 선물을 보지 못해서, 케나에게 받은 용돈으로 살 수 있는 것을 노점 하나하나를 찬찬히 구경하며 찾고 있었다.

아이들의 고민은 끊이질 않아서, 이동할 때마다 고민하는 리트와 이를 불안한 눈치로 보는 루카라는 광경이 반복되고 있다.

그것과는 별도로 귀찮은 일이 록시느를 따라다니고 있었다.

본인의 성격과는 상관없이, 그 용모만은 최상급 미녀의 부류에 속한다.

그 미모에 혹한 남자들이 차례차례 록시느 앞에 나타난 것이다.

간단히 말해서 여자를 꾀려는 것이다.

"너, 나랑 즐거운 데로 가지 않을래?"라고 부드러운 투로 말을 거는 미남이 있었다.

그는 록시느가 매서운 눈빛으로 째려보는 바람에 몸을 떨고, 그대로 길 한복판에 우두커니 서 있는 장식으로 전락했다.

"내 포용력을 믿어보라고!"라고 헛소리를 내뱉은 근육질 남자는 "시야에 들어오기만 해도 더러워."라며 한 손으로 밀쳐내는 바람에 10여 미터를 굴러갔다.

가냘픈 메이드에게 한 손으로 밀려나서는 천하장사의 이름이 부끄럽다며 새하얗게 되고는, 길 한구석에 무릎을 끌어안고 앉은 남자의 장식물이 완성된다.

"거참…… 주제도 모르는 쓰레기가 너무 많군요."

그렇게 중얼거리는 록시느의 앞에는 또다시 새로운 남자가 나타나 뻔뻔하게 말을 걸었다.

"와, 누나. 겉보기와 다르게 제법 무투파인걸."

"또 쓰레기인가요. 사라져요."

실실 웃으며 거리를 좁히던 젊은 남자는 록시느의 눈빛에도 움츠러들지 않는다.

오히려 멋대로 록시느의 팔을 잡고, 손등을 자기 뺨에 댄다.

"강한 눈빛도 참 멋져. 그 포용력으로 날 지켜달라고."

감정이 죽은 듯이 눈을 흘긴 록시느에게, 남자가 슬그머니 손을 뻗는다.

그가 가장 잘 써먹는 거리, 필살의 간격에서 들이댄 칼은 록시느의 손에 단단히 붙잡혔다.

"어?"

"후후후. 살기를 그토록 드러내면서 내게 칼을 겨누다니, 웃기는군요."

"끄억?!"

단도와 손을 한꺼번에 무시무시한 힘으로 움켜쥐는 바람에, 남자는 비명을 지르려고 했다.

그 직전, 록시느가 입을 다물게 하듯이 얼굴 아래를 움켜쥐어서 비명을 막는다.

"크크크. 아가씨들이 고민하는 시간을 방해하면 못쓰죠."

나찰과도 같은 웃음을 보고, 남자는 얼굴이 파랗게 질렸다.

약한 여자일 줄 알았는데, 빈틈이 없는 움직임으로 자신의 공격을 무효화했다. 지금도 붙잡힌 손과 얼굴에서는 뿌득뿌득 뼈에 금이 가는 소리가 들린다.

지금까지 느낀 적이 없었던 끔찍한 통증이 남자의 반항심을 앗아갔다.

눈물을 흘리며 제대로 내지도 못하는 목소리로 거듭 사죄하는 남자에게 관심이 식었는지, 록시느는 그를 해방했다.

그때 재빨리 팔을 후려 남자의 어깨와 고관절을 뺐다. 서지도 못하게 된 그 몸은 바닥에 쓰러질 수밖에 없다.

"어? 시 언니. 그 사람은 왜 그래?"

"글쎄요. 술주정뱅이 같군요. 아가씨들이 신경 쓰실 일은 아니에요."

"술, 주정, 뱅이?"

작게 "살려줘. 살려줘." 하고 중얼거리는 불쌍한 남자의 목소리는 소음에 묻혀 금방 들리지 않게 되었다.

사실 케나와 헤어진 직후부터 록시느는 주위에서 꿈틀대는 누군가의 음모를 눈치채고 있었다. 몸을 훑듯이 살기를 보내면 싫어도 대응할 수밖에 없다.

이런 식으로 말을 걸고 일부러 거리를 좁히는 사람은 구린내가 풀풀 났다.

한 사람은 루카와 리트에게 직접 손대려고 해서 팔뼈를 가루로 만들어 주었다.

그리고 "어? 뭐라고요? 엄청난 기술을 보여주겠다고요? 몸무게를 느끼지 못하게 하늘을 날아갈 건가요?"라며 즉석에서 연기하듯 주위에 선전하고, 큰길 쪽으로 내던졌다. 물론, 록시느가 손쓴 것이 들키지 않게끔.

주위에 있던 사람들은 포물선을 그리며 하늘 높이 날아가는 덩치 큰 남자에게 박수갈채를 보냈다.

눈이 뒤집힌 남자가 그걸 들었을지 어떨지는 모른다. 그 너머에서 비명이 터져 나왔으니까 착지하는 자세도 잡지 못했을 것 같다.

물 흐르듯 아이에게 손을 뻗은 소매치기는 록시느가 한 번 휘두른 팔에 갈비뼈가 부러져 바닥에 고꾸라졌다.

잽싸게 반응하는 바람에 힘을 너무 줘서 내장도 파열된 것 같지만, 죽지 않았으니까 괜찮은 걸로 넘어갔다. 다음에는 당연한 듯이 '술주정뱅이'로 취급하고 끝냈다.

록시느 일행이 가는 곳마다 '술주정뱅이' 칭호를 받아 바닥에 쓰러진 남자들은 열 명 가까이 됐다.

록시느는 단순한 쓰레기로만 인식해서 순식간에 망각의 저편으로 사라졌다.

"괜찮으시면 뭘 사셨는지 여쭤도 될까요?"

길바닥에 뻗은 쓰레기에 대한 관심이 사라진 록시느가 물어보자 루카와 리트는 즐겁게 웃었다.

"나는 있지, 라템에게 줄 선물을 샀어."

"나, 는…… 리, 씨한테."

리트가 작은 주머니에서 보여준 건 작은 털실 와이번이었다.

루카가 고른 건 곰인 듯하다.

루카가 선물하려는 상대에게는 질투의 불길이 조금 치솟지만, 록시느는 "짐은 제가 들죠."라며 두 소녀에게 작은 종이봉투를 받는다.

그리고 어깨에 건 가방에 넣는 척하고 아이들 짐을 아이템 박스에 수납한다.

다음에는 어디를 구경할지 상의하는 아이들에게, 아쉬운 소식을 전해야 한다.

"슬슬 약속 시간이 다가오니, 케나 님에게 가죠."

"어?! 벌써?"

"응……."하고 순순히 고개를 끄덕인 루카와는 반대로, 리트는 "아직 다 보지도 못했는데."라며 불만을 드러냈다.

애초에 가게 한 곳에서 20분 넘게 고민하면 두 군데만 봐도 약속 시간이 된다.

"내일 또 구경해요."라고 록시느가 말하고, "또, 찾아."라고 루카가 말하자 리트도 순순히 노점 탐색을 포기했다.

다시 집으로 돌아가 짐을 두고 화장실에서 볼일을 본 다음, 케나와 합류하기로 한 장소인 수송 잠자리 승강장으로 향한다.

케나는 먼저 와서 기다리고 있었다. 아이들이 다가오자 몸을 숙이고 끌어안았다.

"기다리게 해서 죄송해요."

록시느가 머리를 숙이자 케나는 "사람들이 엄청 많은걸. 어쩔 수 없어."라며 쓴웃음을 지었다.

루카가 솔직하게 "리트, 가, 너무, 고민했, 어……."라고 고자질하자 리트도 "시 언니가 남자들한테 자꾸 붙들리니까 그런 거야."라고 맞불을 놓는다.

"아, 그게."

"뭐, 시이가 미인인 건 어쩔 수 없으니까."

납득한 듯이 케나가 고개를 끄덕이자 록시느는 얼굴을 붉히고 고개를 푹 숙였다.

설마 수줍어할 줄은 몰랐던 케나는 록시느를 말릴 때 이 방법도 쓰자고 기억해 뒀다.

수송 잠자리 승강장에는 20명 정도 줄이 서 있었다.

봐서는 이 승강장에 라이거얀마 열 마리와 그 기수들이 속해서, 교대하며 왕복하고 있다.

머리에서 꼬리 끝까지 길이가 4미터나 되는 라이거얀마의 최대 탑승 인원은 세 명이다.

한 사람은 고삐를 쥘 기수여야 하므로, 손님은 한 마리에 두 명까지 탈 수 있다.

기수는 머리 부분에 타고, 승객은 날개가 달린 부분의 바로 뒷자리에 탄다.

날개에 닿지 않도록 승객은 뒤를 보고 앉는다고 한다.

하루 빌려서 시내 명소에 있는 승강장을 들르며 관광하는 코스도 있다고 한다.

"두 사람씩 나눠서 탈 수밖에 없겠네."

"그렇다면 루카 님은 케나 님과 타주세요. 리트 님은 제가 맡겠어요."

록시느가 인원을 딱딱 나눠서, 케나는 리트에게 "돌아올 때는 나랑 같이 타자."라고 약속했다.

케나는 사전에 걸리적거릴 수 있는 검과 망토를 치웠다.

왕복 요금은 한 사람에 동화 10개로, 도착한 승강장에서 표를 받아서 다시 보여주면 돌아올 때도 탈 수 있다고 한다.

돈은 록시느가 냈다.

탑승 시의 주의사항을 들을 때, 케나가 탈 예정인 라이거얀마의 젊은 기수가 놀랐다.

"당신은 강에서 걷던 사람이 아닙니까!"

"와, 아는 사람이 있어……."

강가에 사는 사람들이 케나를 지금도 주목하는 이유가 '강을 걸은 사람'이기 때문이다.

"그때 일은 기억하고 있죠. 아래를 보니 수면을 걷는 사람이 있었으니 말입니다. 놀라서 얀마 조종을 실수한 것도 지금은 좋은 추억입니다."

웃으면서 실패담을 말하는 젊은 기수는 동료에게 "사람들이 기다리잖아."라는 말을 듣고 자기 할 일을 떠올렸다.

"자, 타시죠. 몸을 딱 펴고 붙잡으면 됩니다. 몸을 너무 좌우로 기울이진 마세요."

좌석에는 자전거에 다는 아이용 의자 같은 것에 손잡이가 달려 있었다.

앉는 순서는 꼬리에 가까운 곳이 루카, 날개에 가까운 곳이 케나다.

"납니다."라는 기수의 말과 함께 붕 하고 날갯짓하는 소리가 들리기 시작한다. 다음 순간에는 몸이 밀리는 듯한 가속이 더해지는가 싶더니, 케나와 루카의 아래로 펠스케이로의 남쪽 시가지 풍경이 펼쳐졌다.

"와, 굉장해."

"와, 아……."

길거리 풍경도, 그 길을 가득 채운 인파도, 전부 한눈에 보인다.

외벽 너머에 펼쳐진 숲과 오우타로퀘스로 이어지는 듯한 구릉지대도 보이는 경관을, 두 사람 모두 한동안 넋을 놓고 바라봤다.

어느새 고도가 내려가고 수면이 보일 즈음에, 두 사람은 그제야 한숨을 내쉰다. 더 보고 싶었다고 절실하게 생각하는, 미련이 가득한 한숨이다.

내릴 때 "감동했어요. 고마워요."라고 말하자 젊은 기수는 "그렇죠?"라고 자랑스럽게 웃었다.

손님이 그런 반응을 보여주는 것이 그들의 즐거움인 듯하다.

뒤따른 잠자리에서 내린 리트도 똑같이 멍한 기색이었다.

루카가 팔을 잡아서 정신이 돌아온 리트는 "경치가 참 예뻤어."라고 말했다.

한동안 손을 가슴에 대고 눈을 감은 채 감동을 곱씹는 듯했다.

"굉장했어."

"응…… 굉장, 해."

"예뻤어."

"응. 예뻐……."

두 아이는 본 것을 표현할 말을 좀처럼 찾지 못해서 그저 '굉장해'와 '예뻐'만 반복하고 있다.

"시이는?"

"아, 그래요. 놀랐어요……. 이런 경치가 다 있군요."

록시느도 날아가는 라이거얀마를 눈으로 좇으며, 아쉬운 듯이 자꾸 뒤돌아보고 있었다.

케나는 '시이가 솔직한 감상을 다 말하다니'라며 다른 점에서 감동했다.

수송 잠자리 승강장은 학원 입구에 가깝다.

다른 손님들은 대부분 교회 쪽으로 가는 듯하다.

카타츠가 일하는 공방으로 가는 사람은 없다시피 하다.

학원 문의 경비원은 케나를 기억했는지, 연락용 마도구에 대고 두세 마리 말한 다음 문을 열어주었다.

"학원장님의 어머님 되시죠?"

"아, 맞아요."

"학원장께는 제가 알려드릴 테니, 들어가 주시죠. 학원장실은 2층에 있습니다."

"아, 고맙습니다. 실례할게요."

꾸벅꾸벅 머리를 숙이는 케나를 따라서 록시느도 "실례합니다."라고 경비원에게 인사했다.

루카와 리트도 똑같이 머리를 숙이는 걸 보고, 경비원은 웃으며 손을 흔들어 주었다.

괴수 소동 때 부서진 부분은 이미 수리를 마쳐서, 학원은 예전 모습을 되찾았다.

교정 구석에 있는 괴수 출현 포인트에는 커다란 육각뿔을 세웠고, 그 측면에는 빨간 글씨로 떡하니 '위험! 접근 금지!'라고 적혀 있었다.

"저래선 저기에 뭔가 있다고 선전하는 꼴 아닐까……."

불쑥 중얼거린 말을 들은 록시느가 고개를 갸웃해서, 만약을 대비해 가르쳐 준다.

"저걸 봐. 검은 기둥."

"저게 뭐가 어쨌다는 거죠?"

"전쟁할 때, 백국(白國)과 취국(翠國)의 점령 포인트야."

"아아, 저게…… 저런 데?!"

"그래. 얼마 전에 우연히 괴수가 튀어나와서 말이지. 엄청난 소동이 벌어졌어. 내가 조금만 늦게 뛰어왔으면 이 도시가 무너졌을걸."

록시느도 예상하지 못했는지 눈을 크게 뜨고 놀랐다.

찾아보면 다른 나라의 점령 포인트도 발견할 수 있을지도 모르지만, 시내에 있는 여기보단 심각하지 않으리라.

담장을 따라서 건물에 도착할 때까지 교정을 4분의 1 정도 지난다.

그 뒤에는 예전에 론티가 안내해 준 경로를(키가 알려줘서) 따라간다.

지나치는 사람을 거의 못 보고 학원 안을 나아가자, 마침내 '학원장실'이라고 적힌 문을 발견했다.

록시느가 문을 두드리자 "들어오세요."라는 목소리가 들렸다.

록시느가 문을 열고 케나를 먼저 들어가게 했다. 이어서 루카와 리트가 뒤따르고, 마지막에 록시느가 들어가 문을 닫는다.

"어서 오세요, 어머님!"

책상 너머에서 벌떡 일어난 사람은 금발 벽안의 여자 엘프다.

허리에 닿는 긴 머리는 평소처럼 땋았고, 몸에는 발끝까지 덮는 빨간 로브를 입었다.

케나와 나란히 서면 자매처럼 보이기 일쑤지만, 동생처럼 보이는 쪽이 어머니다.

후다닥 다가온 마이마이가 케나를 덥석 끌어안는다.

"우후후후. 오랜만이에요, 어머님."

모두가 냥냥거리며 애교를 부리는 학원장에게서 강아지 귀와 격렬하게 흔들리는 꼬리를 확인했다. 고양이인지 개인지 확실히 해주길 바란다.

흘끔...

록시느가 그 옷깃을 잡아서 쉽사리 떼어냈다.

"어, 어머?"

"오랜만이야, 마이마이. 과도한 스킨십은 조금 기다려."

떨어져서 허둥대는 딸에게, 케나는 허리에 손을 대고 쓴웃음을 지었다.

별실인 응접실로 안내받은 케나와 아이들이 자리에 앉자 록시느가 꺼낸 티 세트로 차를 낸다.

4인분의 차를 내놓은 록시느가 케나의 등 뒤에 서면 준비가 끝난다.

"아, 소환 메이드? 어머님, 그런 것도 있었어요? 지금까지 몰랐어요."

"거점이 없으면 불러도 써먹을 수 없으니까. 이번에는 루카를 돌봐야 하니까 하는 수 없이 불렀어. 아니, 어차피 나도 생활 능력이 없으니까."

자학적으로 고백하지만, 딸은 그렇게 여기지 않는 눈치다.

마이마이는 손을 탁 마주치고, "그렇다면 우리 집에 와요, 어머님! 메이드는 얼마든지 있고, 아이를 볼 사람도 부족하지 않아요."라고 환하게 웃으며 떠들었다.

"싫어. 그런 기생충 같은 생활은."

즉각 거절하자 마이마이는 후후후 웃으며 "그렇게 말할 줄 알았어."라고 중얼거린다.

"자식이 부모를 모셔야 하는데, 어머님은 이상한 데서 고집이

세다니까요."

"미안해. 고집이 센 엄마라서."

두 사람은 누가 먼저랄 것도 없이 웃었다.

케나는 이야기의 흐름에 따라가지 못해서 어리둥절한 루카와 리트의 어깨를 끌어안고 마이마이에게 소개한다.

"마이마이. 이 아이는 내가 신세를 진 마을 여관의 딸 리트야. 그리고 이 아이가 이번에 네 동생이 된 루카야. 다들, 이 아이는 내 둘째인 마이마이. 루카의 언니야."

"안녕하세요."

"안녕……하, 세요."

긴장해서 뻣뻣해진 아이들에게 마이마이가 웃는다.

"마이마이야. 잘 부탁해. 뜬금없는 소리 같지만, 너희도 학원에 입학하지 않을래?"

"갑자기 뭔 소리를 하는 거야, 마이마이?"

뜬금없이 불쑥 튀어나온 제안에, 루카와 리트는 몸을 꼿꼿이 편 채로 경직한다.

무슨 말을 들었는지 미처 이해하지 못한 듯하다.

"어? 지금부터 이런 데서 공부하면 여러모로 경험이 될 것 같아서요."

완전히 거부할 이유도 아니여서, 케나는 입을 오물거린다.

그렇다고 해도 타이밍이란 게 있지 않을까? 소개받고 인사하자마자 입학을 권하다니, 일반적이지 않다.

잠시 후 충격에서 회복한 아이들은 마이마이의 제안을 딱 잘라 거절했다.

리트는 집안일을 도와야 한다며, 루카는 케나가 있는 곳을 택했다.

"어머님! 루카를 안아도 될까요?"

"그건 딱히 상관없지만, 루카가 싫어하면 그만둬야 할걸?"

"후후후. 알아요."

화들짝 놀란 루카를 마이마이가 끌어안는다. 익숙한 느낌으로 안아 올리고, 부드럽게 미소를 지으며 뺨을 대서 "잘 부탁할게."라고 루카에게 속삭였다.

루카가 어색하게 고개를 끄덕이자 "어릴 적의 케이리나 같아."라며 기쁜 눈치다.

그 말을 듣고서야 케나는 '그러고 보니 얘도 벌써 애엄마구나'라는 생각이 들어서 왠지 낯간지러운 기분이 들었다.

모두가 석 잔째 차를 마시기 시작했을 무렵, 학원장실 문을 두드리는 소리가 났다.

마이마이가 "들어오세요."라고 대답한다. 열린 문 너머에서 낯익은 사람들이 나타났다.

"케나 님이 오셨다고 들었는데요……."

"아, 케나 씨. 오랜만이에요."

나타난 사람들은 마이리네와 론티였다.

마이리네는 이 나라의 첫째 왕녀님. 론티는 재상의 손녀다.

'여기가 무슨 노래방인가?' 라는 생각이 들 정도로 손님이 찾아왔다.

학원을 운영하는 학원장의 방으로 생각되지 않는다.

동행한 세 사람을 소개하자 "메이드?!", "넷째?!"라며 깜짝 놀랐다.

"최근에는 케나 씨를 펠스케이로에서 볼 수 없어서, 무슨 일이 생겼나 했어요."

"아, 미안해. 론티. 지금은 변경 마을에 이사해서 살고 있어. 그러니까 전돌이는 잡아줄 수 없어."

"아무도 전하…… 전돌이 도련님 얘기는 안 했어요! 다른 나라에 간 줄 알았을 뿐이에요!"

일반인이 있어서 론티도 대상의 호칭을 얼버무리기로 한 모양이다. 론티까지 전돌이라고 부르니까 왕자도 앞날이 험난할 것 같다.

"그러고 보니 펠스케이로에 도착한 날에 전돌이를 봤어."

"아아아아……. 또, 또 탈주한 거군요."

"애들이 있어서 붙잡진 않았어. 미안해."

"아뇨, 케나 씨 잘못이 아니니까요!"

자기 머리를 끌어안은 론티에게 사과해 둔다.

마이리네는 '마이' 라고 이름을 줄여서 자기소개하고, 루카와 리트에게 마을 생활 이야기를 듣고 있었다.

"그러고 보니 마이마이. 학생이 적어 보이는데, 괜찮은 거야?"

학원 안을 걷다가 느낀 의문을 물어본다.

"그래요. 현재 등록된 학생에 비해서 등교한 사람이 아주 적어요."

"역시 수면에 나타났다고 하는 그림자 때문이야?"

"아뇨. 뭐, 그것도 원인이긴 하지만, 대부분 경제적인 문제일 거예요."

"경제적 문제?"

어이없다는 듯이 목소리를 높이며 고개를 갸우뚱한 케나에게, 론티가 말을 걸었다.

"케나 씨는 여기 올 때 뭘 이용했어요?"

"어? 수송 잠자리인데."

"여러 사람이 타는 배와 비교해서, 잠자리는 다섯 배쯤 비싸니까요. 주민들이 매일 학원에 오긴 어려울 거예요."

"왕립 학원은 학비가 거의 들지 않아요. 하지만 학생 중에는 시내에서 잡일을 해서 생활비를 버는 모험가도 있어요. 식비나 교통비로 생활고에 허덕이는 사람은 많을 거예요."

론티와 마이리네가 말했다.

"그리고 귀족은 부모가 그 그림자를 우려해서 아이를 집에서 내보내지 않고 있으니까요. 지금 학원에 있는 건 무척 특수한 경우예요."

마이마이의 시선이 론티와 마이리네를 향한다.

애초에 이 소동 속에서 왕녀와 재상의 손녀가 솔선해서 학원에 다니는 것이 너무 이상한 사태다.

"저는 마이를 따라온 거예요."

"저는…… 저기, 그게……."

쓴웃음을 짓는 론티는 그렇다 쳐도, 뺨에 손을 댄 마이리네의 얼굴이 서서히 빨개진다.

"아……."

이유를 짐작한 케나는 눈빛을 흐렸다.

아마도 마이리네는 학원에 온 것이 아니라, 교회에 간 김에 학원에 들른 것이리라.

대체 어떤 첫 만남이 있었는지는 모르겠지만, 첫째 왕녀님은 스카르고 대사제님에게 반했다고 한다.

이건 함락하기 이전에, 스카르고가 연애를 이해하는 게 더 어려울 것 같다.

발각되면 터무니없는 소동이 벌어질 게 뻔하다. 그걸 예상한 케나는 의식이 멀어지고 있었다.

"스카르고는 헬슈펠 국경으로 일하러 가지 않았어?"

"어머님, 오빠를 봤어요?"

"변경 마을에 왔어. 번쩍번쩍한 마차와 기사들을 데리고."

"저도 알아요!"

기운차게 대답한 왕녀님에게, 케나는 "으엑……." 하고 놀랐다.

없는 걸 알면서도 교회에 다니는 의미를 모르겠다.

모르는 건 억지로 이해하려고 들지 말고, 케나는 화제를 바꾸기로 했다.

"마이마이는 커다란 그림자에 관해서 뭐 좀 아는 거 있어?"

"저도 직접 본 게 아니니까 잘 모르겠어요. 그런 건 어머님이 더 잘 아시지 않나요?"

오히려 질문받고 말았다.

케나가 모르는 200년 동안의 경험이 있는 마이마이도 모른다면, 케나도 짚이는 구석이 없다.

"유일하게 덩치가 비슷한 건 최대 레벨의 그린 드래곤인데, 그것도 날개 길이가 100미터 정도밖에 안 된단 말이지."

"그린 드래곤은 비행 특화잖아요. 물속은 못 들어가요."

"그렇지……."

끙끙대며 생각에 잠긴 케나의 등을 마이마이가 껴안는다.

키가 머리 하나만큼 차이가 나므로, 케나의 뒤통수에 마이마이의 빈약한 가슴이 닿는 위치다.

"무척 신경 쓰는 눈치인데요. 어머님. 무슨 일이 있나요?"

"모험가 길드에서 조사 의뢰를 받았거든. 이건 강으로 나가 볼 수밖에 없겠어."

"괘, 괜찮은 거예요? 케나 씨?! 물속에 끌려간다든가, 물속에서 습격당한다든가!"

"진정해, 론티."

"무슨 일이 생기면 말씀해 주세요. 아버님께 전해서 최대한 협력할게요."

론티와 마이리네가 얼굴을 쑥 내밀고 걱정해 준다.

그건 고맙지만, 아버님은 국왕이지? 직권 남용이 아닌지 의문이 생긴다.

물론 순수하게 걱정해 주는 건 케나로서도 기쁜 일이다.

"이러지도 저러지도 못하게 되면 상의해도 될까?"

"물론이에요!"

"네. 맡겨 주세요."

"어머님! 저도 도울게요!"

"다들 고마워."

가슴이 따스해진 케나는 세 사람에게 웃어 보였다.

당연히 록시느도 협력을 맹세했을 때, 마이마이가 아이들을 자기 집에서 맡겠다고 했다.

하지만 마이리네가 "그렇다면 성에서 맡을게요."라고 말하는 바람에, 리트가 신분 차이를 느끼고 졸도하는 사건이 발생했다.

루카는 그런 점을 별로 의식하지 않은 건지, 신분 차이를 이해하지 못하는 건지, 평소와 변함없는 모습이었다.

리아데일의 대지에서

WORLD OF LEADALE

제3장

악마와 호출과 탑과 계획

빌린 집으로 돌아와 저녁 식사를 마친 케나는 아이들이 잠들 때까지 곁에 있었다.

즐거워 보이는 얼굴로 잠든 것을 바라보고 있을 때, 록시느가 부르는 기척이 느껴졌다.

소환한 것도 있어서 록시느, 록시리우스와 케나는 떨어져 있어도 간단한 의사소통이 되는 연결고리가 있다.

소리도 없이 침대에서 빠져나와 록시느가 기다리는 계단 아래로 간다.

"무슨 일 있어, 시이?"

"쉬시는 중에 죄송합니다."

식당으로 쓰는 작은 방에서, 록시느는 차를 준비했다.

"오늘 신경이 쓰이는 사건이 연달아 발생하여, 보고하고자 합니다."

"신경이 쓰이는 사건?"

자리에 앉은 케나에게, 록시느는 낮에 마주친 양아치들에 대해 설명했다.

그자들이 의도적으로 행동해서 루카와 리트를 해치려고 한 사실도.

"하지만 록시느가 여기서 팔팔하게 있는 걸 보면, 그 녀석들은 격퇴한 거지?"

"당연히 그렇죠. 죽이진 않았지만, 죽는 게 차라리 나을 정도의 꼴로 만들어 주었을 거예요."

"그랬겠지……."

케나는 혹시 몰라서 록시리우스에게도 '무슨 일 없었어?' 라고 사념을 날려봤다.

대답은 '이상 없음' 이었다. 마을 쪽은 건드리지 않은 듯하다.

어쩌면 건드리려고 했는데 아직 도착하지 않았을 가능성이 있으므로 그 사정을 전하고 경고해 둔다.

"록스 쪽은 아무 일도 없는 것 같아."

"습격자들은 저를 제거하고 아가씨들을 인질로 잡으려고 했으니까요. 케나 님에게 쓸 패로 삼으려고 했던 게 아닐까요."

"나한테?"

그런 건 생각할 필요도 없이, 원인은 금방 판명된다.

"포장마차 골렘을 노린 거네."

"아마도 지난번에 방문한 집사의 하수인이겠죠. 지금이라도 늦지 않았어요. 명령해 주시면 갈기갈기 찢어놓고 오겠습니다."

"그 이전에 어느 귀족의 부하인지 모르잖아."

"칫!"

몹시 유감인 듯이 혀를 차는 록시느.

이 분위기로 봐선 어디의 누가 한 짓인지 안 순간에 뛰쳐나갈 위험이 있다.

"아무튼 첨병 같은 건 물리쳤잖아? 그렇다면 한동안 안전하지 않을까?"

"케나 님, 물러요. 너무 물러요. 그런 양아치들은 아무리 청소해도 발에 차일 정도로 많을 게 뻔해요. 오늘 밤 중에 용의자가 될 법한 건 전부 제거해야 한다고, 감히 생각합니다."

"오케이, 기각. 그런 짓을 하려고 온 게 아니거든."

대체 뭐가 록시느를 이토록 호전적으로 만든 걸까?

이렇게 과격한 성격이었던가? 케나는 고개를 갸우뚱한다.

근본에는 아이들을 걱정하는 마음도 있으리라. 하지만 그러려고 눈에 띄면 죽이는 건 아무도 바라지 않는다.

게다가 록시느가 진심으로 전투 행동에 나설 경우, 레벨 550의 괴물이 날뛰게 된다.

까놓고 말해서 샤이닝세이버보다 강하니까, 펠스케이로에는 막을 사람이 아무도 없다.

"록시느의 본분은 메이드니까, 그쪽 일로 도와줘. 오늘처럼 아이들을 잘 봐줘. 전투 능력은 지키는 쪽으로 발휘해."

"네…… 알겠습니다."

아쉬워하는 눈치면서도 고개를 끄덕여 주니까 명령을 어기거나 그러진 않겠지.

일단 안심했지만, 습격자가 다 없어졌다곤 생각하기 어렵다.

"나는 내일부터 모험가 길드의 의뢰로 강을 조사하러 갈게. 호위를 추가할 겸 소환수도 거들게 하자."

아이들과 같이 놀지 못하는 건 어쩔 수 없다.

이변을 수습하지 않으면 강 축제를 시작할 수도 없으니까.

"케나 님. 너무 고위 소환수를 쓰면 그쪽의 일손이 부족하지 않을까요?"

【서먼 매직】은 강력하지만, 불러내는 소환수의 합계 레벨에는 최대 리소스라고 하는 제한이 존재한다. 제아무리 스킬 마스터라도 이 제한은 무시할 수 없다.

"내가 알기로 물에 사는 최대의 적은 즈웜인 것 같은데. 그건 해양생물이니까 말이지."

케나가 말한 즈웜이란 몬스터는 장어처럼 생긴 몸에 말미잘 같은 머리가 달린 거대한 자포동물을 뜻한다. 해저에 붙은 고대 바다나리 같은 모습이다.

낚시로만 본 적이 있는 레어 몬스터로, 식용으로는 A랭크 고기를 준다.

최대 100미터 넘게 성장하지만, 애초에 해양생물이니까 담수인 강에 있다고 생각하긴 어렵다. 그리고 소환수로 등록할 수 없으니까, 소환자가 존재할지 모른다는 의문도 사라진다.

"게임에서 나오는 몬스터가 아니라 원생생물이라고 생각하는 게 더 빠를 것 같아. 원생생물이라면 레벨이 별로 높지 않을 테니까, 고위 소환수는 필요 없을 거야."

"정 그렇게 말씀하신다면 말리지 않겠지만, 여차할 때는 이쪽의 소환을 끊고서라도 그쪽 일에 집중해 주세요."

케나가 말한 이유를 잠자코 듣던 록시느는 그 충고만 하고 케나가 다 마신 컵을 치웠다.

"응. 그럴게. 고마워, 시이."

"천만의 말씀입니다."

공손히 머리를 숙인 록시느에게 "잘 자."라고 말한 뒤, 케나는 아이들 방으로 들어갔다.

록시느는 "안녕히 주무세요."라고 말하고 지켜본 다음, 설거지를 마치고 자기 방으로 돌아갔다.

그리고 "나중에 부족한 게 생기면 곤란해."라고 중얼거리더니, 자신의 전용 장비를 꼼꼼하게 점검한 다음에 잠들었다.

장소를 바꿔서, '목마른 전갈' 이 근거지로 삼은 곳에서는.

차례차례 실려 들어오는 구성원이 반 넘게 폐인이 된 상황에 두목이 짜증을 감추지 못하고 있었다.

"대체 무슨 일이 있었냐!"

그중에서도 비교적 무사한 부하의 멱살을 잡고 가차 없이 노성을 퍼붓는다.

두목의 분노 어린 얼굴과 목소리의 박력에 위축한 부하는 더듬거리며 자기가 본 것을 보고했다.

"노린, 메이드가…… 무시무시하게, 강해서…… 그래서."

미라처럼 붕대를 칭칭 감은 부하들의 신음이 사방팔방에서 들려온다.

눈의 초점이 안 맞는 자, 무릎을 끌어안고 몸을 떠는 자, 상처가 벌어지는 것도 무시하고 발광하는 자 등등. 그런 사람들로 인해 야전병원 같은 분위기였다.

무너진 저택에서 침대에서 침대를 빼고도 숫자가 부족해 바닥에 짚을 깔고 누운 자도 있다.

주력 구성원은 포션으로 상처를 고쳤지만, 모두가 침묵을 지켰다.

두목과 눈을 마주치려고 하는 자는 아무도 없다.

손에서 단도를 굴리던 기생오라비도 모포를 머리부터 뒤집어쓰고 바들바들 떨고 있었다.

마음속까지 얼어붙을 듯한 시선이 머리 위에서 보이는 듯해서, 공포를 느끼고 위를 쳐다볼 수 없게 되었다.

아이들이 울부짖는 소리를 듣고 싶어 했던 덩치 큰 남자는 몸을 웅크리고서 벽에 대고 뭔가 중얼중얼 말하고 있다. 자신의 괴력이 하나도 안 통했기 때문이다.

더군다나 손쉽게 제압당하고 종잇장처럼 날아가면 자신감을 상실할 수밖에 없다.

몸집이 작은 코볼트 남자는 꼬리를 가랑이 사이에 집어넣고 침대 아래의 공간에서 떨고 있다. 어둠이 착 깔린 눈을 봤을 때, 그는 자기 머리가 톡 떨어지는 환상을 봤다.

메이드란 것이 무서워서 견딜 수 없다. 주변에서 돌아다니는 길고양이도 지금의 그에겐 살인 청부업자처럼 보였다.

무표정에 특징이 없던 것이 자랑거리였던 소매치기는 공포가 얼굴에 박제되었다. 아무리 태연한 척하려고 해도, 한순간에 죽기 직전까지 간 공포를 씻어낼 수 없다. 아이러니하게도 공포로 일그러진 얼굴로 인해 그 누구보다도 강한 존재감을 손에 넣었다.

"메이드한테 당했다고?! '목마른 전갈' 씩이나 되는 것들이 여자한테 당한 거냐! 엉!"

근거지의 지하실에 두목의 목소리가 울려 퍼진다.

그것을 목청껏 부정하는 자는 아무도 없었다.

약자를 괴롭히는 것을 신조로 삼은 그들은 자신들이 약자가 될 때를 예상하지 못했던 것 같다. 모두가 자존심이 간단히 깨져서 메이드는 고사하고 묘인족만 보고도 공포를 느끼는 겁쟁이가 되었다.

"빌어먹을!!"

깡패를 통솔하는 두목은 분통함을 드러낸다.

이렇게 된 건 귀족의 심부름꾼이라고 하는 녀석이 일을 부탁했기 때문이라며, 오히려 원한을 품는다.

상대가 모험가와 메이드인 건 들었지만, 이토록 강하다는 말은 듣지 못했다.

일부러 정보를 주지 않았거나, 아니면 몰랐거나.

그건 지금 알 수 없는 일이다. 부족한 정보를 준 녀석들에게 보복하려고 생각했을 때, 두목의 코는 갑자기 이상한 냄새를 맡았다.

발소리를 쿵쿵 내고 혀를 차면서 걸어다니던 두목이 움직임을 멈추면서, 지하실에는 오싹할 정도의 정적이 깔린다.

부하들은 두목의 분노가 임계점을 돌파했음을 느끼고, 그 폭발을 모두가 두려워했다.

중얼중얼 떠드는 소리와 작은 신음이 잠잠해진 가운데, 두목이 나지막하게 "이 냄새는 뭐지?"라고 한 말은 잘 울렸다.

"냄새?"

"어?"

"응? 뭐지, 이 냄새는?"

어느새 모두가 코에 들어오는 희미한 냄새를 맡기 시작했다.

시큼한 듯, 녹 냄새와도 비슷한, 마음이 술렁거리는 냄새에 당혹스러워한다.

맡은 적이 있는 것 같기도 하고, 아닌 것 같기도 한데, 모두가 짚이는 구석이 없다.

말로 표현할 수 없는 무언가를 찾아서, 지하실에 모인 자들은 기억을 더듬어 봤다.

정답은 허무하게, 제삼자의 손에 의해 나왔다.

"그건 말이다. 마(魔)의 냄새다."

노인처럼 다 쉰 목소리가 울려 퍼진다.

굳이 말하자면 텅 빈 곳에서 억지로 목소리를 늘린 듯한 소리가 지하실을 울렸다.

""무슨……?!""

들린 쪽으로 돌아본 자들은 눈을 부릅뜨고 말문이 막힌 뒤, 경직했다.

이상한 반응을 보인 자들을 따라서 그쪽으로 고개를 돌린 자들도 똑같은 처지가 되었다.

지하실 입구에, 그것이 떠 있었다.

오른쪽으로 30도쯤 기울어진 새하얀 해골이 어둠 속에 떠 있었다.

뼈의 흰색이 아니다. 하얗게 색칠한 듯한 두개골이 허공에 떠 있다.

그런 것이 허공에 떠 있는 시점에서 이미 상식을 초월한 현상인데, 기울어진 머리의 위치가 이상하다.

애초에 성인 남자의 가슴께 높이에 기울어진 두개골이 있다.

"크카카카카. 운이 나빴군. 자네들은."

턱을 딱딱거리며 말하는 것을 봐서는, 역시 이 두개골이 목소리의 출처가 확실하다.

지하실 입구 근처에 있던 남자들은 입에 거품을 물고 기어가듯 안쪽으로 도망쳤다.

""히익?!""

"""앗……."""

““헉?!””

““으악.””

머리를 흔들며 한 걸음, 두 걸음 나아간 두개골 같은 무언가가 어둠 속에서 완전히 모습을 드러냈다.

그걸 보자 겁을 상실하고 날뛰던 깡패들의 목구멍에서 공포로 물든 비명이 흘러나온다.

그것은 말라비틀어진 고목이 억지로 인간의 형태를 띤 듯한 모습이었다.

새하얀 두개골은 인간의 모습을 한 고목의 가슴에 벌어진 옹이 구멍에 있었다.

두개골이 그쪽에 있어서 그런지 사람이 목이나 머리에 해당하는 부분에는 아무것도 없다.

“아, 아아아, 악마…….”

그렇게 표현할 수밖에 없는 모습이다. 인간의 형태를 띠면서도 인간이 아닌 존재.

무언가의 형태를 복합하면서 인간에게 가까워진 존재.

누구나 어릴 적에 한 번쯤은 교회에서 듣는, 절대로 대치해서는 안 되는 존재.

지금까지 무서운 걸 모르고 살았던 두목은 본능적인 공포를 느끼고 몇 걸음 뒤로 물러났다. 그걸 보고 뭐라고 하는 사람은 없다.

“으으…….”

"아아, 아······."

"왜, 왜 우리가······."

여기 있는 거의 모두가 거친 숨을 쉬고, 움푹 들어간 눈을 총동원해서 눈앞에 있는 괴물로부터 눈을 떼지 않았다.

"크카카카. 어차피 알아도 아무것도 못 한다."

삐걱삐걱 비틀리는 소리를 내면서, 고목처럼 생긴 괴물이 한 걸음을 내디뎠다.

한순간에 그곳을 지배한 공포와 혼란이 그들을 약자로 만든다.

고목 악마는 누더기를 뒤집어쓴 기생오라비가 있는 침대를 향해 왼팔을 휘둘렀다.

"끄갸아아아아아아악?!"

절규가 터져 나왔다.

뒤집어쓴 누더기와 함께 기생오라비가 뒤틀리기 시작한다. 색이 다른 수건을 겹쳐서 물을 짜는 듯처럼 살과 천이 뒤섞이고, 하나의 봉처럼 변형했다.

오른쪽으로 비스듬하게 벌어진 입 위에 오른쪽 눈이 이동하고, 두 팔은 몸을 두 바퀴 감았다.

인간이었을 적에는 180센티미터였던 신장이 인체의 각 부위가 비틀려서 드러난 3미터 가까운 봉으로 변한 것이다.

그 상태로도 죽지는 않은 듯하다. 비틀린 이와 혀가 드러난 입에서는 작은 신음이 흘러나오고 있었다.

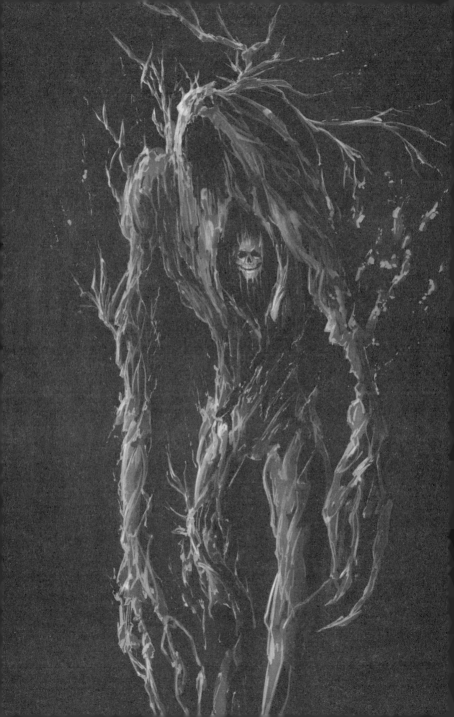

그런 걸 눈앞에서 보고 이성을 유지하는 자는 없다.

지하실은 곧바로 비명과 울음과 정신 나간 웃음소리와 목숨을 구걸하는 소리로 가득 찼다.

"흠흠. 기뻐해 줘서 기분이 좋구먼."

기뻐하는 사람은 없지만, 악마들의 기쁨이란 생물이 토하는 어두운 감정이다. 그것으로 가득한 이곳은 그들에게 기쁜 장소이리라.

비틀린 기생오라비를 바닥에 꽂고, 고목 악마는 다음 사냥감을 물색한다.

그 와중에서, 절망하면서도 간신히 이성을 유지한 사람은 두목밖에 없었다.

그는 악마의 시선이 자신에게서 떨어졌다고 느낀 순간에 움직이기 시작했다.

근처에 있는 이성을 잃은 부하를 악마에게 내던지고, 방구석으로 뛰었다.

거기에는 비상용 탈출구가 있다. 부하에게도 알려주지 않은, 하수도로 통하는 개구멍이다.

얇은 벽을 부수고 뛰어들면 이곳에서 도망칠 수 있다. 두목은 그렇듯 승리를 확신했다. 그러나 먼저 벽을 뚫고 출현한 두껍고 검푸른 팔에 어깨와 가슴을 붙잡혔다.

"끄억?!"

공중에 고정되고, 폐에서 공기를 쥐어짜인 두목이 신음한다.

벽에서 튀어나온 건 두목을 붙잡은 누군가의 오른팔만이 아니었다. 거기서 떨어진 곳에서는 벽을 뚫은 왼팔이 세 개 나타난다.

두목은 그것이 의미하는 것을 눈치채고 눈을 부릅떴다. 최종적으로 지하실 벽과 천장을 부수고 나타난 것은 피부가 검푸르고 팔이 여섯 개 달린 드래고이드(용인족)이었다.

일반적인 드래고이드보다 머리 두 개 정도는 키가 크다.

"이그즈듀키즈, 여. 아무도 도망치게 해선 안 된다고, 맹주께서 말씀하셨을 터."

잡음이 섞인 굵직한 목소리로, 기이하게 생긴 드래고이드는 고목 악마를 노려본다. 악마와 비슷하게 말하는 걸로 봐서, 이 드래고이드도 악마와 비슷한 존재이리라.

"크카카카. 용서하게, 이자들의 감정으로 배를 채웠을 뿐이야. 오랜만에 오는 현세, 배가 고파서는 예술이 폭발하지 않지."

드래고이드 악마에 의해 휙 내던져진 두목은 몸을 떨며 머리를 붙잡고 있는 부하들이 있는 곳에 떨어진다. 충격으로 뼈가 부러지는 자, 현실을 직시하지 못하고 웃는 자가 생기는 판국.

두 악마는 도시의 깡패들이 어떻게 해볼 존재가 아니다.

그건 옛날이야기에서 자주 등장하는 용사가 할 일이다.

"얼른 처리해라. 시간이 없다."

"예술에는 시간이 걸리는 법이거늘. 거참, 맹주께서는 그걸 모르시나."

머리 위에서 태평하게 대화하는, 이승의 존재로 생각할 수 없는 자들의 대화를 흐릿하게 들으며, '목마른 전갈'의 두목은 의식을 잃었다.

마지막으로 들은 것은 누가 지르는지도 모르는 찢어질 듯한 비명이었다.

그 보고는 해도 채 오르지 않은 새벽에 올라왔다.

발견자는 관광용 성에 딸린 초소에서 복귀하려고 한, 야간 경비를 담당한 병사다.

보고를 듣고, 성에 딸린 수송 잠자리를 타고서 말 그대로 날아간 것은 샤이닝세이버를 필두로 한 기사 집단이다.

도착하자마자 문제의 그걸 본 젊은 기사들이 곧바로 아침에 먹은 걸 토했다.

태연한 기색을 한 기사는 거의 없다. 한 번 보고 눈을 돌리는 자. 얼굴이 새파래져서 현장에서 멀어지는 자. 졸도하는 자도 있다.

드래고이드의 표정은 알아보기 어렵지만, 샤이닝세이버는 곧장 두 손으로 입을 틀어막았다.

보고하러 온 병사가 '뭔지 알 수 없는 시설 같다'고 말한 것을, 실물을 보고 이해했다.

이해했지만, 머리와 마음은 별개다.

샤이닝세이버도 정신 내성을 강화하는 【액티브 스킬】을 몇 개

발동하고 나서야 간신히 직시할 수 있는 정도다.

데려온 부하의 태반이 처참한 사건 현장에서 쓸모가 없어진 것을 보고 이를 악문다.

샤이닝세이버는 전령에게 "정신 내성을 높이는 마법사를 불러라."라고 말한 뒤, 현장에 발을 들였다.

"넌 괜찮나?"

동행하는 부단장도 얼굴색이 안 좋다. 그는 손수건으로 입을 막으며 "네. 겨우 말이죠."라고 중얼거렸다.

샤이닝세이버도 몇 번인가 순찰하면서 이 근처를 지난 기억이 있다.

겨우겨우 사람이 살 수 있는 저택이 있는 장소는 깔끔하고 밝게 정비한 그곳에 늘어선 기이한 물체를 두드러지게 했다.

"뭔가의 시설이라니, 하필 이거냐……."

"단장?"

이쪽 세계에 없는 시설이라면 아무도 모르는 게 당연하다.

높은 아치형 간판처럼 만든 입구에는 '목마른 전갈 인물원에 오신 걸 환영합니다' 라는 글자가 아기자기하게 적혀 있었다.

입구 좌우를 가린 벽에는 샤이닝세이버가 잘 아는 동물들의 그림이 있다. 기린, 사자, 코끼리, 하마 같은 동물들이 이등신으로 우스꽝스럽게.

"농담이 심하군……."

무심코 신음하듯 중얼거렸다.

안에는 지구의 동물원과 비슷한 울타리를 친 곳에 몇몇 생물이 전시되어 있었다.

그 대부분이 추악하고 기괴하고 끔찍한 것들.

다른 전시물에 관해서도 구역질이 난다거나 제정신이 아니라는 감상만이 나왔다.

울타리를 친 곳의 중앙에는 한층 높게, 벤치로 에워싸인 휴식처 같은 것이 만들어져 있다.

다만 그곳에 설치된 벤치는 고통스러운 표정을 드러내고 바닥을 기는 자세로 손발이 바닥에 고정된 남자들이었다.

중앙에는 '기적의 샘'으로 명명된, 몇 시간 전에만 해도 조직의 두목이었던 남자가 설치되어 있다. 그는 앞이 금색으로 칠해진 벽에 동화한 것처럼 파묻혀 있었다.

얼굴을 마구 구기며 "살려줘. 살려줘."라고 눈물을 흘리며 애원하고 있다. 그 눈물도 뺨을 흘러내려 바닥에 떨어진 순간에 금화로 변해, 벽 아래를 뒤덮을 정도로 수북이 쌓여 있었다.

'뱀'의 간판이 있는 울타리 안에는 살덩어리로 된 항아리에서 얼굴을 내민 남자가 있다.

인간을 비틀어 끈처럼 늘리고 빙빙 돌려서 항아리의 모양을 잡은 입구에서는 마찬가지로 목 아래가 끈처럼 된 남자가 스프링처럼 몸을 넣었다 뺐다 하고 있다.

하반신에 여러 개의 팔이 달린 남자는 땀과 눈물과 콧물로 엉망이 된 얼굴을 일그러뜨리고, 머리를 끌어안고 통곡하고 있었다. 그 울타리에는 '문어' 라고 적힌 간판이 달려 있었다.

안내판이라고 적힌 직경 2미터 정도의 원형 수정에는 중앙에 남자의 얼굴이 박혔다. 그 입에서는 내부에 전시된 것에 대한 설명이 주문처럼 줄줄 흘러나오고 있었다.

'말' 의 간판이 걸린 울타리 안에는 얼굴이 인간인 채로 목 아래가 말이 된 남자가 있다. 그 몸은 인간의 몸을 억지로 늘여서 말로 만드는 바람에 기아 상태인 것처럼 뼈와 가죽만 보였다.

나무에 파묻혀서 반쯤 동화된 자는 2미터쯤 되는 빨간색 애벌레에 의해 나무껍질부터 아작아작 씹혀 먹히고 있었다. 물론 그 애벌레도 사람이 변형한 것이다. 간판은 있지만 글자는 없다.

그곳에 달려온 기사와 병사들은 모두가 현장을 본 순간에 뒤돌아서 도망쳤다.

왕도의 치안을 지킨다는 사명감보다도 도망치고 싶다는 마음이 더 앞선다.

정신 내성을 부여하려고 호출된 마법사에겐 이 광경을 보여주지 않도록 엄명해서 뒤로 물러나게 했다.

샤이닝세이버의 지시에 따라 현장 주변에서는 사람들을 몰아내고, 한동안 관광용 성도 출입을 금하라는 통보를 돌렸다.

최상층의 노대에서는 이 인물원을 한눈에 볼 수 있다.

정신 내성을 얻어서 겨우 움직일 수 있게 된 기사들은 식은땀을 닦으며 "인간이 할 짓이 아니야." 라거나 "악마인가⋯⋯." 라고 중얼거린다.

간이 초소로써 천막을 치고, 샤이닝세이버와 그 부하들은 기이하게 변한 남자들을 조사하러 다니며 이야기를 들을 만한 사람을 찾기 시작했다.

이성이 거의 날아갔지만, 벤치가 된 남자 중 한 명에게서 이 만행을 저지른 자의 이름을 겨우 알아냈다.

"이그즈듀키즈……라고 합니다."

부단장이 주위의 눈치를 살피며 조심조심 꺼낸 이름을 듣고, 현장에 있던 자들은 모두가 얼굴을 굳히고, 떨었다.

"오오, 신이시여."

"어떻게 이런 일이……."

"신이시여, 우리를 보호하소서."

"어째서 그런 거물이 이런 데를……."

하늘을 보며 신에게 기도하는 자와 교회의 성물을 태양을 향해 드는 자가 속출했다.

그 와중에 혼자서 팔짱을 끼고 복잡한 표정을 지은 샤이닝세이버에게 모두의 시선이 쏠린다. "마음이 정말 강하신 분이셔."라고 존경받는 것도 모르는 당사자는 부하들을 둘러보고 입을 열었다.

"저기……."

"뭡니까, 단장?"

"이그즈 어쩌고가…… 뭔데?"

현장에 있던 모두가 휘청거렸다.

"모, 모르는 겁니까?"

"전혀. 유명해? 그 녀석은?"

부하들이 믿기지 않는다는 얼굴로 머리를 부여잡는다. 샤이닝 세이버는 엄청나게 소외감이 들었다.

차마 보다 못한 부단장이 요점만을 짚어서 설명해 준다.

말하길, 세계를 양분하는 태양의 신(빛의 신)과 꿈의 신(밤의 신)이 있었는데, 꿈의 신에 종속하는 하급신에 해당하는 자라고 한다.

옛날이야기에서 등장하는 일화는 헤아릴 수 없이 많다.

그 대부분이 인간을 재료로 삼아 기괴한 장식을 만드는 예술가를 자칭하는 때라고 한다.

여행하는 노인처럼 생겼는데, 흔쾌히 재워준 마을 사람들에게는 그림을 남겨준다고 한다.

그걸 한 번 보면 눈물이 멈추지 않고, 마음이 씻기는 것처럼 감동한다고 한다. 한편, 그림에 홀려 인간의 마음을 잃고, 동급의 그림을 찾아 헤매는 마귀가 되는 자도 있다고 한다.

여행하는 노인을 습격하는 도적이나 악당은 모조리 끔찍한 장식물로 전락한다고 한다.

"그건 신이 아니라 악마 아니야?"

"그렇게 구분할 수 있다면 편할 텐데 말이죠. 자세한 이야기는 교회에 가서 들어 보시죠."

부단장의 조언을 들은 샤이닝세이버는 미간에 주름을 잡았다.

종교적인 이야기는 진짜 골치가 아플 게 뻔하다. 더군다나 그걸 설파하는 건 시야가 너무 야단법석인 그 스카르고일 것이다.

샤이닝세이버는 귀로 듣는 설명보다 눈에 들어오는 폭력을 못 버티고 중간에 퇴장할 자신이 있다.

불쾌한 탓도 있지만, 언제까지고 이 일대를 봉쇄할 수도 없어서.

귀가 밝은 자들의 가십거리가 되기 전에 수송용 우리에 넣고, 벽 밖에 있는 연습용 광장에라도 옮기자는 방침을 굳혔다.

그 뒤, 연구용으로 격리할지 처분할지는 기사단장이 참견할 영역이 아니다……라고, 샤이닝세이버는 생각한다.

"애초에 이것들이 그 악마인지 신인지 하는 녀석에게 찍힌 이유가 있을 거잖아. 여행하는 노인이 이런 데를 들를 것 같진 않지만. 다른 이야기는 못 들었어?"

"그게, 듣기는 했는데. 너무 기묘해서 말입니다……."

조서를 든 병사는 손에 있는 용지를 팔락팔락 넘기고 그 항목을 찾아냈다.

"듣기론 아이를 유괴하려고 했다고 하는데……."

"아이? 귀족의 아들딸 말인가?"

"상대는 메이드를 데리고 다니는 모험가의 아이라고 합니다."

"그건 또 뭐야?"

이야기를 듣던 몇몇 사람이 고개를 갸우뚱하는 가운데, 한 기사가 손을 들었다.

"아, 메이드 같은 사람을 데리고 아이 두 명과 함께 걷던 모험가라면 어제 중간섬에서 봤습니다. 왕립 학원으로 들어가던데요."

"진짜로 있긴 했구나."라거나 "학……생?"이라거나 "무슨 관계가 있지?"라며 수런거리는 가운데, 기사의 이야기는 그걸로 끝나지 않았다.

"저기, 그 모험가가…… 단장의 약혼자인 케나 양이라서 말입니다."

""“으에에에엑?!”""

"스카르고 님과 마이마이 님과 카타츠 님 말고도, 아이가 둘이나 더 있다고?!"

아무것도 모르는 사람이 이야기만 들으면 아이가 다섯 명 넘게 있다고 생각하겠지. 그리고 샤이닝세이버가 미망인을 짝사랑한다는 의혹에 불이 붙는다.

"약혼자가 아니라고 했잖아! 그래서? 왜 그 녀석의 아이를 노린 건데?"

"그것까지는 모르는 것 같습니다."

"표적이 되었다면, 그 녀석이 여기 온 건가? 본인에게 물어볼 수밖에 없겠군."

"그러시죠. 먼저 이쪽 일을 끝냅시다, 단장."

슬그머니 걸어가려고 하는 샤이닝세이버의 목깃을 붙잡고, 부단장은 현장으로 돌아갔다.

"와, 가기 싫어."

아침부터 우울한 케나는 무심코 아이들 앞에서 푸념했다.

아침 식사 자리에서 록시느가 이변을 해결하기 위해 케나가 한동안 따로 움직인다고 설명하자, 루카와 리트는 아쉬워했다.

그러나 수면에 드러난 그림자를 해결하지 않으면 아무리 시간이 지나도 축제를 시작할 수 없거나, 축제가 시작하기 전에 중지될 가능성도 있었다.

아이들에게 축제의 활기를 보여주고 싶고, 중간섬을 돈다는 소형선 경주도 구경시켜 주고 싶다.

불길한 예감이 풀풀 나지만, 결국에는 아이들에게 저울이 기우는 바람에 모험가 일을 우선하기로 했다.

그래도 푸념 정도는 말해도 되리라.

그리고 케나는 루카와 리트가 옷을 갈아입는 사이에 불러낸 소환수를 두 사람에게 건넸다. 아이들도 챙길 수 있는 크기의 소환수를 고르느라 고생했다.

"야옹."

"와, 아……."

"와, 고양이야. 언니, 얘는 누구야?"

그건 새하얀 새끼 고양이였다. 아직 어린 티를 못 벗어낸 새끼 고양이다.

루카의 품에 쏙 들어가 눈을 가늘게 뜨고 "야옹." 하고 울기만 해도 아이들의 얼굴에 웃음꽃이 핀다.

"나 대신, 은 아니어도 같이 데려가게 하려고. 그럭저럭 강하니까 무슨 일이 생기면 의지해."

"강, 해?"

품속에 있는 새끼 고양이를 보고, 루카가 고개를 갸우뚱한다.

리트도 새끼 고양이의 머리를 쓰다듬어 "야옹." 우는 반응을 보면서 의아해한다.

【서치】를 쓴 듯한 록시느만이 그 새끼 고양이의 위협도를 알고 머리를 부여잡았다.

"케나 님. 이 고양이는 대체 뭐죠……? 저보다 강하지 않나요?"

"상대에 따라 다를 테지만, 이 모습이라면 데리고 다녀도 문제없겠지. 카스팔루그. 뒷일은 부탁할게."

"냐앙."

케나에게 '카스팔루그'로 불린 새끼 고양이는 귀엽게 울었다. 의식으로 연결된 케나에게는 『나만 믿으라고!』 하는 장난꾸러기 같은 목소리가 들렸다.

"천계 지역산이니까 어지간히 강해. 특히 갑옷을 입은 기사한테는 천적이나 다름없어."

"기사와 척을 지겠다는 소리로 들리는데요……."

즐거워하는 케나에게, 록시느는 한숨을 쉬었다.

요컨대 방어력 무시 공격이 가능하다고 말하고 싶었는데, 기사를 예로 든 건 단순히 갑옷을 입은 사람으로서 가장 먼저 떠올랐기 때문이다. 다른 뜻은 없다.

"오늘은 어딜 갈 거야?"

"루카 님과 리트 님에게 달렸죠. 아마도 주택가 방면의 노점을 돌 거예요."

"큰길에는 안 가고?"

"케나 님도 아시다시피, 지독한 쓰레기장이니까요. 거기 데려 가는 건 위험해요."

인파도 아니라, 군중을 쓰레기 취급하는 록시느에게 어쩔 수 없다며 끄덕인다. 날뛰는 것보단 몇 배는 나은 반응이니까, 그 부분은 마음대로 하게 놔뒀다.

"한가하면 시장에 가서 장을 봐줘. 아이들과 시장을 둘러보는 것도 즐거울 거야. 다양한 과일이 있으니까 먹어보는 것도 추천 할게."

리트의 품으로 이동한 카스팔루그를 쓰다듬는 아이들은 케나 의 말에 흥미진진하게 눈을 빛냈다.

마을에선 과일이라고 하면 숲에서 자생하는 산딸기나 머루를 가끔 구하는 정도다.

최근에는 록시느가 채집한 것을 조금씩 잼으로 만들어 보존하 고 있다. 어느 정도 모이면 마을에서 푼다고 했으니까, 리트가 그걸 맛보려면 아직 시간이 더 걸린다.

그렇다면 파는 걸 사는 게 빠르다.

케나도 전부 본 건 아니지만, 다종다양하게 늘어놓고 파니까 아이들도 즐겁게 구경할 수 있을 것이다.

"그러면 나는 이만, 나는 모험가 길드에 다녀올게."

"잘 다녀, 오세요……."

"언니, 잘 다녀와."

루카와 리트, 덤으로 카스팔루그도 한차례 쓰다듬은 케나는 귀찮게 여기는 마음을 꾹 참고 집을 뒤로했다.

싫은 일은 일찍 끝내는 게 제일이라며 초특급으로 모험가 길드로 향한 케나는 카운터에 있던 아르마나에게 돌격했다.

"그런고로 아르마나 씨, 어제 얘기를 자세히 해주세요. 빨리!"

"히익?!"

위엄을 배로 늘린 듯한 기세로 순식간에 눈앞에 출현한 케나에게, 아르마나는 펄쩍 뛰며 놀랐다.

조금 일렁이는 느낌으로 황금색 빛이 【오스칼】의 효과에 따라 강해진 것이 원인일지도 모른다.

"저기, 아무튼 이쪽으로 오세요."라고 안내받은 곳은 어제도 끌려간 작은 방이다.

어제도 설명한 경위를 전제로, 아르마나는 의뢰서를 몇 개 펼친다.

거기에는 '축제를 열 수 있도록 원인을 제거해라' 나 '물고기를 잡을 수 없으니까 해결해 줘' 같은, 애매모호한 의뢰 내용이 적혀 있었다.

"흐응?"

"눈치채셨나요?"

171

"응. 이건 딱히 나타난 그림자를 토벌하지 않아도 된다는 거네. 토벌할 수 있다곤 생각하지 않지만."

게임 시절에는 그런 거대 생물을 토벌하는 퀘스트가 없었다.

케나 자신도 해보지 않으면 모르는 일이다. 자신의 최대 공격이 이 세계에 얼마나 피해를 줄지. 알아보고는 싶지만, 아무 데나 막 날릴 수는 없다.

게다가 한 가지 더 신경이 쓰이는 것도 있다.

"처음에 나타났다고 하는 그림자는 나중 것보다 훨씬 작았다고 했지? 그쪽은 어쩔 거야?"

"그쪽도 지금은 목격 정보가 없으니까요. 아마도 거대한 그림자에 겁먹어서 어디론가 떠난 게 아닐까요……."

"물속이라서 그쪽도 확실한 증거는 없다는 거구나."

"네……."

아르마나가 의기소침하는 바람에, "걱정하지 마."라고 말했다.

"아무튼 강으로 가볼게. 반응을 보고 정해야지."

"죄송해요. 길드에서도 정보를 모으고 있지만, 물속인 전례는 거의 없어서요."

"뭐, 라이거얀마의 유충에게 들키면 인간은 잡아먹히고 끝이니까. 어쩔 수 없어."

아쉽지만 길드에서도 이렇다 할 정보는 없었다. 케나는 체념하고 현장에서 직접 부딪쳐 보는 느낌으로 가자며 모험가 길드를 뒤로했다.

"자, 거길 가봐야 하는데."

집 지붕을 훌쩍훌쩍 뛰어넘어서, 케나는 강기슭까지 다가갔다.

그대로 강기슭에 있는 적당한 집 지붕에서 에지드 강의 낌새를 살핀다.

흐름은 완만하고, 배는 한 척도 없다. 시끌벅적한 시내와는 인연이 없는 듯 고요함이 감돌고 있다.

선창에 묶인 나룻배 위에는 원망하는 눈으로 강을 바라보는 어부가 묵묵히 투망을 손질하고 있다. 낚싯줄을 던진 사람도 있거니와, 나룻배 위에 앉아서 수면을 가만히 보기만 하는 사람도 있었다.

즉, 보는 사람이 많다.

뻔뻔하게 수면을 걸었다간 상식이 없다는 비난을 받지 않을까 걱정된다.

"아, 진짜 싫어."

체념하고 일어서려고 했을 때, 갑자기 요정이 요란하게 난리를 부리기 시작했다.

본인은 소리를 낼 수 없으니까 요란한 것과는 조금 다르다.

케나의 관심을 끌려는 것처럼 몸 전체를 써서 손을 흔든다. 몸짓으로 뭔가를 케나에게 알려주려고 했다.

처음에는 호주머니를 잡고, 거기서 뭔가를 꺼내는 듯한 움직임. 다음에는 손가락에 뭔가를 끼고 손을 들어서 원을 그리는 동작이다.

"호주머니 속? 손가락? 어…… 반지? 그게 정답이야? 그렇다면…… 아이템 박스에서 반지를 꺼내라고?!"

그제야 눈치챈 케나에게 힘차게 고개를 끄덕이는 요정.

황급히 케나가 아이템 박스를 열어보니 소지 아이템 중 하나가 반짝이고 있다.

"어? 저기, 이럴 때 시련의 도전자?!"

그건 이 펠스케이로 한쪽에 존재하는 수호자의 탑, 투기장의 수호자가 보낸 긴급 호출이었다.

아이템 박스 안에 있는 반지의 반응을 '요정'이 어떻게 알았는지는 모른다. 아마 그것도 시스템과 관계가 있는 거겠지.

서둘러서 사람들 눈에 띄지 않는 곳, 이 경우에는 여기저기가 축제 분위기니까 날아올라 하늘 높이 상승한다.

사람들이 콩알만 해진 높이에서, 반지를 쳐들어 키워드를 외쳤다.

"【난세를 수호하는 자여! 타락한 세계를 혼돈에서 구하라!】"

케나의 발밑에서 십자로 빛나는 별이 무수히 쏟아져 나오고, 그 몸을 에워싸서 뒤덮는다. 그것이 확 사라진 다음에는 하늘 위에서 모습을 감췄다.

다음으로 케나가 나타난 곳은 직경이 50미터인 돔 모양의 공간이다.

천장 근처에는 달과 태양의 천동설 미니어처 세트. 바깥과 똑같이 태양 모형만이 천장 한복판을 둥실둥실 이동하고 있었다.

바닥에는 대리석 타일이 **빽빽**하게 깔렸고, 실내 중앙에는 세밀하게 조각한 하얀 화분이 있다. 그 화분에 있는 단풍나무가 이 공간의 본체이다.

그 단풍나무에서 하얀 연기가 피어오르더니, 공중에서 뭉치며 서서히 형태를 띠었다.

이윽고 하얀 연기로 된 사람 모양을 갖춘 수호자가 바닥에 내려와 케나에게 머리를 숙인다.

몇 번인가 MP를 보충하러 왔을 때, 무릎을 꿇는 자신에게 어울리지 않는다고 그만두게 했는데, 머리를 숙이는 건 수호자에게 있어서 최소한의 예의라고 한다.

『케나 님. 잘 오셨습니다. 갑작스럽게 호출하여 대단히 죄송합니다.』

"그건 괜찮지만, 시련의 도전자가 온 거지? 나도 조금 시간이 촉박하니까, 후다닥 끝내야……."

『죄송합니다. 부른 이유는, 시련과 관계가 없습니다.』

"어?"

듣자니 관계가 없다고 한다. 다른 일로 부른 듯하다.

그걸 생각하면 수호자도 참 자유로워졌다며 감탄한다. 안 그래도 수호자는 이곳에서 움직일 수 없으니까.

조금은 스킬 마스터로서 마음이 편해지는 환경을 갖추는 게 좋을지도 모른다는 생각이 든다. 반대로 움직일 수 없는 3번 탑의 벽화 수호자는 환경과 관계가 없지만.

『케나 님?』

"아아, 응. 미안해. 계속해."

『이번에 케나 님을 번거롭게 한 이유는, 이 근방에 있는, 다른 수호자의 탑을 부탁하고 싶어서입니다.』

"아, 응. 수호자의 탑 말이구나. 다른 수호자의…… 다른 수호자의 타아아압?!"

무심코 연기 수호자가 한 말에 고개를 끄덕이려다가, 케나는 놀라서 소리치고 말았다.

지난번에 이 근처에 왔을 때는 수호자에게 그런 연락을 못 받았다.

그런데 이 타이밍에 그걸 보고한다면, 그 수호자의 탑은 어디선가 이동해 왔다는 뜻이다. 그건 즉…….

"그 수호자의 탑은 이동형이야?"

"네, 맞습니다."

수호자의 탑이라고 하지만, 멀쩡하게 탑 모양을 준수하는 곳은 케나의 탑 정도이리라.

태반은 설비만 갖추면 사람이 살 수 있는, 주거지처럼 생긴 것이 많다. 즉, 고정되어서 이동할 수 없는 셈이다.

그중에서 이동형 수호자의 탑은 특정 장소에 머물지 않고 방랑하는 탑이다. 13탑 중에서 세 군데밖에 없었을 것이다.

케나가 발을 들인 건 공중정원으로 불리는 곳밖에 없다. 그것도 오래된 전통식 일본 가옥 같은, 느긋한 공간에. 나머지 두 곳은 케나도 모른다.

"혹시 지금 에지드 강에 있는 게…….."

『네. 그 수호자의 탑은 물속에 있습니다. 제 통신 범위에 들어와서 대화를 시도했지만, 그쪽은 기동 MP가 고갈 상태라고 합니다. 부탁해도 되겠습니까?』

케나는 피로를 확 느끼고 쭈그려 앉았다.

아까 은색 고리도 써서 장해물을 제거하는 것도 불가피하다고 생각했던 게 한심하다.

운영의 핵심. 오파츠 취급을 받는 수호자의 탑에 상처를 내는 건, 케나가 온 힘을 다해도 불가능하다.

그걸 실행했다간 수호자의 탑은 멀쩡하고 펠스케이로가 반파되는 미래만 떠오른다. 아무튼 일이 그렇게 되기 전이라서 다행으로 여긴다.

못 살겠다며 안심하지만, 그것과는 별개로 불안한 생각도 떠오른다.

수호자의 탑에 MP를 공급하고, 펠스케이로에서 멀리 떨어진 곳으로 이동시킨다고 치자.

그걸 어떻게 모험가 길드에 전하고, 주민들을 안심시킬 수 있을까.

솔직히 말했다간 위아래로 큰 소동이 벌어질 게 뻔하다. 그리고 케나의 자유도 많이 제한되겠지.

"이럴 때 대중적으로 인기가 많은 스카르고……는 없지……."

화술과 스킬 효과를 구사해서 적당히 얼버무려 줄 존재는 펠스케이로에서 떠난 상태다.

돌아올 때까지 기다릴 시간은 없다.

'원인을 모르겠습니다'라고 해서 모른 척하는 것도 한 방법이지만, 그랬다간 시간이 아무리 지나도 배를 띄울 수 없고, 펠스케이로가 식량난에 처할 가능성도 있다.

통제하는 왕에게 불만이 쌓여 반란이 일어날지도 모른다.

모종의 착지점을 준비해서 케나가 겉에 드러나지 않도록 왕도 사람들을 안심시킨다. 자신은 절대로 할 수 없는 일이라고, 케나는 단언할 수 있다.

"아무튼 그 수호자의 탑이 어떤 건지를 확인하고 나서 대책을 생각하자……."

고민해도 답이 안 나오므로, 수호자의 탑이 어떻게 생겼는지를 보고 나서 하자며 대응을 뒤로 미뤘다.

상황에 따라서는 눈에 띄는 형태로 헤엄쳐서 사라지게 하면 될 일이니까.

그리고 안에 들어가는 방법인데, 이 자리에서 할 수는 없었다.

"역시 가까이 가서 반지를 써야 할까?"

『네. 이 부근에서 쓰면 이쪽이나 3번 쪽으로 갈 겁니다.』

케나의 보유한 반지는 자신의 탑과 6번, 9번, 13번 탑이다. 각각의 반지는 각 수호자의 탑에 대응한다.

새로운 수호자의 탑에 가려면 그 탑을 담당하는 스킬 마스터와 동행해서 반지를 쓰게 하거나, 그 수호자의 탑 가까이서 반지를 쓸 수밖에 없다.

물속에 있는 수호자의 탑은 평소 보호 기능으로 물 위에서는 알아볼 수 없다고 한다. 그것이 수면에 드러난 것이 커다란 그림자이리라.

지금은 강바닥에 가라앉아서, 케나가 가까이 가면 모습을 드러낼 것이다.

연기 수호자가 연락해 줘서 출현할 때 큰 물결을 일으키게 하고, 그것에 몸을 숨기듯 키워드를 외치게 되었다. 그쪽 수호자의 탑은 이미 그 행동만으로도 아슬아슬한 상태라고 한다.

서둘러서 밖으로 내보내 달라고 했는데, 이 탑의 출현 장소는 투기장 관객석 가장자리였다.

경비병이 안 보여서 안도하지만, 새로운 수호자의 탑이 가라앉은 곳은 펠스케이로 남쪽의 강 밑이다.

케나는 의심받지 않게끔 펠스케이로 북쪽에 있는 왕성과 귀족 저택이 있는 강기슭으로 이동한 다음, 건너갈 수단을 찾는다.

그러나 이쪽의 수송 잠자리는 귀족 전용이고, 라이거얀마 두 마리가 곤돌라를 달고 사람을 운반하는 사양이었다.

어차피 펠스케이로에는 빈번하게 올 마음도 없어서, 조금 눈에 띄는 것도 참을 수밖에 없다며 체념했다.

【수상보행】을 쓴 케나는 수면에 뛰어내려 걷기 시작했다. 뒤에서 술렁대는 사람들을 돌아보지도 않고 반대편 강가로 간다.

중간섬에 상륙해서 가로지를 때 교회 관계자나 낯익은 왕족과 스쳐 지나친 것 같지만, 부르지 않아서 그대로 뛰어갔다.

그리고 다시 수면을 밟았더니 이번에는 주택가 쪽에서 술렁거리는 소리가 들려온다.

"아, 진짜! 일일이 웅성거리지 마!"

『구경거리가 될 건 잘 아셨을 텐데요.』

"알아도 불평하고 싶어지는 거야!"

키에게 주절주절 불평불만을 늘어놓으며 뛴다.

수호자의 탑에 접근하고자, 반지가 빛나는 것을 유심히 확인하면서.

그리고 중간섬과 주택가의 중간 지점에 도달하려고 했을 때 반지에서 희미하게 빛이 나 급제동을 걸었다.

케나는 슬라이딩하듯 수면을 몇 미터 미끄러진 다음에 정지했다.

얼굴을 들어 "너무 갔나?"라고 중얼거린 순간, 케나의 전방에서 수면이 확 치솟았다.

수면을 뚫고 나타난 건 크고 새하얀 몸뚱이다.

원체 큰 탓에, 발생한 파도가 케나를 위아래로 흔들었다. 지금은 물에 뜬 나무 조각 같은 것을 밟지 않도록 조심해야 한다.

수면에서 순식간에 치솟은 부분은 최대 50미터인데, 소문이 난 괴수의 곱절은 된다.

옆으로 살짝 퍼진 체구에 매끄러운 등, 물을 뿜어대는 콧구멍이 눈에 띈다. 흔히 말하는 대왕고래인데, 이 세계 사람들에겐 전혀 친숙하지 않다.

중간섬과 주택가 쪽에서 소란을 피우는 소리가 케나가 있는 곳까지 들렸다.

검고 둥근 눈이 케나를 내려다보고, 대왕고래의 전방 부분이 우뚝 선 것은 아주 짧은 시간. 몸을 뒤집듯 뒤로 자빠지고, 그 커다란 몸이 일으킨 큰 파도가 주위를 모조리 집어삼켰다.

물론 근처에 우두커니 서 있던 인영도 포함해서.

중간섬과 주택가 쪽에서 사람들이 경악한 뒤에.

커다란 몸뚱이가 물속에 가라앉고, 마구 헝클어진 수면이 원래의 고요함을 되찾고도, 사람들은 그 근처에 있던 인물을 확인할 수 없었다.

"끙……. 키워드가 조금 늦었어."

케나의 머리카락에서 물이 뚝뚝 떨어진다.

파도가 덮치기 전에 키워드를 외우긴 했지만, 마지막에 가서 물을 성대하게 뒤집어쓴 것이다.

탑에 들어가긴 했지만, 위에서 아래까지 흠뻑 젖었다.

뭐, 마법을 쓰면 금방 마르니까 큰 문제는 아니다.

주변을 둘러보니 생물적인 식도나 위장 속 같은 분위기는 아니었다.

동굴이나 바위굴 느낌이 나는, 암반 같은 딱딱한 벽이 있는 통로가 저 너머로 이어지고 있다.

어두워서 맨눈으로 보면 불편하지만, 【야간 투시】를 못 쓸 정도는 아니다. 수호자의 탑인 이상 스킬 마스터가 위험할 리 없으니까, 케나는 의기양양하게 걷기 시작했다.

하지만 통로 자체는 30미터도 채 가지 못해서 작은 방에 이르렀다.

문이 없어서 방 안에 있는 것이 앞에서 잘 보였다.

그곳에는 허름해진 작은 탁자와 의자.

그리고 의자에 앉은 나무 인형과 천장에 닿을 듯 커다란 시계다.

나무 인형은 입은 옷이 허름하다.

왼팔이 없어서, 소매 중간에서 잘린 것처럼 보인다. 왼쪽 다리도 무릎 아래가 없었다. 지저분한 삼각모를 썼고, 두 눈은 X 모양이다. 특징적인 것은 유달리 긴 코가 있다.

그 안쪽에 떡하니 자리를 잡은 것이 아래에 시계추가 달린 커다란 시계다. 글자판 위에 작은 문이 있는 게 명작 동화와는 다른 점일까.

"동화 같은 게 테마인 걸까?"

양쪽을 번갈아 보지만 어느 쪽이 수호자의 탑 코어이고, 수호자인지 판별할 수 없다. 케나의 탑처럼 벽화가 양쪽을 겸하면 간단하겠지만.

하는 수 없어서 양쪽에 손을 대고 MP를 주입해 본다.

변화는 금방 나타났다. 나무 인형이 번쩍 빛나기 시작했다.

다만 탁자와 의자의 허름함, 나무 인형의 지저분함은 그대로
였다. 고작해야 팔다리가 다시 달린 정도.

"시계가 수호자?"

똑딱똑딱 규칙적으로 소리를 내는 커다란 시계는 추를 좌우로
움직이며 다시 가동하기 시작했다.

이게 시계인 채로 말할 줄 알았던 케나의 앞에서, 글자판 위에
있는 문이 열린다.

"잘 왔다" 달칵! "어서 와라." 달칵! "여기는." 달칵! "1번
탑!" 달칵! "마스터는." 달칵! "마벨리아." 달칵! "님이시다!"
달칵!

"이게 뭐야……."

글자판 위에 있는 문이 열리고, 아코디언 장치에 연결된 작고
노란 새가 얼굴을 내민다.

그리고 한마디 하고 들어갔다 다시 나온다. 케나가 황당해한
것도 당연하다.

"그나저나 이거, 마벨리아 씨가 만든 거야?"

"음." 달칵! "그렇다." 달칵!

그 말에 반응하지 말라는 생각이 들 정도로 귀찮은 장치다.

스킬 마스터 No.1 마벨리아. 아바타는 묘인족 여성이다.

'이 세상의 모든 것은 데이터다.'를 체현하는 듯한 사람으로,
뭐든지 통계를 내보는 사람이었다. 간단히 말하자면 검증할 수
만 있으면 만족하는 사람.

본인이 말하기론 NPC와의 대화 패턴을 분석하는 중에 스킬 마스터가 되었다고 한다.

케나도 그 사람이 '하이엘프의 특성을 빠짐없이 공개해라'라 며 한동안 스토커처럼…… 아니, 검증하려는 것을 도운 경험이 있다.

아무튼 각 종족의 유명 플레이어는 마벨리아의 집요한 검증을 빙자한 스토커 행위에 고생했다고 보면 된다.

"장식이고 뭐고 없는 게 마벨리아 씨답네. 고래의 배 속에 있 는 나무 인형은 그나마 이해하겠는데, 커다란 괘종시계는 할아 버지 대신인가?"

"그렇다." 달칵! "마스터는." 달칵! "가장 오래된 기억." 달 칵! "인지 뭔지." 달칵 "말씀하셨는데." 달칵! "그때 우리를." 달칵! "보실 때는 실로." 달칵! "슬퍼하는." 달칵! "느낌이었 다!" 달칵!

이쪽 수호자도 어느 정도 자아가 있는 듯하다.

대화 방식이 너무 불편해 죽겠다. 케나는 시계에 다가가 대화 할 때마다 튀어나오는 노란 새의 연결 부분을 손으로 잡았다.

그러자 갑자기 노란 새가 "끄에에에엑!" 하고 괴로운 듯이 신 음하기 시작한다.

케나가 손을 놓자 문 안으로 쏙 들어가더니, 도끼눈을 뜨고 튀 어나왔다.

"무슨 짓을." 달칵! "하는 것이오!" 달칵! "이 시계 자체가."

달칵! "내 몸인데." 달칵! "갑자기 만지다니." 달칵! "무례하기 짝이!" 달칵! "없군!" 달칵!

"미안해. 조금 호기심이 생겨서."

"흥!" 달칵!

화내는 소리를 내지만, 튀어나오는 기세에 입에 문 반지가 케나의 앞에 휙 날아왔다.

색깔은 다르지만 스킬 마스터의 반지였다. 손대는 바람에 화나게 했지만, 보아하니 수호자에게 인정받은 듯하다.

"나는 스킬 마스터 No.3 케나야. 앞으로 잘 부탁해."

"알았다!" 달칵! "새로운." 달칵! "마스터여!" 달칵! "지금 당장." 달칵! "향후 지침을." 달칵! "정해주길 바라네." 달칵!

"향후 지침?"

무슨 뜻인지 몰라서, 들락날락하는 노란 새 수호자에게 잠시 설명을 듣는다. 시련의 달성 조건과 평소의 잠복 장소 등에 관해서.

그리고 마벨리아가 남긴 말이 있는지도 물어본다.

스킬 마스터 No.1 전용, 이동형 수호자의 탑은 대왕고래처럼 생겼다.

스킬을 전수하기 위한 달성 조건은 이 수호자의 탑을 낚는 것이었다. 단, 어떤 미끼에 낚일지는 매주 마벨리아가 상세히 변경했다고 한다.

그 때문에 지금까지 낚인 사례는 다섯 건밖에 없다고 한다. 케나의 탑에서 조건을 달성해 시련을 통과한 플레이어는 키의 로그 기록에 따르면 300명 정도. 그것과 비교하면 너무 적다.

그리고 평소의 잠복 장소는 강과 바다의 수면이라고 한다.

듣기로 수면에 거대한 그림자를 남기고, 본체는 그 그림자 속에 은신한다고 한다. 원리는 잘 모르겠지만, 원래 그런 거라고 한다. 수호자가 모른다면 케나도 이해할 수 없다.

아마도 강에 나타난 커다란 그림자란 그 잠복 방식에 따른 것이리라.

그리고 그림자가 있는 곳을 막대로 찔러도 본체에 닿는 일이 없으니까, 정체가 드러날 일도 없다.

그리고 마벨리아가 남긴 말은 없다고 한다.

본인은 마지막으로 여기를 방문했을 때 '즐거웠어, 얘들아. 잘 있어.' 라는 말만 하고 떠났다고 한다. 그리고 이 창고는 탁자가 상자의 뚜껑 역할을 했다. 안에 있는 건 휘갈겨 쓴 메모뿐이다.

"역시나 마벨리아 씨. 철저해."

그리고 펠스케이로에 나타난 이유는 케나와 관계가 있다고 한다.

여기에 오기 전, 수호자의 탑은 대륙 연안의 바닷속에 있었다고 한다. 케나가 인어 마을을 찾으려고 보낸 블루 드래곤이 그 부근을 지나서 플레이어의 존재를 감지했다고 한다.

나아가 해안에 가까운 곳에서 스킬 마스터가 보유하는 반지의 반응을 찾아냈다. 그걸 쫓아가듯 대륙 연안을 남하해서 에지드 강 하구를 통해 거슬러 올라왔다는 듯하다.

그리고 펠스케이로를 통과하려고 했을 때, 가동 중인 다른 수호자의 탑이 접촉함으로써 여기에 머물기로 했다고 한다.

"저기 9번! 왜 금방 알려주지 않은 거야!"

『마스터께서 이쪽으로 접근 중이었기 때문입니다. 1번의 탱크에는 아직 여유가 있어서, 근처에 오실 때까지 기다렸습니다.』

동굴 벽면에 동그랗게 박힌 화면이 열린다. 화면 너머에서는 연기 인간형 수호자가 머리를 숙이고 있었다.

이것이 수호자 사이의 통신 기능이다. 각 탑을 잇는 화상 전화 같은 기능을 써서, 때때로 수호자들끼리 잡담하듯 의견을 교환했다.

게다가 수호자 No.1의 탑이 펠스케이로에 온 것은 케나가 아직 여행하던 중이었다. 그때 호출하면 그곳에서 잠시 이탈해야 한다.

케나도 아이들 곁에서 떨어질 순 없으니까, 수호자들의 판단에 토를 달 마음은 없다.

"그래서 말인데." 달칵! "마스터. 우리는." 달칵! "어디로 가면." 달칵! "좋을지?" 달칵!

"잠깐만 기다려 봐. 간단하게 처리할 이야기가 아니야."

보채는 노란 새 수호자를 말리고, 케나는 생각에 잠긴다.

"지금 이 부근에 도시가 생긴 건 들었지?"

"이미 9번에게." 달칵! "사정을 들어서." 달칵! "이해하고 있
다." 달칵!

『주변 상황에 관해서 설명을 마쳤습니다.』

연기 인간형 수호자가 사전에 어느 정도 지리를 설명했다고 한
다. 그래서 커다란 몸을 강바닥에 가라앉히라고 지시해 주었다.

"네가 거대한 그림자를 만드는 바람에 주민들이 몹시 무서워
하고 있어. 미지의 거대 마물이 잠복 중이라고 말이야."

"NPC들을." 달칵! "고려할 필요가." 달칵! "있다고는 생각
할." 달칵! "수 없소." 달칵!

케나는 아슬아슬하게 입 밖으로 나올 뻔했던 '너도 NPC잖
아!' 라는 호통을 도로 삼켰다.

그걸 대변해 준 것이 연기 인간형 수호자다.

『마스터를, 불쾌하게 하는 언동은 삼가라 1번. 그건 드워프에
게 두더지라고 하는 수준의 모욕이다.』

"그. 그래……." 달칵! "실례했습니다." 달칵! "마스터, 용서
해." 달칵! "주게." 달칵!

심호흡을 한 번 하고, 속이 메슥메슥해지는 감정을 밀어낸 다
음, 케나는 "용서할게."라고만 중얼거렸다.

너무 차갑고 딱딱한 말투가 되었지만, 머리를 흔들고 다시 정
신을 차린다.

"이대로 사라져도 사람들은 여전히 불안할 테고. 대놓고 보여

주면서 헤엄쳐도 또 돌아올 가능성을 생각할 텐데…….”

“어째서지?” 달칵! “마스터가 금지하면.” 달칵! “우리는 다시.” 달칵! “돌아오는 일이.” 달칵! “없다.” 달칵!

“ ‘그 대왕고래는 생물이 아니야.’ 라고 설명할 수 없잖아!”

동굴에 “아, 아, 아.” 하고 메아리가 울렸다. 답답해서 무심코 소리치는 바람에, 케나는 “이런 말을 하고 싶었던 게 아니야.” 라며 자기혐오에 빠진다.

자신의 탑에 있는 벽화처럼 농담을 주고받을 수 있는 수호자는 드물다.

눈치가 없다는 점에서, 여기 수호자는 마벨리아와 똑 닮았다.

연기 인간형 수호자는 짜증을 내는 케나에게 침묵하고 말았다.

“알았다. 즉.” 달칵! “마스터는.” 달칵! “사람들이 납득할.” 달칵! “방법으로.” 달칵! “여기서 사라지면.” 달칵! “된다는 말인가?” 달칵!

노란 새 수호자는, 격앙한 케나를 보고도 아랑곳하지 않고 담담하게 말했다.

“하지만 어딘가로 갈 바에는, 차라리 여기 있는 게…….”

사라져서 문제가 생긴다면, 여기 머무는 걸 인정해 주면 된다는 방향으로 케나가 제안한다.

『그럴지도 모르지만, 누가 인정하면 사람들이 납득해 주는 겁니까?』

“그건 사람들을.” 달칵! “끌어모으는.” 달칵! “리더가 좋지.”

달칵! "않을까?" 달칵! "길드 마스터." 달칵! "같은 사람이." 달칵!

"길드 마스터,……."

케나가 아는 사람 중에서 발언력이 가장 센 사람은 아들인 스카르고다.

스킬 효과는 안쓰럽지만, 이 나라에서 대사제의 지위에서 사람들을 책임지니까.

케나로서는 그 안쓰러움이 '책임자'의 이미지를 망가뜨리는 것 같다.

"국왕……? 왕족…… 마이…… 전돌이……. 음. 마이한테 말해 볼까? 샤이닝세이버도 플레이어이긴 하니까, 협력해 줄 것 같아."

끙끙거리다가 떠올린 것은 마이리네 왕녀다.

이 나라는 첫째가 왕위를 잇는다고 해서, 다음에는 장남인 전돌이가 아니라 장녀인 마이리네가 여왕이 된다고 들은 적이 있다.

『마이리네 왕녀의 치세를 반석으로 삼기 위한, 실적으로 만드는 거군요.』

"아하! 그러면 되겠네!"

케나는 키의 말을 듣고 그렇게 생각할 수도 있겠다며 감탄했다.

키의 목소리가 들리지 않는 두 수호자는 나란히 어리둥절한 눈치다.

"그래서 우리는." 달칵! "뭘 어떻게 하면." 달칵! "되는 거지?" 달칵! "마스터?" 달칵!

노란 새 수호자를 잠시 멈추게 하고, 연기 인간형 수호자에게 "고생했어. 불러내서 미안해."라고 위로한다.

화면 너머에서『아닙니다. 일이 생기면 언제든지 불러주시길.』이라며 연기 인간형 수호자가 머리를 숙였다.

"잠시 밖에서 협력자와 이야기해 볼게."

케나는 그렇게 말하고 밖으로 내보내 달라고 했다.

그때는 바깥 상황을 화면에 띄우게 하고, 중간섬의 학원 교정 구석을 지정한다. 시내 아무 데서나 불쑥 출연했다가 목격당하면 변명하기 어렵기 때문이다.

"그러면 잠시 강바닥에서 얌전히 있어."

"알겠습니다." 달칵! "잘 부탁합니다." 달칵! "마스터." 달칵!

"아무튼 가라앉는 배처럼 기대해 줘."

누가 들어도 불안한 말을 남기고, 송환의 부유감에 몸을 맡긴다.

학원 한구석으로 전송된 케나는 주위를 살펴서 사람이 없는 걸 확인하고 한숨을 푹 쉬었다.

"응. 이것도 다 아이들에게 축제를 보여주기 위해서야. 힘내자!"

두 주먹을 불끈 쥐고 기운을 북돋운 뒤, 우선 마이마이가 있는 곳으로 걷기 시작했다.

"어머님?!"

문을 두드리고 학원장실에 들어가자, 마이마이가 의자에서 벌떡 일어나 놀란 얼굴로 맞이해 주었다.

"왜 그렇게 큰 소리로 불러?"

괴이쩍은 기색으로 말을 걸자 후다닥 다가온 마이마이가 끌어안는다. 더군다나 왠지 모르게 몸이 딱딱하게 굳었다.

상황을 도무지 이해할 수 없어서 케나의 머리 위에 물음표가 떴다.

"아아, 다행이야. 마이 양한테 어머님이 괴물 물고기가 일으킨 파도에 쓸려갔다는 소식을 들어서 걱정했어요."

역시 중간섬을 지나갈 때 본 사람은 마이리네와 론티가 맞는 듯하다.

아마도 서두르는 케나를 보고 심상치 않은 일이라고 생각해 뒤쫓고, 대왕고래가 우뚝 선 장면을 목격한 것이리라.

"걱정도 팔자야. 마이마이. 진짜로 내가 고작 파도 정도에 어떻게 될 거라고 생각한 거야?"

"네? 어어."

시선을 엉뚱한 데로 돌리며, 마이마이가 허둥댄다.

"그야, 어머님은 스킬 마스터지만. 그래도, 어어……."

점점 목소리가 작아지는 마이마이에게 쓴웃음을 짓고, 케나는 손을 뻗어 딸의 머리를 쓰다듬었다.

"알았어. 걱정해 줘서 고마워."

"어머님……."

눈망울이 촉촉해진 마이마이가 다시 끌어안는다.

마음 편한 온기에 몸을 맡긴 케나는 마이마이가 몸을 뗀 타이밍에 마이리네가 어디 있는지를 물어봤다.

"마이 양 말인가요? 분명…… 무척 허둥대는 기색으로……아아, 그러고 보니!"

기억을 더듬던 마이마이는 손을 탁 치고 소리쳤다.

"듣기론 기사단을 총동원해서 어머님을 수색하겠다며 가버렸어요!"

"어?"

너무 허둥댄 것 같지만, 왕녀의 명령으론 기사단을 움직일 수 없을 것 같다.

게다가 기사단장은 샤이닝세이버다. 상황을 설명해서 그 사람이라면 케나가 그 정도에 죽지 않는다고 확실할 터.

기사단이 수색하러 나서는 일은 없으리라.

그러나 왠지 모르게 불안하긴 하다.

기사단에서는 아직 '케나는 샤이닝세이버의 약혼자설'이 사라지지 않았다. 그런 부분에서 반발이 일어나 기사단이 찾으러 오는 사태가 벌어질 가능성도 있다…….

점점 불안해진 케나는 "왕성에 다녀올게."라고 말하고 방을 나서려고 했는데, 불안해하는 마이마이가 케나를 말린다.

"왕성이라니…… 어머님은 그런 데가 싫은 거 아니었나요?"

"때와 상황에 따라 다르지만. 조금 서둘러야 해서. 마이랑 상의하고 싶은 일도 있고."

잠시 어머니의 얼굴을 보던 마이마이는 갑자기 책상 위를 정리하더니, 케나의 팔을 잡았다.

"저도 가겠어요."

"어?"

"게다가 어머님 혼자선 성에 못 들어가는걸요. 제가 있으면 괜찮아요."

팔을 잡아당기며 "어서요."라고 보채는 딸에게, 케나는 웃으면서 "고마워."라고 작게 말했다.

중간섬 북쪽에서 수송 잠자리의 곤돌라를 타고 귀족 거리 쪽으로 이동한다. 마이마이의 왕복 요금에 해당해서 케나의 요금은 발생하지 않았다.

그대로 큰길을 따라 왕성으로 간다.

마차가 다섯 대 정도 나란히 설 수 있을 법한 큰길에는 사람이 너무 적었다.

어쩌다가 마차가 지나가는 것 말고는, 뭔가 제복을 입은 사람이 짐을 들고 종종걸음으로 이동하는 것밖에 보이지 않는다.

마이마이는 그 사람들이 귀족의 집사나 사용인이라고 했다.

"그러고 보니 마이마이는 마차를 안 써?"

"아, 하베이 가문은 수송 잠자리 승강장 근처에 있어요. 걸어갈 수 있는 거리에 말이죠."

"그래? 그러면 거기서 마차를 타야 왕성에 갈 수 있어?"

"아하하, 어머님도 참 이상한 걸 신경 쓰세요. 마법사단에 있을 적에도 서두를 때가 아니면 걸어 다녔어요."

이야기 속 귀족은 항상 마차를 탄다는 이미지가 있었다. 역시 게임이 바탕이라서 그런지 이 세계와는 다르다고 생각했다.

왕성은 큰길이 끝나는 곳에 있으며, 도시의 방벽과는 디자인이 다른 높은 벽에 에워싸여 있었다.

정면에 있는 거대한 문은 닫혀 있었다. 크기로 봐서는 지난번에 소환했던 990레벨 화이트 드래곤이 여유롭게 지나갈 수 있는 정도.

그 옆에 작은 문이 있고, 좌우를 기사가 지키고 있다. 작다고는 해도 마차가 그냥 지나갈 정도의 크기다.

마이마이가 케나와 팔짱을 낀 채로 "안녕." 하고 말을 걸자, 한 기사가 얼굴을 찌푸린다. 양쪽 모두 인간족 기사다.

"또입니까, 하베이 부인. 등성할 때는 마차를 이용해 달라고 당부하지 않았습니까."

보아하니 마이마이의 상식은 이 세계에서 일반적이지 않은 모양이다.

케나가 마이마이의 얼굴을 살피자, 장난을 들킨 듯한 표정을 지었다.

"잠시 왕녀님께 전할 말이 있어서. 들어가도 되지?"

"괜찮지만, 그 일반인도 같이 말입니까?"

두 기사는 예리한 눈빛으로 케나를 위에서 아래까지 의심스럽게 봤다.

모험가 차림이라서 이곳에 어울리지 않는다고 판단한 것이리라.

"무슨 문제가 있어요?"

"정말로 그 사람을 성에 들여도 될지 의심 중입니다. 나쁜 조직의 하수인일지도 모르니까요."

마이마이가 찰싹 달라붙었으니까, 쫓겨나지 않은 것만 해도 다행이리라. 기사들이 경계하는 마음은 케나도 잘 이해했다.

세계 최강의 전력인 케나는 그만큼 위험하게 여겨도 이상하지 않으니까.

"이분의 신분은 내가 보장……."

"""아아아아앗!!"""

무례한 시선에 울컥한 마이마이가 케나의 통행을 부탁하려고 했을 때였다. 문 안쪽에서 큰 소리가 들렸다.

문지기가 뒤돌아본 곳에는 여기사 세 명이 있었다. 그들은 기쁜 기색으로 문 옆에 있는 사용인용 문을 지나 밖으로 우르르 몰려나왔다.

"케나 님! 오랜만이에요!"

"지난번엔 고마웠어요! 다들 신세를 져서."

"오늘은 무슨 일로 왔어요? 단장을 보러 왔군요!"

"아, 응. 고마워."

너무 소란스러운 기세에, 케나는 물론이고 마이마이도 정신이 멍해졌다.

여기사들은 원정에 동행했을 때 알게 된 사람들이다.

야영할 때 침상을 빌려주거나, 행군의 상식을 가르쳐 주는 등, 신세를 졌다.

멍해진 건 문지기들도 마찬가지다. 어떻게든 대화에 끼어들고자 여기사들에게 물어본다.

"이 인물과 아는 사이입니까?"

"어? 그런데…… 앗! 무슨 짓을 하는 건가요!"

세 사람은 서로 얼굴을 본 다음에 주위 상황을 둘러보더니, 문 앞에서 기다리고 있는 케나와 마이마이를 본 다음 문지기들에게 호통을 쳤다.

""네?!""

보아하니 여기사들이 문지기들보다 계급이 높은 듯하다. 두 문지기는 자세를 바로잡고 땀을 뻘뻘 흘리기 시작했다.

"이분은 대사제 스카르고 님과 마이마이 님의 어머님이에요. 수상한 인물로 보고 의심하다니, 부끄러운 줄 아세요!"

""네, 넵! 죄송합니다!""

땅에 닿을 기세로 머리를 숙인 문지기 기사들을 보고, 자기 아이들이 얼마나 잘났는지를 다시금 실감한다. 아들 하나는 유감이지만.

"이게 카타츠 님에게 알려지면 무슨 소리를 들을지……. 당신들은 각오가 되었겠죠?"

어째서인지 카타츠의 이름이 나오자 문지기들이 몸을 부르르 떨었다.

카타츠는 기사와 관계가 없을 텐데, 대체 왜 무서워하는 걸까.

케나가 고개를 갸우뚱하자, 마이마이가 소곤소곤 알려주었다.

"신입 기사는 말이죠. 카타츠의 신고식을 반드시 받아요."

보아하니 신분에 따른 나약함과 근성을 뜯어고치기 위해서, 신입 기사는 카타츠의 공방에서 짐꾼 일을 시킨다고 한다. 왕창 혼나고, 깨지고, 호통을 듣고, 때로는 얻어맞고, 성격을 고친다나 뭐라나.

"무슨 해병대 캠프도 아니고……."

"?"

그런고로 전전긍긍하는 문지기들이 보는 가운데, 여기사들이 앞장서서 성안으로 들어갈 수 있었다. 그대로 마이리네나 샤이닝세이버가 있는 곳으로 안내받게 되었다.

이들은 평소 성에서 여성 왕족의 호위를 담당한다고 한다.

"그나저나 마침 잘됐어요."

"지금은 전하께서 단장을 찾아오셨거든요."

"케나 씨를 구출해야 한다고, 단장을 쭉 설득하고 있어요."

"그러고 보니 케나 씨는 여기에 있네요?"

"전하께선 케나 씨 말고 누구를 구출하려는 걸까요?"

그걸 말을 들은 케나는 미안해 죽을 것 같았다.

선불리 서두르는 모습을 보인 바람에 괜히 걱정하게 했다.

손으로 얼굴을 가린 케나를, 마이마이가 팔을 잡아당겨 목적지로 향한다.

그곳은 왕성 외벽을 따라서 서쪽으로 4분의 1 정도 간 곳에 있는 기사 초소였다. 건물 앞에서 드래고이드와 몸집이 작은 여성이 말을 주거니 받거니 하고 있어서, 떨어진 곳에서도 그 대화 내용이 들린다.

"그러니까 아까부터 말했잖아요! 사람이 파도에 휩쓸렸다고!"

"한 사람을 기사단 전체가 구출할 필요성은 느낄 수 없고, 케나라면 더더욱 그렇습니다! 그 녀석은 도움이 필요 없습니다!"

"케나 씨가 걱정되지 않나요! 기사단장의 친구라고 들었는데요."

"그러니까 그건 직무와 관계가 없다고 했습니다! 우리는 사적인 사정으로 움직이는 조직이 아닙니다. 왕명에 의해서만 가능한 일입니다!"

무심코 딸의 뒤에 숨은 케나에게 마이마이가 쓴웃음을 짓는다. 말다툼이 벌어진 상황을 이해했기 때문이다. 마이마이는 괴물 물고기가 나타난 현장을 안 봐서 전부 남에게 들은 이야기에 불과했다. 자기가 보는 앞에서 지인이 파도에 휩쓸리면 당연히 초조하겠지.

그래서 마이마이는 자기가 먼저 마이리네에게 말을 걸었다.

"전하!"

"어?! 아, 네!"

반사적으로 똑바로 서는 마이리네. 학원의 규율을 중시하는 교사의 느낌을 전면에 내세운 마이마이의 질타에 따른 조건반사였다.

마이마이는 이쪽을 돌아본 마이리네에게, 등 뒤에 숨은 자기 어머니를 앞으로 슥 밀어낸다.

"어머님은 무사해요."

"어, 저기, 마이마이!"

"케나 씨!!"

갑자기 두 사람 앞에 떠밀려서 당혹스러운 가운데, 마이리네가 확 뛰어왔다. 케나는 황급히 몸을 받아준다.

"케, 케나 씨, 무사했군요. 무사해서 다행이에요. 저는 그런 걸 봐서……, 케나 씨가, 케나 씨가!"

케나는 감정이 북받쳤는지 훌쩍훌쩍 울기 시작한 마이리네를 꼭 끌어안았다.

그 너머에서는 입을 일자로 다문 느낌의 샤이닝세이버가 "내가 뭐랬어."라고 투덜거렸다.

"헉! 이건 혹시 불경한 짓 아닐까?!"

"이제 와서 뭔 소리야."

정신이 퍼뜩 든 케나가 마이리네를 달래며 중얼거리자, 샤이닝세이버가 어처구니없다는 투로 대꾸했다. 갑자기 주위에 있던 기사들이 웃음을 터뜨리고, 웃음소리에 파묻힌다.

케나는 마이리네가 차분해지길 기다리는 동안 등을 토닥토닥 두드려 주었다.

"그러고 있으면 애엄마 같네."

"어? 여기 덩치 큰 딸이 있는걸?"

"어머님……. 그렇게 말하면 너무해요."

샤이닝세이버가 꺼낸 농담에 갑자기 언급된 마이마이는 "흑 흑흑흑." 하며 우는 시늉을 한다.

설마 받아칠 줄은 몰랐는지, 샤이닝세이버는 마이마이의 반응에 눈이 휘둥그레졌다.

"뭐예요?"

"아, 아니, 그런 반응을 하나 싶어서. 악의는 없어. 기분이 상했다면 미안하군."

"어머님 앞이니까요. 당연히 솔직하게 구는 게 좋죠."

"그런 건가?"

"그런 거예요."

보아하니 샤이닝세이버는 마이마이의 엄격한 교사의 일면만 알았던 것 같다. 케나의 앞에서 순순히 자백하는 마이마이의 태도를 신기하게 보고 있었다.

그 너머에서는 겨우 울음을 그친 마이리네에게 케나가 "자, 코 풀어."라며 어머니와 아이 같은 대화를 하고 있다.

"거참, 왕비님이 있을 텐데. 내가 이래도 되나 몰라."

"어머님……."

케나의 뒤늦은 말에 마이마이는 어이없다는 기색이다.

"마, 마이마이 선생님! 어머님한테는 절대로 말하지 마세요!"

"어? 마이마이는 왕비님이랑 면식이 있어?"

"뭐, 그렇죠."

마이리네가 애타게 부탁하는 바람에 케나는 의문이 생겼다. 마이마이는 왕비님이 가끔 차를 같이 마시자고 부른다고 한다.

"어떤 관계인데 그렇게 됐어?"

"지금의 왕비님도 옛날에는 제 학생이었으니까요."

"아, 그래?"

그런 딸보다 연상으로 취급받는 케나는 다른 사람들이 어떻게 인식하지 조금 궁금해졌다.

"그나저나 넌 변경 마을에 정착했다며? 오늘은 갑자기 왜 성에 온 거야?"

"아, 그렇지! 그러고 보니 그랬어."

무심코 여자들의 수다에 돌입하려고 하던 참에 샤이닝세이버가 질문을 던졌다. 케나는 여기 온 이유를 까먹을 뻔했다며 손을 탁 쳤다.

"마이랑 샤이닝세이버에게 비밀리에 조금 부탁하고 싶은 일이 있어서."

"저한테요?"

"나도?"

그 말을 듣고 서로 얼굴을 보는 첫째 왕녀님과 기사단장.

"이유는?"

샤이닝세이버가 물어봐서, 케나는 주위를 살핀다.

기사 초소 앞이라서 주위에는 기사들이 널렸다. 대부분 훈련 중이거나 하지만, 호기심으로 이쪽에 귀를 쫑긋 세우는 사람도 있는 듯하다.

케나가 씁쓸한 얼굴로 "여기선 조금."이라며 말을 흐린다.

그러자 뭔가를 느낀 마이리네는 "그러면 이쪽으로 가죠."라며 안내하며 걷기 시작했다.

뒷문으로 보이는 곳을 지나 주방을 가로지른다. 성의 요리사들이 기이한 조합을 보고 놀랐다. 복도를 걷고, 계단을 올라가, 다시 복도를 따라가 방에 들어간다.

"어, 여기는 어디야?"

"가끔 무용 연습 때 쓰지만, 지금은 빈방이에요."

싱긋 웃은 마이리네가 "여기라면 어때요?"라고 말해서, 케나는 방을 빙 둘러봤다.

학원의 교실만큼 넓은 방이다. 융단이 깔린 걸 빼면 선반밖에 없다.

창문이 없어서 듣는 사람만 없다면 밀담하기 딱 좋다.

케나는 추가로 【차단 결계】를 친다. 이로써 여기서 하는 대화가 밖에 흘러나갈 일은 없다.

"그래서?"

"성질도 급한걸."

"이봐, 나는 기사단장이라고. 사무 일도 있어. 짧게 해, 짧게."

"알았어."라고 대답한 케나는 "어디부터 설명해야 할까."라며 생각에 잠긴다.

"있잖아. 강에 나타났다는 커다란 그림자가 마이가 아까 본 하얀 괴물 물고기인데."

"어? 그게 그거였나요?!"

케나가 고백한 말에 마이리네가 놀라지만, 샤이닝세이버는 의미를 몰라서 눈썹을 찌푸렸다.

"그 크기는 소문과 다르지 않나요?"

"그 그림자는 크게 보이기만 하는 거고, 실제의 본체 크기는 100미터 정도야."

"잠깐만! 전하와 너만 알아듣지 마. 자세히 말해!"

샤이닝세이버는 몸을 사이에 비집어 넣듯이 케나의 시야와 대화를 가로막았다.

"짧게 하라며."

"나도 알아들을 수 있게, 짧게 말하라고 한 거야. 둘이서만 알아듣게 이야기하지 마."

"그랬다간 마이가 쓸쓸해지는걸."

팔짱을 끼고 끙끙대는 케나에게, 샤이닝세이버는 한숨을 푹 쉬었다.

"알았어. 알았대도. 길어져도 되니까 처음부터 말해. 그러면 상황에 따라서 내가 도와주마."

"아자. 샤이닝세이버가 도와주면 거의 완벽해."

"저도 도울 거예요, 어머님."

지금까지 조용히 듣기만 했던 마이마이도 참가를 표명한다. 아직 자세한 이야기를 듣지도 않았는데, 마이리네도 대항하듯이 "저도요!"라고 고개를 끄덕였다.

"뭐, 상황을 자세히 설명할 거니까 어떻게 할지 생각해 봐."라고 운을 뗀 다음, 케나는 자신이 아는 정보도 포함해 이야기하기 시작했다.

"그게 말이지. 요전번에 에지드 강에 나타났다고 하는 커다란 그림자 말인데. 그건 수호자의 탑이야."

"푸헉?!"

"어어? 그랬나요?"

"수호자……?"

세계의 근간과 이어지는 정보를 폭로했더니 모두가 각각 다른 반응을 보였다.

샤이닝세이버는 뿜었고, 마이마이는 감탄한 듯이 끄덕였고, 마이리네는 잘 모르는 단어에 고개를 갸우뚱했다.

"야! 왕녀님한테 그런 걸 말해도 되는 거냐!"

샤이닝세이버가 케나의 어깨를 붙잡고 순식간에 방구석으로 이동한다.

눈을 껌벅거리며 입술이 닿은 거리로 얼굴을 가까이 대더니, 목소리를 낮춰 비난한다고 하는 재주를 부리며.

"딱히 내가 피해를 보는 일이 아니고, 마이라면 소문내고 다니지도 않잖아?"

"공공연하게 말하진 않아도, 국왕 같은 사람에게는 흘러갈 거잖아!"

"그거야말로 이미 늦은 일이야. 스카르고도 마이마이도 카타츠도, 내가 스킬 마스터인 걸 알거든. 그쪽에서 이미 이야기를 들었을지도 모르잖아."

"그건 그렇지만 말이다……."

갑자기 기운이 빠진 샤이닝세이버의 손을 떨쳐내고, 케나는 걱정스러운 눈치인 마이마이와 마이리네가 있는 곳으로 돌아간다.

"케나 씨, 물어봐도 될까요?"

"그래. 수호자의 탑? 마이는 나랑 마이마이가 【스킬】을 쓸 수 있는 걸 알지?"

"네, 그래요."

"수호자의 탑은 시련을 내리는 곳이야. 그 시련을 돌파하면 【스킬】을 하나 받을 수 있는데. 나는 그걸 관리하는 사람이란 말이지."

"네? 어, 어어어어어어어어어어?!"

폐 속에 있는 공기를 전부 쥐어짜듯 소리치며 놀라는 마이리네. 너무 놀라는 바람에 숨을 쉬는 것도 잊다가 콜록거린다.

마이마이는 그 등을 어루만지고 숨을 헐떡거리는 마이리네를 진정시켰다.

마이리네가 진정했을 타이밍에, 이번에는 샤이닝세이버가 질문을 던진다.

"넌 요전번에 정지한 탑을 깨운다고 했잖아. 이야기를 들어 보면, 그 탑은 정지한 게 아닌가?"

"정지하기 직전이었지만. 지금은 팔팔하게 헤엄치고 있어. 내가 보장할게."

"그런 걸 보장하지 마!"

딴지를 거는 것을 웃으며 흘려넘기고, 케나는 계속해서 말했다.

"나는 그 수호자의 탑을 이야기하려고 한 거야. 펠스케이로 주변에 두고 싶거든. 어떻게 하면 좋을지 싶어서."

"부탁하고 싶다는 게 그거였냐……."

샤이닝세이버는 입가에 손을 대고 생각에 잠긴다. 마이리네도 똑같은 자세로 입을 다물었다.

"어머님, 즉, 아무에게도 피해를 주지 않고서 감추고 싶은 건가요?"

"아니야. 구경거리가 되어도 상관없으니까. 강에 두고 싶어."

퀘스트 달성 조건이 '낚시' 이기 때문에, 구경거리를 낚으려고 하는 사람은 없으리라고 생각한 것이다.

"상황에 따라서는 새로운 관광 명소가 될지도 모르고."

폐자재로 만든 성처럼, 사람들을 부를 수 있지 않을까 생각 중이다. 이러니저러니 해도 경관 도시로 불릴 정도니까 지금에 와서 한두 개쯤 늘어나도 달라질 건 없으리라.

"조금 어려운 부분이 있군."

"그래요. 기사단장의 말처럼, 첫인상이 너무 나빴으니까요."

샤이닝세이버의 우려를 마이마이가 보충한다.

역시 가장 큰 문제는 처음에 소동을 일으킨 '커다란 그림자' 부분이라고 한다.

어업 종사자들 사이에 나쁜 인상이 침투하는 바람에, 지금 와서 괜찮다고 해도 곱게 넘어갈 리가 없다는 듯하다.

"그걸 억지로 돌파할 좋은 아이디어가 없어?"

"터무니없는 소리를 다 하는군. 일개 기사단장에게 그렇게 큰 걸 어떻게 하라고?"

"딱히 낚으라는 말은 안 해. 그리고 보수는 스킬 두 개로 어때?"

"음……."

손가락을 두 개 세워서 케나가 도발하듯 보자, 샤이닝세이버가 침묵한다. 머릿속에서 이득과 손해를 저울질하는 거겠지.

잘될 것 같다고 생각한 케나는 싱긋 웃고 손가락을 세 개 세워서 "스킬 세 개. 그리고 상황에 따라선 도와준다고 했잖아?"라며 마무리 일격을 날렸다.

"알았어. 알았다고. 도울게. 이러면 되냐?"

"아자!"

주먹을 번쩍 쳐들고 기뻐하는 케나에게, 마이마이가 "어머님, 보기 흉해요."라고 말을 건다.

"그래서 말인데요. 그 괴물 물고기는 사람 말이 통할까요?"

"내부에 들어가면 대화할 수 있지만. 그랬다간 겉으로 보이는 위엄이 싹 날아간단 말이지."

"그건 또 무슨 소리야?"

케나는 마이리네의 질문에 먼저 대답한다.

문을 여닫는 소리를 일일이 들으면서 하는 대화는 황당함을 넘어서 충격을 줄 것이다.

"붙잡아서 공격의 의지가 없다고 실토하게 하면 사람들도 이해해 줄 것 같은데 말이다."

"말할 수 없는데 어떻게 대답하라고?"

"그건 뭐냐. 네가 관리하는 거니까, 대변자든 뭐든 하면 되지 않겠냐?"

"아하, 그런 느낌도 좋겠네. 그렇다면 번쩍 빛나는 빛의 구슬 같은 환영이라도 두르면 다소의 위엄은 낼 수 있겠는걸."

"신의 사도라도 될 작정이냐……."

"그거예요!"

점점 잡담처럼 변하는 플레이어들의 대화에 마이리네가 끼어들었다.

활짝 웃는 얼굴로, 샤이닝세이버를 쳐다보고 있다.

"그거라니, 뭘?"

"기사단장이 방금 말한 걸 하는 거예요. 케나 씨, 신의 사도를 해봐요!"

"어?"

갑자기 역할을 받는 바람에, 케나는 입을 떡 벌리고 있었다.

"그래요. 어머님이 신의 사도인 척하고 '안식의 땅을 찾고 있다'고 하면 마이 양도 '이 땅을 제공할게요'라고 대답할 수 있겠죠."

"선생님! 그 안도 채용하겠어요. 그런 흐름으로 가요!"

마이마이와 마이리네와 사이에서 이야기가 척척 정리된다.

이러쿵저러쿵 화기애애하게 떠드는 두 사람을 보고, 케나와 샤이닝세이버는 방치된 기분이 들었다.

"음."

"왜 그래?"

"이건 마이한테도 뭔가 보답하는 게 좋을까?"

"그래라. 스킬을 두 개든, 세 개든."

"이 세계의 주민은 배울 수 없는 것 같단 말이지. 아이템 박스가 없으니까."

"음? 아, 그렇군. 그렇다면 현물이 낫겠지."

"현물이라. 독 방어, 마비 방어가 붙은 목걸이면 되려나?"

"지금 세상에서는 국보급인데. 뭐, 다음 대의 왕이니까 그 정도면 되지 않을까?"

"저기, 어머님! 기사단장! 둘이서 속닥거리지 말고, 이쪽 이야기에도 참여해 주세요!"

보답에 관해서 상의하고 있었더니 마이마이에게 혼났다.

““네입.””

“대답할 때는 ‘네’라고 하세요!”

““네.””

그 뒤로 몇 가지 안을 종합해서, 최종적으로 수호자의 탑을 낚기로 했다. 진짜 계획은 그때부터다.

“그렇다면 기사단이 수호자의 탑을 낚는 걸로 하는 거군. 낚싯대는 어쩔 거냐?”

“카타츠에게 부탁해 보죠. 지금이라면 공방은 파리만 날리고 있을 거니까, 흔쾌히 받아들일 거예요.”

샤이닝세이버의 의문에 마이마이가 대답했다.

마이마이는 전체 계획의 진행자가 되었다. 세세한 부분은 전체 맡겠다고 한다.

“전하께선 특설 무대에서 대기하시다가, 수호자의 탑이 낚이면 말을 걸어주세요.”

“어찌하여 이 땅에 왔는가? 어찌하여 백성들의 생활을 혼란에 빠뜨리는가? ……이런 느낌이면 될까요? 조금 잘난 척하는 게 아닐까요?”

“마이, 다음 여왕님 아니야? 잘난 척하는 게 아니라, 잘난 게 맞잖아.”

“그때 어머님이 등장하는 거예요. 수호자의 탑 위에 빛의 구슬로 나타나 주세요.”

“빛의 구슬 말이지. 이런 느낌으로 번쩍?”

"야, 여기서 빛내는 거냐?!"

"케나 씨. 그건 너무 눈이 부셔서, 똑바로 볼 수 없어요."

"실제로는 더 멀리 떨어져 있을 거니까, 도시 사람들이 깜짝 놀라게 하는 정도가 딱 좋지 않을까요?"

"필살, 무지개 후광."

"호객용 네온사인이냐! 파칭코 가게의 간판이 아니라고."

이것저것 위험한 말이 튀어나오고 있지만, 마이마이가 차례차례 지시를 내놓고 확인하기 때문에 아무도 그 점을 지적하지 않았다.

"그리고 어머님이 '소란을 일으킨 점에는 사죄하마. 안식의 땅을 찾고 있다' 라고 말하는 거죠."

"음⋯⋯ '소란을 일으킨 점에는 사죄하마'. 이런 느낌?"

케나는 키에게 지시해서 몇 가지 샘플 중 공포 영화에서 쓸 법한, 싸늘한 목소리로 변환해 봤다. 물론 【변성】 스킬을 쓴 거지만, 원래라면 대상을 지정해야 한다. 그 자리에 있던 모두가 깜짝 놀라서 돌아본다.

"방금 그 목소린 뭐야? 어디서 나온 거야?"

"어머님, 그러면 악당 같아요."

"조금 오한이 들었어요. 도시 사람들은 괜찮을까요?"

"어머님, 조금만 더 하늘에서 내려온 느낌으로 할 수 없나요?"

"그게 어떤 느낌인데?!"

제아무리 스킬 마스터라도 완전무결한 만능일 수는 없으므로,

지나친 요구에는 대응할 수 없다.

사람마다 소리를 듣는 느낌이 달라지므로, 결국에는 공중에 글씨를 쓰기로 했다.

"히라가나보다 현지어가 좋을까?"

"일단 한자를 섞어서 쓴 다음에 현지어로 바꾸는 게 좋지 않겠냐?"

"그렇게 할까."

게임 시절의 영향인지, 현재 이 땅에서 사용되는 필기체 문자는 히라가나와 가타카나다. 케나와 샤이닝세이버가 현지어라고 말한 건 알파벳을 변형한 독자적인 문자다.

잉크를 듬뿍 묻힌 펜으로 ABC라고 쓰고, 그걸 옆으로 흘린 느낌의 글씨체다. 플레이어가 불편하지 않게 읽을 수 있는 건, 캐릭터 생성 때 받는【언어 이해】스킬 덕분이리라.

"그리고 전하께서 이 땅을 제공하겠다고 말해주시면 돼요."

"'이 땅을 제공하면 되겠는가. 부디 자자손손 이 땅을 지켜봐주지 않겠는가' 라는 느낌일까요?"

"그런다고 납득할 녀석이 있을까? 의심하는 녀석도 있을 것 같은데……."

"우리는 계획을 짜는 쪽이니까 말이죠. 어설프게 하면 그걸 꼬투리 잡는 사람이 있을 거예요. 아무튼 기사단장은 진지하게 하세요."

"'좋다. 한동안 신세를 지마' 라고 말하고, 중간섬의 상류 쪽에 자리를 잡으면 될까?"

"네. 어머님도 그 부분은 진지하게 해주세요."

"할 일이 많아. 아무튼 마이에게【바람의 정령】을 맡겨서 소리를 키우게 해. 나는【부가 : 백색광】의 9레벨을 써서 공중에 글자를 쓰고……. 이건【빛의 정령】도 불러서 거들게 해야지."

손을 꼽으며 과정을 확인해 나간다. 수호자의 탑에는 직접 목소리가 닿지 않으니까, 과정을 설명하고 안에서 바깥 영상을 확인하게 한다. 그렇게 해서 움직이게 할 수밖에 없다.

만약을 대비해서 9번 수호자의 탑에도 협력을 타진하고, 수호자끼리 교신하면서 바깥과 연계하는 것도 생각 중이다.

말은 그래도 수호자의 탑, 대왕고래는 낡이고, 우뚝 서고, 이동하는 정도밖에 과정이 없지만.

"미끼는 꽃다발이라고 들었는데, 그걸로 괜찮을까요?"

"그게 던지기 쉬울 거잖아. 수호자에겐 미리 말해놓을 거니까. 소 한 마리는 너무 아깝잖아."

"그래서 말인데요. 저기…… 계획은 아버님에게도 말할 건데, 그래도 될까요?"

"전하의 권한으론 기사단을 움직일 수 없으니까 말이지. 나도 동행해서 청할 거니까 걱정하지 마."

마지막 불안 요소는 그거다.

제아무리 면밀하게 계획을 짜도, 국왕이 거부하면 성립하지 않는다.

"자작극 같은 거니까 말이지. 임금님도 고개를 끄덕여 줄지 어떨지가 문제라는 거지?"

"괜찮아요. 예전에 회의에서 스카르고 님이, 케나 씨에 관해 여러모로 설명했으니까요. 아버님도 이해해 주실 거예요!"

"왜 회의에서 내 이야기를 하는데……?"

매우 당연한 질문인데, 그 부분에 관해서 마이리네는 말할 수 없다고 했다.

나라의 회의 사정을 왕녀가 나불거릴 수는 없겠지.

국왕이 이해해 주면 샤이닝세이버가 케나에게 프렌드 통신으로 전달하기로 했다.

마이리네를 따라가려던 샤이닝세이버가 "아차." 하고 말하더니 케나에게 돌아왔다.

"무슨 일 있어?"

"조금 물어보고 싶은 게 있는데. '목마른 전갈' 이라고 아냐?"

"그게 뭔데? 길드 이름?"

"모르나. 마피아 같은 조직이야. 네가 데리고 다니는 아이를 노렸다고 해서 말이지."

한순간 케나의 눈이 살벌한 빛을 띠지만, 무언가를 눈치챈 듯이 손바닥을 탁 쳤다.

"아하, 시이가 때려눕혔다는 말을 들었어. 아마 걔네들이 아닐까?"

"시이?"

217

"소환 메이드 말이야. 집 관리와 아이 보는 일을 맡겼어."

"아하, 그 돈지랄 종자 말인가."

돈지랄 종자란 소환 집사, 메이드에 대한 멸칭이다. 폐인들이 보유한다고 해서 게임에선 질투의 대상이었다.

"너는 그 일과 전혀 관계가 없다는 거지?"

"거참, 집요하네. 무슨 일인데?"

샤이닝세이버가 손가락을 들이대고 확인할 정도다. 뭔가 플레이어만이 알 수 있는 사건이 발생했다고 봐야 하리라.

"이그즈듀키즈라고 하는 신인지 악마인지 모르는 녀석이 나타나서 그것들을 엉망진창으로 만들었다고. 지금 떠올려도 오한이 느껴지는군⋯⋯."

"이그즈듀키즈? 마계 지역의 중간보스잖아. 그런 게 혼자 돌아다닐까?"

징그럽게 생긴 부하를 동원해서 흉계를 꾸미고 다니는 악마의 이름이다. 보스 자체로는 약한 축에 속하지만, 함정을 많이 써서 귀찮은 적이다.

그것도 해적 선장처럼 따로 돌아다닌다고 생각하니 기분이 나빠진다.

"아는 거냐! 소환할 수 있어?!"

"소환할 수 있을 리가 없잖아. 악마는 마인족만이⋯⋯."

말하던 중간에, 갑자기 가슴에 딱 와닿는 게 있었다.

다양한 제한 중 하나다. 마인족만이 【서먼 매직】으로 악마를 부를 수 있다.

그리고 그것이 【서먼 매직】이라면, 고레벨 마인족 플레이어가 어딘가에 존재한다는 증거이기도 하다.

"야, 왜 징그럽게 웃고 그래. 괜찮아?"

"별일 아니야. 좋은 정보를 얻은 것 같아서. 고마워."

"그, 그래."

확인은 그걸로 끝인 듯, 샤이닝세이버는 마이리네와 함께 지금부터 알현을 준비한다는 듯하다.

마이마이는 잽싸게 계획서를 써서 마이리네에게 건넸다.

"마이마이도 같이 가서 설명하는 게 좋지 않겠어?"

"그랬다간 성 밖으로 어머님을 모시고 갈 사람이 없어지니까요. 하지만 이번 일로 얼굴이 알려졌으니까, 어머님도 얼굴만 보여주면 성문 정도는 통과할 거예요."

"그건 별로 기뻐할 수 없는 정보네."

성에서 분주하게 오가는 시녀와 집사가 신기하게 쳐다보는 걸 느끼며, 온 길로 돌아가 성 밖으로 나간다. 거기에는 부단장을 포함한 몇몇 기사가 대기하고 있었다.

"어머, 무슨 일이죠?"

마이마이가 물어보자 샤이닝세이버가 먼저 말해뒀는지, 수송 잠자리 승강장까지 그들이 배웅한다고 한다.

"오늘 아침 일도 있으니까요. 케나 양의 호위도 겸한 겁니다."

"일개 모험가에게 그런 건 필요 없다고 보는데."

"뭘요. 단장님의 약혼자니까 대비할 필요가 있죠."

쓸데없는 소리를 들은 순간, 케나의 왼팔을 붙잡은 마이마이에게서 세계에 금이 쩌저적 가는 듯한 소리가 들렸다.

"어머님? 약혼자는 또 무슨 소리죠?"

부글부글 소리가 들리는 듯 어두운 기운에 휩싸인 마이마이의 낌새를 느끼고 주위를 에워싼 기사들이 한 발짝 물러난다. 모두 창백하게 굳은 얼굴이다.

케나는 마이마이의 등을 때려서 진정시킨 뒤, "그냥 오해야. 신경 쓰지 않아도 돼."라고 말하고 걷기 시작한다.

그리고 "잠깐만요, 어머님! 그건 그냥 넘어갈 수 없어요!"라며 소리치는 마이마이를 질질 끌면서 그 자리를 뒤로했다.

"시끄럽게 해서 죄송해요."

"제 말을 들어주세요, 어머님!"

무서움과 기타 등등으로 넋이 나가 배웅하는 부단장이었지만, 정신을 퍼뜩 차리더니 "두세 명 정도가 호위로 붙어라."라고 기사들에게 지시한다. 곧이어 뒤따라온 건 여기사들이었다.

"""기다려 주세요!"""

"어, 너희는 무슨 일이야?"

"우리가." "승강장까지" "모시겠어요."

그럴 필요는 없다는 얼굴을 보이는 케나를 제지하고, 마이마이는 "부탁해요."라며 싱긋 웃고 말했다.

여기사들도 """네."""라고 대답하고 앞에 두 사람, 뒤에 한 사람으로 나뉘어 케나와 마이마이를 에워싼다.

마이마이가 팔을 잡아당기고 "어머님, 이럴 때는 받아주는 거예요."라고 타이르는 바람에 케나는 고개를 끄덕끄덕 움직였다.

여기사들은 그런 모습을 즐겁게 보는 두 사람과, 눈이 죽은 한 사람으로 나뉘었다.

"저기, 무슨 일 있어? 저 사람은 괜찮은 거야?"

"아, 저 아이는 지금 집안이랑 사이가 안 좋거든요."

케나가 걱정해서 말을 걸자, 전방의 오른쪽에 있던 여기사가 가르쳐 주었다. 앞에 있는 두 사람은 평민 출신, 뒤에 있는 한 사람은 자작가의 여식이라고 한다.

"걱정을 끼쳐 죄송해요……. 지금은 영애도 아니니까 신경 쓰시지 않아도 돼요."

듣기로는 부모님이 결혼을 강요해서, 매일같이 재촉 편지가 온다고 한다. 그걸 말하던 중에 본인은 화가 끓어오른 듯하다.

얼굴 높이로 든 주먹이 부들부들 떨리고, 분노로 얼굴에선 이가 갈리는 소리가 들린다. 확실히 이런 모습을 보면 귀족 영애라는 말을 들어도 감이 오지 않겠지.

"결혼은…… 한번 해보는 게 어때요?"

그 와중에 이상하게 활짝 웃은 마이마이가 그런 소리를 했다.

"어?"

"""네?"""

케나는 정신이 멍해지고, 여기사들도 눈이 동그래졌다.

"시험 삼아 뭐든지 경험해 보는 것도 나쁘진 않아요."

"마이마이, 그렇게 간단히 권해도 돼? 평생을 좌우하잖아?"

"그러네요. 결혼해서 마음이 잘 맞으면 오랫동안 함께할 수 있어요. 안 맞으면 중간에 이혼할 수밖에 없겠죠."

그 점은 납득하는지, 여기사들이 동의하듯 고개를 끄덕였다.

케나는 사고를 당해 모든 것을 포기한 과거가 있어서 그런지 결혼을 바라는 마음 자체가 실종된 상태다.

그래서 그런 건가 하고 남 일처럼 듣고 있었다.

"이혼하든 미혼이든 별로 차이가 없잖아요."

"어?"

"저기, 그러네요. 하긴 그래요."

케나의 머리 위에 물음표가 뜬다. 물론 스킬이다.

자작가의 영애는 납득한 듯이 중얼거렸다.

"사교계에선 이혼하면 추문이 되는 일도 있어요. 반대로 미혼이면 귀족으로서 결혼을 못 했다고 수치심을 느끼게 되죠."

"그러니까 시험해 보는 것도 좋아요. 결혼하거나, 약혼자가 생기면 마음가짐도 달라질 테니까요."

조용히 듣던 평민 출신 두 사람도 "오오오." 하고 감탄했고, 귀족 출신도 납득한 얼굴로 고개를 끄덕였다.

"학원장의 말씀은 무척 흥미롭군요. 집에 돌아가서 부모님과 한번 이야기해 보겠어요."

"부모님과 잘 이야기해 보는 것도 좋은 방법이에요. 부모는 아이의 행복을 바라는 법이니까요."

그렇게 말하는 마이마이의 시선이 케나를 향한다.

딸이 뭘 말하려는 건지 눈치챈 케나가 미묘하게 시선을 피하자, 마이마이가 슬쩍 웃었다.

"아, 미안해. 마이마이……."

"아뇨. 어머님. 전 괜찮으니까요."

실제로 아이들을 양자로 내보내고 자신은 종적을 감췄으니까 지독한 어머니라고 생각한다.

당시엔 게임 세계가 현실이 될 줄 몰랐으니까 어쩔 수 없다.

(아니, 어쩔 수 없다는 건 변명이야. 앞으로는 부족했던 만큼 채워야 하겠지…….)

팔에서 긴장을 푼 케나가 부드럽게 미소를 띤 것을 눈치챈 마이마이는 안도한 표정을 지었다.

케나는 마이마이와 함께 수송 잠자리 승강장까지 여기사들에게 호위받았다.

그동안 귀족 거리에서도 평민도 들어갈 수 있는 숨겨진 좋은 가게의 정보 등을 들을 수 있어서 만족했다.

케나와 마이마이는 중간섬으로 이동한 다음 카타츠의 공방을 방문했다.

안에서는 카타츠의 부하들이 뭔가 가공하는 것 말고는 조용하고 평화로웠다.

카타츠는 그런 공방 출입구에서 의자에 앉아 손에 든 나무토막을 공구로 열심히 깎고 있었다.

"야호. 카타츠, 한가해 보이네."

"어무이! 누님이 같이 오다니 희한한 일도 다 있군. 무슨 일 있어?"

손을 들어 카타츠를 부르자 일어나서 맞이해 준다.

"뭐, 앞으로 생길 거야."

"뭘 하려는 건데……."

"뭐, 이런저런 일이 있어. 어머님도 끼는 일이니까, 설명은 해 줄 거지만."

"어무이도? 대체 무슨 일에 손대는지 불길한 예감만 드는데."

얼굴에 웃음을 지어서 그런지 카타츠는 케나의 말을 불길하게 받아들인 듯하다.

마이마이가 앞으로 나서서 공방에 발주할 물건을 말한다.

"카타츠. 최대한 빨리 낚싯대를 만들어. 열 명 정도로 쓸 법한 큰 걸로."

"누님도 뜬금없이 억지를 부리지 마. 한가한 만큼 재료가 부족하진 않지만, 뭘 하려는 건데?"

이번 계획에서 유일하게 돈이 필요한 일은 이거다.

그리고 그것은 먼저 제안한 스킬 마스터로서, 케나가 내기로 했다.

기사단을 움직이는 경비도 발생하지만, 그건 마이리네가 해결한다고 한다.

"좌우지간 납기일은 내일이야."

"내일?!"

아마도 계획에서 제일가는 억지 요구는 이것이리라.

카타츠가 지른 비명이 조용한 수면에 울려 퍼졌다.

라아데일의 대지에서

제4장

준비와 위로회와 축제와 바보

그날 밤, 샤이닝세이버가 보낸 프렌드 통신에는 국왕이 흔쾌히 허가했다는 내용이 있었다.

다만 완전히 이쪽의 요구를 받아들인 건 아닌 듯하다.

낚시에 참여하는 기사는 샤이닝세이버를 포함해서 열 명으로 할 것. 나머지 인원은 치안 유지 임무를 수행한다고 한다.

마이리네 왕녀가 주도한 계획임을 주위에 선전할 것.

케나는 민중 앞에서 본인이라고 알아볼 수 있는 모습을 절대로 드러내지 말 것.

"이렇게 세 가지인가."

"아까 말씀하신 것 말인가요?"

"응. 계획은 내일모레 실행한대. 내일 할 줄 알고, 수호자들한테 설명해 버렸어. 또 가야 하겠는걸."

옆에서 시중을 드는 록시느에게 대답한다.

케나는 카타츠의 공방에 들르고, 수호자의 탑을 두 군데 다녀온 다음에 귀가할 수 있었다.

아슬아슬하게 저녁때에 맞춰서, 지금은 식후의 차를 마시고 있다.

리트와 루카는 같은 탁자의 한쪽에서 오늘 산 것을 포장지에서 넣었다 뺐다 하고 있다.

산 것은 알록달록한 리본이다.

하나에 동화 2개로, 세 개씩 산 듯하다. 여섯 개가 전부 색깔이 달라서, 이게 어울리니 안 어울리니 하면서 머리에 묶었다 풀었다 시험하고 있었다.

굳이 말하자면 리트가 루카를 데리고 노는 것에 가깝다.

그리고 그 리본에 어울리는 것을 찾는 대상에는 탁자에서 몸을 웅크린 카스팔루그도 포함되었다.

목과 꼬리에 감거나 풀거나 하는데도 싫은 내색도 없이 함께해 주고 있다.

"아무튼 시이는 아이들의 머리 모양을 다양하게 바꿔봐. 그러다가 마음에 드는 게 있겠지."

"네."

록시느에게 지시하자 곧바로 빗을 꺼내 루카의 머리를 빗는 것부터 시작한다. 그리고 눈 깜짝할 사이에 포니테일로 만들었다. 그리고 몇 가지 리본을 시험해 보고, 리트가 "그거야!"라고 정하면 교대한다.

"그나저나 이 조건이면 마이마이가 하는 일의 존재감이 흐릿해지네."

『뒤에서 일한 사람으로서 이름은 남길 것 같습니다만.』

"뭐, 민중이 납득할 수 있게 하는 자작극에 가까우니까. 당일에 사고가 안 나면 좋겠어."

반쯤 '축제를 여는 방법으로 이런 게 있어요' 라는 느낌으로 제안해 봤다. 그 정도의 계획이다. 왕녀와 기사단장을 끌어들이 긴 했지만, 케나가 주도해도 민중이 납득할 것 같진 않다.

그랬다간 혼자서 몇 가지 역할을 맡아 분주해질 게 뻔하다.

"케나, 엄, 마. 아직, 일, 해?"

"음, 미안해. 루카. 리트도. 내일 준비하면, 모레는 축제를 시작할 수 있을지도 모르니까."

"어? 진짜?"

아직 희망적 관측에 불과하지만. 그렇게 말하자 리트가 눈을 빛냈다.

"기쁜가 보네, 리트."

"그야 지금도 굉장한데, 축제가 시작되면 더 굉장해진다고 하는걸."

"그, 그렇구나……."

기세에 밀린 케나는 록시느에게 "누가 그랬어?"라고 의문을 던진다.

록시느는 슬쩍 머리를 숙인 다음 "이 리본을 판 사람입니다." 라고 말했다.

그 사람은 말레르처럼 통통한 아주머니라고 한다.

"그렇다면 어쩔 수 없네."라고, 케나는 추궁을 포기했다.

케나는 호쾌한 어머니 같은 말레르에게 저항할 수 없다. 똑같은 성질이 있는 아주머니도 마찬가지다. 이 세계에서 케나의 유일한 약점이라고 해도 과언이 아니다.

아이들은 잠시 이쪽에 흥미를 보였지만, 중간부터는 리본을 내팽개치고 록시느의 머리 묶는 강좌로 바뀐 듯하다.

머리가 짧아도 묶는 방법을 열심히 배우고 있다.

케나도 자기 머리카락을 잡고, 사고 직후에는 어땠는지를 떠올려 본다.

움직이지 못하는 자신은 어떻게 할 수 없어서, 간호사나 사촌 동생이 묶어 준 것을 떠올린 게 고작이다.

거울에는 말라빠진 자신이 있었으니까, 매일 슬픈 표정을 짓는 모두를 걱정시켰던 것 같다.

지금이라면 두 손도 쓸 수 있으니까 직접 자유롭게 머리 모양을 바꿀 수 있으리라.

그렇다면 루카의 연습대가 되는 게 좋지 않을까 하는 생각이 든다.

『그런 점이 애엄마 같다는 게 아닐까요.』

키가 질린 투로 말하는 걸 듣고, 케나는 어머니 역할이 조금 즐거워진 것 같았다.

어느새 리본에 묶이지 않게 된 카스팔루그가 발밑으로 피난해서 "냐앙." 하고 울었다.

케나에게는 "못 말리겠군." 이라는 말로 들렸지만, 머리를 쓰다듬고 고생을 위로해 줬다.

그리고 다음 날.

아침밥을 먹고, 반지를 써서 1번 수호자의 탑으로 날아간다.

이 반지로 키워드를 외우면 머리 위에 생긴 마법진에 빛의 고리가 여러 개 나오고, 몸에 포개진 다음에 수호자가 있는 곳으로 날아간다.

왠지 모르게 고리 던지기 놀이용 기둥이 된 기분이다.

그리고 여전히 달칵달칵 시끄러운 수호자에게, 계획이 다음 날로 변경되었음을 알린다.

그리고 어제 말한 행동 예정을 기억하는지 반복하게 하고, 9번 탑의 수호자와 상의해서 자세히 확인한 다음 학원으로 보내달라고 했다.

계획에 임하는 며칠 동안은 학원을 휴교하고, 준비하는 장소로 쓰게 되었다. 말은 그렇게 해도 준비와 뒷정리를 포함하면 3일 동안이다.

이미 교정에는 긴 낚싯대가 놓여 있었다.

길이 50미터. 굵기 직경 150센티미터. 카타츠와 그 부하들이 밤샌 성과다.

여기에 가죽 벨트를 달거나 해서 여덟 명으로 지탱해야 하는 기사들도 고생이 많다. 엄청나게 큰 응원단 깃발 같은 거겠지.

낚아 올리는 대상은 자발적으로 움직일 거니까 힘이 많이 들 일은 없을 것이다.

카타츠 일행은 밤새고도 다음 작업을 묵묵히 하고 있었다.

지금 하는 건 학원 앞 강기슭에서 뻗어 나가는, 무대 같은 선창이다.

수호자의 탑인 대왕고래가 수면에서 등을 드러냈을 때의 높이와 비슷한 정도. 신의 사도(가짜)를 내려다보는 것도 안 되지만, 왕족이 우러러봐서도 안 된다고 한다.

그리고 케나는 학원에서 행동에 문제가 없는지를 확인하고 있다. 예행연습 없이 당일에 곧장 했다간 무슨 일이 생길지 모르므로, 이참에 여러 시점에서 보는 것이다.

"최대 레벨로 빛내면 나도 안 보이고, 바깥도 안 보여."

자기 몸을 중심으로 【부가 : 백색광】을 써 봤더니 여러모로 문제가 있다는 사실을 깨달았다.

게임 시절에는 무기에 빛을 부여해서 전투에 임했다. 그때는 파티 동료도 똑같은 걸 써서 광원이 부족하지 않았다.

하지만 정작 자기 몸에 걸 때는 몸이 새하얗게 되는 데다가 주위도 보기 어렵다.

마이리네의 목소리만으로 진행을 확인하는 게 불안해진다.

단독으로 두세 개 스킬을 써도 되지만, 기왕이면 외부의 시야를 확보하고자 【빛의 정령】을 하나 소환하기로 했다.

지금은 600레벨의 카스팔루그를 소환해서 남은 리소스는 500이다. 강도 1로 소환할 수 있는 정령은 110레벨이므로, 최대 넷이 한계다.

마이리네에게 하나를 맡기는 건 확정이므로, 나머진 무슨 일이 생겼을 때를 대비해서 남기는 게 좋으리라.

【빛의 정령】에는 안쪽의 빛만을 약하게 하고, 바깥 풍경을 창에 띄워서 보이게 한다. 최악의 경우, 정면만 보이면 되니까.

근처에서 확인한 마이마이가 말하기론, 대낮인데도 직시하지 못할 만큼 눈이 부시다고 한다. 안에 사람이 있는 걸 들키면 안 되니까 이건 참아 달라고 할 수밖에 없다.

글자는 쉽게 나타낼 수 있었다.

그 대신 마이마이에게는 이것저것 요구받았다.

몸 앞에 표시하면 빛의 영향으로 보이지 않게 되니까 반대편 강기슭에서도 보이게끔 머리 위에 크게 띄우기로 했다.

요구를 듣는 사이에 글자 하나가 가로세로 5미터 정도가 되었지만.

다음으로 준비한 건 마이리네에게 맡길 【바람의 정령】이다.

이 세계의 상식으론 정령을 볼 수 없다.

하지만 【서먼 매직】으로 불러낸 정령은 눈에 보인다.

이건 개인적인 마력의 강약은 관계없이, 거의 모든 사람이 정령을 인식할 수 있다.

더군다나 【바람의 정령】은 일정 장소에 머물지 않는다.

마이리네가 무대에 선 순간부터 여기저기 배회할 것이다.

지금도 시험 삼아 소환해 보면 요정과 함께 교실 전체의 공간을 써서 자유롭게 날아다니며 춤추고 있다.

모습은 반대편이 희미하게 보이는 알몸 어린아이다. 천사 같은 케이프를 입었지만, 비쳐 보이니까 의미가 없다. 그런 취향이 있는 신사가 보면 눈을 번뜩이고 스토커로 입후보할 게 뻔하리라.

그 자유분방한 모습을 보면서 어떻게 할지 생각한다.

당일에 중간섬은 출입을 금지하지 않으므로 구경꾼도 있을 것이다.

목격자가 있으면 몹시 위험하다.

마이리네의 목소리를 펠스케이로 전체에 보내는 건【바람의 정령】에게 시킬 거니까, 가둘 수는 없다.

케나가 이것저것 생각했더니 마이마이가 도움을 주었다.

"어머님, 그건 어때요? 정령의 지팡이."

"아, 그렇지! 그 방법이 있었어."

정령의 지팡이는 속성 마법을 못 쓰는 사람(플레이어)을 위한 대용품이다.

이 경우엔 바람 바람을 어느 정도 쓸 수 있게 되는 지팡이다.

조건이 있어서, 그 정령에 맞는 보석이 필요하다.【바람의 정령】은 에메랄드와 공작석이다.

그리고 일시적으로【바람의 정령】을 가두는데, 강제가 아니라 힘을 빌리는 것이다.

사용 기한은 해가 뜰 때부터 해가 질 때까지, 한나절이 한계다.

이걸 어기면 정령이 보석을 부수고 탈주하며, 한동안 소환할 수 없어지는 추가 효과가 있다.

우려는 있지만, 이른 아침에 시작해서 저녁까지 걸리진 않을 것 같으니까 사용하기로 했다.

정령의 지팡이 자체는 보석과 금속과 봉이 있으면 케나의【크래프트 스킬】로 제작할 수 있다. 보석은 클수록 정령의 힘도 커질 것이다.

당장 하자고 케나가 아이템 박스에서 꺼낸 에메랄드를 보고, 마이마이의 눈이 동그래진다.

그 크기는 땔나무 하나 정도였다. 돈으로 바꾸면 금화 수천 개는 나갈 것 같은 물건이다.

"어, 어머님…… 그, 그건……."

마이마이가 손을 떨며 가리키는데도 케나는【크래프트 스킬】을 썼다. 손이 번쩍 빛나자 끝에 꽃처럼 생긴 받침이 달리고, 거대한 에메랄드가 우뚝 선 지팡이 하나가 완성되었다.

"응응. 잘됐어."

지팡이를 붕붕 휘두르고 상태를 확인하는 케나에게, 마이마이는 얼굴을 손으로 감싸고 한숨을 쉬었다.

목소리를 전달하기만 할 거라면 작은 지팡이여도 되는데, 국보급 보석을 써서 사람 키만 한 지팡이를 만들 필요는 없다.

즉, 케나는 너무 오버한 것이다. 가만히 두었다간 마이리네에게 보답할 물건으로 이 지팡이를 준다고 할 것 같아서 딸로서는 몹시 두렵다.

"그래! 마이에게 줄 물건은 이 지팡이라도……."

"어머님!!"

결국 마이마이가 호통을 치고 말았다.

마이마이가 물건의 가치에 관해 또박또박 잔소리하고, 옛날 물건을 외부에 쉽게 유출하지 말 것을 케나에게 약속받은 시점에서 마이리네가 도착했다.

"죄송해요. 늦어졌어요……."

"아, 사과하지 않아도 돼. 오전 중에는 배우는 게 있다고 했지?"

"네."

"그건 어쩔 수 없어요. 전하의 의무니까요. 평생 한가한 어머님과 비교하는 게 잘못이에요."

마이리네는 왕족치고 저자세가 아닐까. 케나는 조금 걱정이 된다.

그건 그렇고, 딸에게 은근슬쩍 까여서 울컥한다.

눈을 흘기자, 마이마이는 고개를 휙 돌려서 딴청을 피웠다.

케나는 손에 든 지팡이를 마이리네에게 떠민다.

"저기, 케나 씨. 이건……?"

"내일은 이걸로 【바람의 정령】에게 목소리를 키워 달라고 할 거니까, 처음부터 챙겨."

"네. 그럴게요. 이 보석은, 너무, 크지 않나요?"

이쪽도 거대한 보석을 보더니 움직임이 뻣뻣해졌다. "보통이잖아?"라고 대꾸하자 표정이 딱딱해져서 "그, 그런가요. 보통인가요……."라며 말을 흐렸다.

"거참. 그러니까 제가 뭐랬어요. 어머님. 어머님의 보통은 상식과 어울리지 않아요."

"그건 진짜 미안하네……요!"

"히아아아아악?!"

얌전히 사과하는 척하며 【고속 이동】과 【축지】를 겹쳐 상대의 뒤를 잡는다. 전위 전문 플레이어는 대부분 【직관】이 있으니까 성공하지 않지만, 마이마이는 그게 없어서 편하게 뒤를 잡았다.

껴안듯이 뒤에서 가슴을 움켜쥐자, 마이마이가 평소 듣지 못하는 비명을 터뜨린다.

그 직후에 "무슨 일입니까!"라고 복도에서 경비를 서던 기사가 문을 탕 열고 뛰어들었다.

지팡이를 든 채로 멍하니 있는 마이리네와 뒤에서 케나에게 가슴을 잡힌 마이마이를 본 기사의 눈이 동그래진다.

"실례했습니다!"

도망친 기사에 의해 문이 다시 닫혔다.

얼굴이 새빨개진 마이마이가 방금 있었던 광경에 힘입어 등에 달라붙은 어머니를 뿌리치고 도망친다.

"거참! 갑자기 무슨 짓을 하는 거예요, 어머님!"

불평을 날리는데도 범인은 가슴을 잡았던 손을 보고 서글픈 분위기를 내고 있었다.

"어?"

케나는 마이마이의 캐릭터 작성 때 '내가(사고 후유증으로 말라빠진 탓에) 절벽이니까 아이에게도 영향이 있겠지?' 라는 생각으로 몸매를 설정한 것을 떠올렸다.

말캉말캉한 탄력이 없는 건 당연하다. 원인이 그렇다면 납득할 수 있다. 다만 무척 슬펐다. 그 성과를 직접 만진 충격이 이 정도일 줄은 몰랐다.

그러니 "미안해."라고 사과하는 것도 당연하리라. 무언가 오해한 마이마이가 화내지 못하고 품에 달라붙거나 비위를 맞추거나 할 줄은 미처 몰랐지만.

"두 분은 사이가 좋네요."

"이게?"

"네."

왠지 모르게 쓸쓸한 기색을 드러내며, 마이리네는 케나와 마이마이를 보고 웃음을 띠었다.

"음?" 하고 생각한 케나는 마이리네에게 "그렇다면, 자." 하고 오른팔을 내민다. 왼팔은 마이마이가 붙잡고 있으니까.

"네?"

"붙잡고 싶은 거잖아? 자, 잡아."

다시 한번 "네?"라고 중얼거린 마이리네는 왼팔에 달라붙은 마이마이를 본다. 손을 흔들어서 이리 오라는 시늉을 했다.

"그, 그렇다면, 실례하겠습니다……."

일부러 예의를 갖춰 인사한 뒤 케나의 오른팔을 껴안는 마이리네. 조금 수줍어하는 기색에서 또래 소녀다운 면모가 드러난다.

"그래서? 어때?"

"조금 부끄럽네요."

수줍게 웃으며 감상을 말하는 모습이 진짜 귀엽다. 케나는 고개를 끄덕끄덕 움직이며 왼팔에 있는 마이마이를 봤다. 이쪽은 아까 지른 비명은 대체 뭐였는지 싶을 정도로 기분이 좋아 보인다.

"너도 즐거워 보이네."

"그럼요. 이게 어머님의 참맛이니까요."

잘 이해할 수 없는 대답을 듣고 케나가 떨떠름한 표정을 짓는다. 그런 어머니와 딸을 본 마이리네는 웃음을 터뜨리고 말았다.

그 뒤로 바깥에서 준비가 다 될 때까지, 셋이서 찰싹 달라붙은 상태로 진행을 확인하고, 의문이 생긴 부분을 서로에 물어봤다.

참고로 이들을 부르러 온 샤이닝세이버는 복도에 있는 호위 기사가 이상하게 얼굴이 빨간 것을 보고 고개를 갸우뚱하며 교실 문을 열자마자 경직했다.

"여학교냐?"

"아니야!"

그리고 괜한 소리를 하는 바람에 케나에게 불화살로 뼈아픈 앙갚음을 당하고 말았다.

그런고로 각 준비가 대체로 끝나고.

카타츠와 그 부하의 노력으로 무대 설치도 끝났다.

다음 날은 계획을 실행하는 날이다.

이른 아침이라고 해도 도시 사람들은 해가 뜰 때부터 일하니까, 7시 정도에는 어지간한 가정의 아침 식사가 끝나 일하기 시작한다.

중간섬의 학원 앞에 설치된 무대 옆에는 기사 여덟 명이 지탱하는 커다란 낚싯대 준비가 끝났다.

낚싯대 끝에 걸린, 낚싯줄이라고 할 수 없는 밧줄에 묶인 꽃다발이 수면에 내던져진다.

케나는 1번 수호자의 탑 안에서 바깥 풍경을 확인하며 밖으로 나갈 타이밍을 재고 있었다. 뭐, 아직은 그럴 때가 아니지만.

"왜 구경꾼이 저렇게 많은 걸까……?"

『모르겠군요.』

무대에는 마이리네가 있으니까, 기사가 무서워서 접근하지 않는 건 그렇다 쳐도.

중간섬 강기슭은 엄청나게 많은 구경꾼으로 가득했다.

바깥 풍경이 보이는 화면을 반대편 강기슭으로 옮겼더니 이쪽도 엄청나게 혼잡하다.

개중에는 몸을 너무 내밀다가 강에 빠지는 사람도 있다.

"샤이닝세이버는 딱히 퍼뜨린 적이 없다고 했는데."

"준비 과정을." 달칵! "봐서 그렇지." 달칵! "않을까." 달칵! 싶습니다." 달칵!

탑 안이니까 당연히 눈앞에는 수호자가 있다.

그렇게 정곡을 질리면 왠지 분한 기분이 콸콸 치솟는다.

그야 무대는 수송 잠자리가 날아다니는 바로 아래에서 만들었으니까 목격자는 많으리라.

아침부터 기사가 모이면 눈에 띌 수밖에 없다.

록시느한테도 축제 준비가 끝나고도 시작할 기미가 전혀 없어서 사람들이 폭발 직전이라는 보고를 받았었다.

오늘, 루카와 리트는 빌린 집에서 쉬고 있다.

요 며칠은 록시느와 함께 다니기만 해서, 다음 볼거리는 케나와 함께 구경하러 다니겠다고 말했기 때문이다. 그러므로 무슨 일이 있어도 오늘 중에 이 이벤트를 끝내야만 한다.

"9번도 잘 봐야 해."

『명심하겠습니다.』

통신 화면을 연결한 채로 상대에게 말을 걸자, 연기 인간형 수호자가 공손히 머리를 숙인다.

저쪽 수호자의 탑 내부에는 진행표를 붙였다.

수호자에게 하나하나 확인을 부탁하며 1번 수호자에게 지시하게 한다.

"마스터." 달칵! "아직 시작하면." 달칵! "안 되는가?" 달칵!

"이런 건 조금 뜸을 들이는 게 좋아."

꽃다발이 둥둥 떠다니는 수면을, 침을 꿀꺽 삼키고 지켜보는 수많은 시선.

이럴 때 금방 물어버리면 낚시의 재미고 뭐고 없다며, 케나는 수호자를 제지하고 있었다.

수호자에게는 꽃다발을 물고 나서 잠시 가라앉고, 몇 번인가 밧줄을 당겼다가 부상하라고 했다.

힘을 너무 주면 기사들과 낚싯대가 한꺼번에 물속에 끌려갈 위험이 있으니까, 밧줄을 살짝 입에 물고 흔드는 정도지만.

커다란 수호자의 탑이 그만큼 힘을 조절할 수 있을지는 의문이지만, 물 위의 상황을 살피면서 실행하라고 신신당부했다.

물 위에 수호자의 탑, 대왕고래가 모습을 드러내면 빛의 구슬 상태가 된 케나가 등에 나타나고, 마이리네가 말을 걸기 시작하는 그때부터가 진짜다.

의외로 사람이 많은 건 무시하고, 자신의 임무를 다해야 한다며 손을 쥔다.

조바심이 났는지 샤이닝세이버가 프렌드 통신으로 『이봐, 아직 멀었어?』라는 메시지를 날렸다.

"좋아. 스타트!"

"알았다!" 달칵!

자신을 빛으로 감싸고, 케나는 수호자에게 계획 실행 신호를 보냈다.

"자, 이래저래 일이 많았지만. 수고했으니까 건배!"

"""건배!"""

요리가 깔린 탁자 주변에 앉은 사람들이 제각기 손에 든 잔을 높이 쳐들고 모두의 건투를 기린다.

참가자는 케나, 마이마이, 카타츠와 그 부하들. 마이리네, 샤이닝세이버와 기사 몇 명. 그리고 록시느, 루카, 리트다.

그 뒤로 계획은 30분 정도로 무사히 끝났다.

현재는 계획을 실행하고 6시간 정도가 지난 대낮이다.

마이마이가 통째로 빌린 가게에 관계자가 집합해 위로회를 하는 중이었다.

마지막으로 마이리네가 '이제부터 축제를 시작할 거예요. 여러분도 즐겁게 지내 주세요.' 라고 말한 덕분에 이벤트를 지켜보던 사람들 사이에서 환성이 폭발했다.

'펠스케이로 만세! 마이리네 왕녀님 만세!' 라며 나라와 왕녀를 칭송하는 환성이 한동안 계속되었다.

그 이후로 축제 개최 선언이 시작됐는데, 오늘 시점에서는 전야제가 이어진다고 한다. 본축제는 아침부터 개최되어야 한다는 의견이 많아서 내일이 본축제가 되리라.

대왕고래=수호자의 탑은 중간섬의 상류 쪽에 둥둥 떠 있는 형태로 펠스케이로에 머물게 되었다.

빛의 구슬 상태가 된 케나와 공중에 쓴 글자 때문에 멀리서 머리를 조아리는 사람들이 끊이질 않는다. 강의 안전을 수호하는 신이 될 기세다.

낚싯대와 무대는 그대로 남기기로 했다.

다만 카타츠가 말하기론 '저딴 급조품은 금방 물살에 휩쓸릴 거야. 축제 뒤에 다시 만들든지, 철저하게 보강해야 하겠어.' 라고 한다.

무대 쪽은 이번 축제가 끝나면 바로 해체할 예정이라고 한다.

낚싯대는 잠시 점검이 있어서 공방으로 옮겨졌다.

수호자가 힘을 조금 잘못 조절하는 바람에 엄청나게 휘었고, 지탱하던 기사들의 증언에 따르면 빠직빠직 소리가 다 들릴 만큼 컸다고 한다.

쭉 잡아당겼을 때 기사 여덟 명이 낚싯대와 함께 허공에 붕 떴으니까 말이지. 케나는 역시 사전에 도시와 멀리 떨어진 곳에서 예행연습을 해야 했다고 반성했다.

마이리네는 펠스케이로의 대표 역할을 훌륭히 연기해서 국왕에게 칭찬을 들었다고 한다. 세세한 부분까지 집어서 칭찬했다고 하니까, 국왕도 어디선가 지켜본 거겠지.

선박 운항도 재개되어, 강에는 크고 작은 배가 활기차게 오가고 있었다.

그래도 수호자의 탑인 대왕고래에 다가가려는 사람은 없다고 한다.

다만 꽃다발을 미끼로 써서 그런지 중간섬의 상류 쪽 강기슭에는 교회의 주도로 헌화대가 설치되었고, 이미 사람 키만 한 높이로 꽃이 쌓였다고 한다.

"하아, 무사히 끝나서 다행이야."

"진짜 그래요. 이것도 다 케나 씨 덕분이에요."

우아하게 잔을 기울이던 마이리네가 웃으며 인사했다. 케나는 두 손을 흔들고 마이리네에게 머리를 숙였다.

"무슨 소리야. 내가 꺼낸 이야기니까 신세를 진 건 나야."

"어머님, 그대로 가다간 서로 머리만 숙이게 될걸요."

마이마이가 웃으며 두 사람을 말린다.

"그나저나 마이. 초반에 조금 말을 버벅였지?"

빛의 구슬 상태가 된 케나와 대면한 마이리네가 한동안 입을 동그랗게 벌리고 있었던 걸 떠올린다. 초반에 말을 걸 때까지 시간이 조금 걸리고 말았다.

"그, 그건 어쩔 수 없어요. 설마 그토록 큰 물고기가 있을 줄은. 지금도 믿을 수 없어요."

한 번 보여주고 나서 임했으면 첫 충격이 줄어들었을지도 모른다. 하지만 탑의 크기 때문에 비밀리에 보여줄 곳이 없었다는 이유도 있다.

"아니, 안 믿어주면 곤란한데."

"그건, 그렇죠. 이미 똑똑히 봤으니까요. 다음부턴 대면해도 괜찮아요."

첫 대응을 마이리네에게 맡겼으니까, 앞으로는 왕가에서 대왕고래에 뭔가 전할 때는 창구가 될지도 모른다. 익숙해져야 한다.

그게 수호자의 탑이란 사실은 처음에 이야기한 책임자밖에 모른다.

마이리네와 샤이닝세이버. 마이마이와 카타츠. 그리고 국왕까지는 사실을 전달받았다. 기사들 사이에선 케나가 싸워서 물리친 마수라고 인식하는 듯하다.

"아무튼 똑같은 일은 두 번 다시 없을 거니까 그 이야기는 그만해요. 나중에 개인적으로 반성하기로 하죠."

마이마이가 손을 짝짝 마주치고 그 화제를 끝냈다.

그러고 나서 "이거 맛있어요."라며 샐러드를 나눠서 두 사람 앞에 두었다.

마이리네는 드레싱을 섞어서 입으로 옮기고, 눈을 동그랗게 뜨며 놀랐다.

그리고 "맛있어요……."라고 중얼거리자, 케나가 고개를 갸우뚱했다.

"성에는 맛있는 것만 나오지 않아?"

"아뇨. 이 맛은 성에서도 먹어본 적이 없어요."

"흐응."

한입씩 샐러드를 순조롭게 먹어나가는 마이리네를 본 케나는 주위에 눈길을 주었다. 다 합쳐서 20명쯤 되지만, 가게 안에는 어떻게든 다 들어갔다.

고급 식당 같은 분위기가 나는 가게 안은 천장에 달린 샹들리에에서 나는 부드러운 빛이 밝혔다. 너무 튀지 않을 정도의 관엽식물 등으로 장식해서, 느긋하게 지내며 술이나 음료를 마실 수 있을 것 같다.

"여기가 너희가 자주 모인다고 하는 '검은 토끼의 꼬리' 식당이구나."

"틀렸어요, 어머님. '검은 토끼의 흰 꼬리' 예요."

"이름이 너무 복잡해."

"잘 외우면 돼요. 전혀 복잡하지 않아요."

뼈에 붙은 고기를 입에 물고 듣던 샤이닝세이버는 "누가 어머니인지 모를 대화로군."이라며 씩 웃었다.

물론 케나의 실제 연령을 야유하는 농담이 아니다.

케나가 볼을 부풀리자 "미안해."라며 과일 접시를 케나에게 주었다.

잘 익은 과일은 케나가 손대기 전에 록시느가 낚아채더니, 껍질이 벗겨져서 다시 케나의 앞으로 돌아왔다.

"고마워, 시이."

"천만에요. 자, 아가씨들도. 과일 드시겠어요?"

손에 든 과일 몇 개를 눈에 보이지 않는 속도로 껍질을 벗기고 깔끔하게 잘라서 접시 위에 놓는 록시느. 처음에는 시중을 들겠다고 주장했지만, 케나의 말 한마디에 하는 수 없이 자리에 앉았다.

루카와 리트에게 나눠주면서 자신은 요리를 분석하느라 바쁜 듯하다. 그래도 가능한 범위에서 자신의 직무를 소홀히 하지 않고, 루카와 리트의 식사도 살펴보는 듯하다.

루카와 리트는 주위에 사람이 많은 데다가 왕녀와 기사도 긴 연회에 긴장하고 있었다.

록시느가 고기 요리와 생선 요리를 나눠서 권하지만, 잘 먹지 못하는 눈치다.

그렇다면 대신 알록달록한 과일을 놓는다.

둘이서 서로 눈치로 보며 갈팡질팡하니까, 케나가 입으로 가져가 "아~ 해."라고 하고 나서야 비로소 먹기 시작했을 정도다.

"얘들아, 어때? 맛있지?"

"응……."

"맛있, 어요."

"오늘밤에 먹을 수 없지만, 무리하지 않아도 돼. 내일도 축제 구경을 하면 맛있는 게 있을지도 모르고."

케나가 아이들을 끌어안아 머리를 쓰다듬어 주고 나서야 겨우 차분함을 되찾은 것 같다.

조심조심 손을 뻗어서 자기 앞에 놓인 요리에 손을 댄다.

입으로 가져가 상상을 훨씬 초월하는 맛을 느끼고, 아이들이 하나같이 활짝 웃는다. 케나는 아이들을 보며 싱글벙글 기분 좋게 웃는다.

그 모습을 응시하던 기사들은 샤이닝세이버에게 꿀밤을 맞았다.

""""아야?!""""

"멍청한 것들. 눈에 힘주고 보지 마. 애들이 무서워하잖아!"

그리고 똑같은 이유로 카타츠의 부하도 머리를 맞았다.

비슷한 비명이 자리 좌우에서 울려 퍼진다.

"아, 맞다. 샤이닝세이버."

"왜?"

"보수로 줄 스킬 세 개. 잘 정해."

갑자기 샤이닝세이버가 떫은 표정을 짓는다. 막상 정해야 하는 때가 되자 뭘 선택하면 좋을지 판단하기 어렵기 때문이다.

이게 게임이라면 보유 스킬의 파생형 같은 것이 스테이터스 창에 표시되니까, 찍어야 할 스킬을 정하기 쉽다.

지금은 그 기능이 사라진 듯, 실제로 뭘 찍으면 되는지를 전혀 모르는 것이다.

"굳이 정할 수 없다면, 나눠서 하면 돼."

"나누라고.?"

"마법이라든가. 전위 전용이라든가, 후위 전용이든가, 망한 스킬이라든가. 이런저런 종류가 있잖아. 게임에서 망한 스킬도 지금은 제법 도움이 되니까, 개인적으로는 추천할게."

공동 목욕탕을 만들 때 쓴【광천 마법】등, 변경 마을을 편리하게 만들 때 쓴 스킬은 대부분 '망한 스킬'로 불리는 것이다.

자신이 보유한 스킬을 보면서, 샤이닝세이버는 케나 앞에서 고민하기 시작했다.

아이들의 긴장이 풀린 걸 보고, 마이리네가 천천히 다가온다.

"안녕하세요."

"아, 안녕하세요…….

"안, 녕……하세, 요."

"리트와 루카죠? 나는 마이리네라고 해요. 왕녀지만 이 자리에선 예의를 갖추지 않으니까 걱정하지 말아요."

"리, 리트예요."

"루, 카……."

조심조심 쳐다보는 아이들이 귀여워서, 마이리네가 머리를 쓰다듬는다. 그리고 깨닫는다.

"케나 씨."

"왜, 마이?"

"이 아이들의 머릿결이 무척 부드러운데요. 어떻게 한 거죠?"

"네?"

어떻게 된 거냐고 물어봐도, 케나는 판별할 수 없다.

평소 루카의 머리를 쓰다듬지만, 부드러운 게 일반적이라고 여겼기 때문이다.

그리고 마이리네의 낌새를 보고 예삿일이 아니라고 생각한 마이마이가 아이들의 머리를 쓰다듬더니 마치 감전된 듯한 반응을 보였다.

"어떻게 한 건가요, 어머님."

"아니, 그걸 물어봐도 말이지……."

도시가 아니라 변경 마을에 있는 것이라고 하면 공동 목욕탕밖에 생각나지 않는다.

마법을 구사해서 만든, 세계에 하나밖에 없는 것이어서 지난
번에 오우타로퀘스에서 온 조사단이 곤혹스러워한 곳이다.

그야 【광천 마법】을 여러 번 쓴 만큼 기능만 보면 다른 곳에 뒤
지지 않는다. 다만 그것이 머릿결과 관계가 있냐고 하면 케나도
고개를 갸우뚱할 수밖에 없다.

"시이, 뭔가 있어?"

루카를 돌보는 건 록시느니까, 목욕할 때 뭔가 했는지를 물어
봤다.

케나로선 "글쎄요?"라고 대답하길 기대했는데, 예상외로 다
르게 대답했다.

록시느는 아이템 박스 안에서 금색 액체가 든 작은 병을 꺼냈다.

"이거예요."

"이게 뭐야?"

"목욕을 마치고 나서 이걸 조금 묻히고 머리를 빗으면 머릿결
이 좋아져요."

"그랬구나……."

듣고 보니 록시느가 루카의 머리를 빗을 때 쓰는 걸 본 듯하다.

그리고 그걸 들은 마이마이와 마이리네의 시선은 그 병으로 쏠
렸다.

"그거, 시이가 직접 만든 거지?"

"네. 벌꿀과 약초를 조금 썼죠. 자체 배합이에요."

아마도 【크래프트 스킬】을 포함한 배합이겠지. 록시느는 포션

등을 만드는 스킬도 몇 가지 가지고 있으니까, 약 관련으로도 조예가 있다.

두 사람의 시선을 눈치채고도 대응하지 않는 걸 보면, 내놓긴 했어도 남에게 가르쳐 줄 마음은 없으리라.

"제조법이 뭐야?"라고 물어보니 "비밀이에요."라고 대답하니까, 마이마이와 마이리네에게는 어깨를 으쓱하고 고개를 저어 보였다. 두 사람은 금방 실망했다.

"포션을 뿌려도 머릿결은 좋아지지 않는단 말이지."

"어무이는 포션에 너무 집착해."

케나가 중얼거린 말을 듣고, 술병을 손에 든 카타츠가 딴지를 걸었다.

"카타츠도 고생했어. 불편을 끼쳤구나."

"고생한 건 맞지만. 요새는 쭉 한가했으니까 딱 좋았겠지. 신경 쓰지 않아."

참으로 시원시원한 말이다. 아들만 아니었으면 케나도 반했을 것 같다.

"우리 아들은 참 멋진걸."

"으헉! 뭐 하는 거야!"

머리를 꼭 끌어안자 카타츠는 얼굴이 빨개져서 버둥버둥 발버둥을 쳤다.

부하들이 그 모습을 보고 히죽히죽 웃기 시작하고, 누나인 마이마이도 흐뭇하게 본다. 카타츠는 체감 온도가 확 오르는 기분이 들었다.

"어, 어무이. 술 취했어? 취한 거지?"

마이마이와 샤이닝세이버가 케나가 쓰던 잔을 들여다보고, 냄새를 맡아서 뭘 마셨는지를 확인한다.

"과실수군요."

"주스로군."

알코올이 없었다는 보고에, 카타츠의 어깨가 축 처졌다.

이렇게 되면 나중에 부하들에게 놀림당할 각오로 케나에게 귀여움받을 수밖에 없다고 깨달았기 때문이다. 도망칠 수 없다.

"카타츠도 참. 술만 마시면 못 써. 자, 아~앙."

그런 카타츠의 눈앞에 갑자기 평생의 각오가 필요한 선택지가 출현했다.

200살 넘게 먹은 드워프 아저씨가, 사람들이 보는 앞에서 어머니가 먹여 주다니······.

머릿속이 새하얗게 되기 전에 저항을 시도해야 한다며, 카타츠는 행동에 나선다.

"그, 그러고 보니 어무이. 여기의 대금을 전부 내겠다고 들었는데, 괜찮은 거야?"

"괜찮아. 은화 천 개든, 만 개든."

"그, 그래······?"

"그래. 자, 아~앙."

억지로 화제를 바꾸려고 했는데도 어머니 앞에선 무의미했다.

카타츠는 패배를 깨달았다.

"가게를 빌려서 풀코스 디너라도 내놓지 않는 이상 그 정도는 안 되겠지."

"꼭 그렇지도 않아요, 기사단장. 재료에 심혈을 기울이면 천 개는 될지도 몰라요. 이 정도면 아직 가벼운 식사지만요."

"여기가 그렇게 비싼 데였어?!"

뒤늦은 해설을 듣고, 샤이닝세이버가 할 말을 잃었다.

그 너머에서는 아이들이 마음 편하게 지낼 수 있기를 바란 록시느가 둘로 분열해서 아이들의 귀를 막았다.

그걸 목격한 기사들은 목격하고는 먹던 게 목에 걸렸다.

그렇게 예사롭지 못한 광경을, 카타츠는 머리를 새하얗게 비우고 보고 있었다. 입으로 오는 것을 기계적으로 움직여 우물거리고 있다. 맛은 전혀 느낄 수 없다.

케나도 한 번으로 끝내지 않고 두 번, 세 번이나 입으로 가져가니까 카타츠는 더더욱 하얘졌다.

카타츠가 의식을 되찾은 건 해가 완전히 져서 어두워진 밤, 공방에 있는 자기 방의 침대였다.

그리고 다음 날. 본축제를 시작하는 날이다.

어제는 카타츠가 기절한 시점에서 위로회가 저절로 끝났다.

마이리네와 샤이닝세이버는 저녁 전에 성으로 돌아가야 해서 감사와 식사의 감상을 남기고 서둘러 돌아갔다.

카타츠의 부하들은 상사를 바래다주고 나서 귀가한다고 했다. 카타츠가 어디 사는지를 물어보니, 공방에 자기 방이 있다는 듯하다.

관계자 모두에게 고맙다고 인사하고, 마이마이를 집으로 바래다준 다음에 넷이서 같이 귀가했다. 마이마이에게 자고 가라는 말을 들었지만, 아이들이 있어서 거절했다.

귀족 집에서 잔다는 말을 들으면 아이들이 편히 쉴 수 없다고 생각했기 때문이다.

그날 밤에 케나는 루카와 함께 잤는데, 아침이 되자 작은 소동이 벌어졌다.

펑! 펑! 하고 불꽃놀이 소리가 나서, 불안해진 루카가 잠에서 깬 것이다.

눈을 떴을 무렵에 겁에 질린 루카가 꼭 끌어안고 있어서 케나가 임전 태세가 되고, 그게 록시느에게 전해져서 집 전체의 분위기가 살벌해졌다.

이유를 알고 금방 진정했지만, 큰일이 아니어서 다행이다.

어촌에서 살다가 변경 마을로 이주했으니까, 불꽃놀이를 볼 일이 전혀 없었으리라.

케나가 집 전체에 【방음】을 걸지 않았으면 소리만 듣고 울었을지도 모른다.

한편, 리트는 상단에서 불꽃놀이 이야기를 들은 듯, 루카를 진정시키는 데 기여했다.

"루카, 저건 축제 시작을 알리는 신호래. 무서운 게 아닌걸?"

"맞아. 저건 소리만 조금 크게 울리는 거니까 괜찮아."

케나는 울먹이는 루카를 품에 안고서 등을 쓰다듬어 진정시켰다.

울음을 금방 그치게 할 수 있어서 다행이었다. 그 직후에 '꼬르륵' 하는 소리가 연달아 나서 누가 먼저랄 것도 없이 웃었다.

"배고. 파."

"그래. 시이가 해주는 밥을 먹자."

리트가 움직이기 시작하자 그 뒤를 루카가 쫄래쫄래 따라간다.

못 말리겠다며 뺨에 손을 댄 케나는 육아가 얼마나 어려운지를 실감했다.

"아무튼 오늘은 쭉 함께 지낼 수 있어. 어디부터 보러 갈까?"

아침 식사를 마치고 외출 준비를 한 다음, 케나는 아이들이 갈 곳을 정하게 말을 걸었다. 곧바로 아이들이 고민하기 시작한다.

어제는 집에서 장을 본 것을 정리하거나 록시느와 요리하면서 지냈다고 한다.

어제 아침의 환호성은 여기까지 들린 것 같지만, 밖에서 나는 소리에 조금 놀란 정도로, 오늘 아침처럼 겁을 집어먹지 않았다고 록시느에게 들었다.

"커다란 고래가 강에 있어."라고 말해주자 아이들은 눈을 빛내며 "보고 싶어."라고 말했다.

"언니. 고래가 뭐야?"

"크고 긴 물고기라고 생각하면 돼. 가끔 등에서 물을 뿜어."

"물을…… 뿜어??"

케나의 설명을 듣고도 상상력이 따라가지 못하는지 아이들이 나란히 고개를 갸우뚱한다.

그게 재밌어서 케나는 무심코 웃고 말았다. 웃지 말라며 아이들이 투닥투닥 때리는 바람에 웃으면서 용서해 달라고 했다.

"뭘 하시는 거죠?"

뒷정리를 하느라 늦어진 록시느는 케나의 두 팔에 매달린 루카와 리트를 목격했다.

"아하하. 조금 말이지."

귀찮은 일을 전부 처리한 건 아니지만, 가장 큰 우려를 털어낼 수 있어서 케나의 속은 무척 개운하다.

지금이라면 소매치기도 어깨 관절을 빼는 정도로 용서해 줄 것 같다. 아니, 실제로 했다.

"인파에 돌진하기 전에 가장 먼저 소매치기가 돌진해 올 줄은 몰랐어."

시끄럽게 아우성치는 소매치기를 마법으로 근처 벽에 박는다. 일정 시간이 지나면 저절로 떨어지니까, 경비에 신고하는 것보단 낫겠지.

솔직히 말하자면 소매치기 정도로 병사를 귀찮게 하는 게 미안했다.

그 대신 지워지지 않는 도료로 얼굴에 소매치기의 본명과 죄명을 적었다. 【서치】를 쓰면 스테이터스 창에 뜨니까 한눈에 확인할 수 있다. 그래서 방치하는 벌을 집행했다.

인파 속을 느릿느릿 이동해서 큰길로 나가자 펠스케이로에 온 첫날 정도의 혼잡은 없었다.

아이를 데리고 어떻게든 움직일 정도이긴 하지만, 사람의 벽 때문에 큰길을 건너지 못하는 일은 없을 것 같다.

"역시 강을 못 건너서 사람들이 몰린 거구나."

"아! 공을 던지는 사람이 있어!"

케나가 줄이 움직이는 걸 보고 중얼거리자 리트가 마차에서 봤다고 하는 곡예사를 발견했다.

인파에 휩쓸리면서 간신히 그 장소에 도착해 보니 컬러풀한 피에로 차림을 한 세 사람이 커다란 공 위에서 네모난 블록을 저글링하며 주고받는 곡예로 주변을 들끓게 하고 있었다.

보는 동안에 밖에서 던진 공을 발밑에 두고, 큰 공 위에 작은 공을 올린 채로 저글링하는 피에로들.

공이 두 개에서 세 개로 늘어났을 때는 관객들이 "오!"라거나 "흐엑!" 하는 소리가 나니까, 케나를 포함해서 모두가 손에 땀을 쥐고 그 광경에 몰입했다.

최종적으로 저글링하는 블록이 피에로 한 사람에게 모이고, 떨어뜨리지 않고 공에서 내려왔을 때는 "와!" 하고 박수갈채가 울려 퍼졌다.

동화를 던지는 것을, 피에로들이 놓치지 않고 됫박처럼 생긴 블록으로 받자 박수 소리가 더 커진다. 케나도 아이들에게 동화를 줘서 던지게 했다.

리트는 깔끔하게 포물선을 그리며 던지지만, 루카는 땅에 내팽개치는 궤도였다.

저건 못 받을 것 같았지만, 피에로 한 사람이 다리를 내밀어 리프팅하듯 쳐올려 받아낸다. 루카가 손뼉을 치자 그 피에로가 윙크로 답했다.

잠시 시간을 두었다가 다음 공연을 시작한다고 해서, 케나 일행은 그 자리를 벗어난다.

리트와 루카는 저글링하듯 손을 움직이지만, 동작은 엉망이었다.

"케나 언니는 저거 할 수 있어?"

"저거? 음. 어려울걸."

신체 스펙이 얼마나 되는지 모르니까 아무튼 못 한다고 말해둔다. 저글링 스킬은 없으니까 솜씨와 연습에 달렸겠지. 할 마음은 없지만.

리트는 "마을에 가면 연습해 볼래."라고 말했다.

루카도 덩달아 고개를 끄덕였으니까, 케나는 록시리우스에게 부탁해서 나무를 깎아 공처럼 만들어 달라고 할지 생각했다.

다음으로 리트의 눈길을 끈 건 사격이었다. 단, 총이 아니라 나이프를 던지는 것이다.

원그래프 모양의 회전하는 과녁에 나이프를 맞히는 것으로,

한 번에 동화 4개. 5개를 주면 두 번 던질 수 있는 듯하다.

"이건 싼 걸까, 비싼 걸까?"

"상품에 따라 다르지 않을까요."

회전이 멈춘 과녁을 자세히 보니 36개로 나뉘어 있었다. 꽝 사이에 당첨이 10개밖에 없다.

전시된 상품을 보니 파란색과 녹색 광석이 달린 펜던트와 목걸이였다.

록시느가 【서치】를 쓴 듯, 눈을 흘기고 시시한 듯이 코웃음을 쳤다.

"어때?"

"색만 칠한 수정이네요."

"와……."

지금도 애인에게 좋은 모습을 보여주려던 남자의 도전이 실패했다. 케나는 계속할수록 남자가 여자에게 버림받는 패턴이라고 생각하면서 구경하고 있었다.

"으으."

"왜 그러니? 리트, 하고 싶어?"

사격판 앞에 있는 사람들은 꽝만 나오는 결과에 질린 눈치다. 도전자는 줄이 통째로 바뀌지 않는 한 더 나오지 않겠지.

케나는 고민하는 리트에게 말을 걸었다.

리트도 나이프를 던진 적이 없으니까 자신이 없겠지. 어떻게 할지 생각했더니 루카가 망토를 잡아당겨서 눈높이를 맞추려고 몸을 숙인다.

"루카도 하고 싶어?"

"이거, 엄마. 리트랑, 반씩."

루카가 동화 2개를 케나에게 준다. 루카와 리트가 반씩 낼 테니까 케나가 하길 바라는 거겠지.

물론 아이들의 부탁에 케나도 흔쾌히 고개를 끄덕였다.

"오~ 아이들을 위해 어머니?가 나섰습니다! 여러분, 박수를 보내주세요~!"

케나가 돈을 내자 호객하던 사람이 경쾌하게 외친다. 구경하던 사람들도 조금씩 박수를 보냈다.

케나는 투척용 나이프 하나를 받아서 과녁에서 5미터쯤 떨어진 곳에 있는 하얀 선에 선다.

담당자가 힘껏 과녁을 돌리면 시작이다. 케나는 전혀 노리는 기색이 없이 【직감】과 【투척】 스킬에 의존해 나이프를 던졌다.

쿵! 하고 평범하지 않은 소리가 나고, 나이프가 회전하는 과녁에 꽂힌다.

과녁이 뒤로 조금 휘청일 정도의 위력이어서, 회전도 금방 멈췄다.

날이 다 박힌 나이프가 당첨이라고 적힌 범위에 꽂힌 것을 보고, 가게 사람이 눈을 휘둥그레 뜨고 놀랐다.

"오오~! 어머니가 던진 나이프가 제대로 명중했습니다! 여러분, 이분의 건투에 박수를 보내주십시오!"

시작 전과는 비교도 안 되는 박수 소리가 들린다. 케나는 손을 들어서 호응했다.

상품은 색을 칠하지 않은 투명한 수정 목걸이를 골랐다.

휘파람을 부는 소리가 들려서 싱긋 웃고 손을 흔들어 준다. 휘파람을 분 사람은 얼굴이 빨개졌다. 뒤쪽에서 "나를 보고 웃었어.", "아니야, 나야.", "하지만 저 사람은 유부녀잖아.", """제길!""" 하는 소리가 들려온다.

케나가 상품 칸을 맞히자 "나도 해볼래." 하는 사람들이 모여들어서 사격판 앞은 북적대기 시작했다.

혼잡에서 거리를 벌리고, 케나는 목걸이를 루카에게 준다.

"자, 받아. 너희가 쓸 거야?"

루카는 고개를 젓고 리트에게 목걸이를 준다. 그래서 리트가 가지고 싶은 줄 알았는데, 그건 아닌 듯하다.

리트는 목걸이를 들고 루카와 같이 록시느에게 간다.

"아가씨?"

"저기, 시 언니한테, 록시느 언니한테 신세를 지니까, 이걸 선물할게요. 항상 고마워요."

"고마, 워, 요."

리트가 선물을 건네고, 루카가 머리를 숙였다.

처음에는 멍하니 있던 록시느도 목걸이를 받고는 얼굴이 점점 빨개진다. 케나도 그 반응을 보고 조금 놀랐다.

"저야말로, 고맙습니다. 아가씨들, 소중히 간직할게요."

손에 꼭 쥐고, 록시느는 얼굴이 빨개진 채로 미소를 지었다.

"그렇구나. 순수한 호의면 되는 거야."

"케나 님……?"

케나는 달아오른 얼굴로 쨰려봐도 무섭진 않다고 생각했다.

깜짝 선물을 주면 순순히 받아줄 것 같다는 생각이 들지만, 록시느의 차가운 시선이 꽂히니까 시치미를 뗐다.

"자, 다음엔 다른 델 가자."

"…………."

"리트도, 루카도. 다음엔 어딜 갈까? 뭐라도 먹을래?"

"아까, 먹었, 어."

"응. 하지만 조금 목마른 것 같아……."

마실 걸 찾아보지만, 그럴싸한 노점은 눈에 띄지 않는다.

큰길에는 사람들이 몰리니까 먹을 걸 파는 노점은 거의 없는 듯하다. 먹을 걸 들고 다른 사람과 부딪치면 트러블이 될 수밖에 없으리라.

"잠깐 기다려 주세요."

록시느가 어디선가 시험관처럼 가늘고 긴 것을 꺼냈다.

손에 들어 보니 알았지만, 예전에 케나가 만든 즉석 포션처럼 작은 대나무에 마실 것을 넣은 듯하다. 코르크 마개를 빼자 차 향기가 난다.

루카와 리트의 것에서는 희미한 과일 향기가 났다.

"이런 걸 다 만들었구나. 고마워."

"시장에서 작은 대나무를 팔아서요. 대단한 건 아닙니다."

용기를 록시느에게 돌려주고 다시 축제 구경을 시작한다.

눈을 가리고 사람이 있는 판을 향해 나이프를 던지는 곡예, 늑대 마수를 길들여서 고리를 통과하게 하거나 공을 굴리게 하는 공연을 보고 나서 에지드 강으로 이동한다.

강에서는 형형색색의 배가 많이 항행하고 있었다.

개중에는 꽃으로 치장한 컬러풀한 돛단배도 강에 떠 있다.

돛대 위에서 묘기를 보여주거나, 악단을 태우고 음악 공연을 하는 배도 있다.

물고기를 낚아서 즉석에서 승합선 손님에 파는 사람도 있고, 배 위에서 물고기를 조리하는 사람도 있어서, 식욕을 자극하는 생선구이 냄새가 풍긴다.

케나는 강기슭에서 하는 활 사격 게임에 도전했다.

강물에 뜬 나룻배 세 척에 과녁이 달린 기둥이 두 개씩 서 있는데, 그걸 맞히는 게임이다.

맞힌 횟수에 따라 낚은 물고기를 준다고 한다.

케나는 빌린 활로 여섯 개를 전부 맞혀서 70센티미터나 되는 폰스를 받았다. 폰스란 통통한 메기로, 쪄도 되고 구워도 되는 일반 시민들의 친구다.

운반하기 불편해서 물고기가 든 통을 물과 함께 얼려서 아이템 박스에 수납했다.

오히려 그게 사람들을 더 놀라게 해서, 사라진 것이 공연의 일

종이라고 오해해 돈이 날아왔다. 아이들의 용돈이 된 건 말할 나위도 없다.

"뭔가 축제 효과에 낚인 것 같은데……."

"케나 님이 마법을 조금 보여주면 돈이 잘 벌릴 것 같은데요."

"그만해. 아이들 용돈 수준을 넘어설 게 뻔하니까."

록시느도 똑같은 생각을 했는지 주변 인파를 둘러본다.

루카와 리트는 (말 그대로) 갑자기 날아든 용돈을 어떻게 쓸지 고민하고 있었다.

"그러고 보니 학원에서도 노점을 낸다고 했었죠."

그건 어제 마이마이에게 들었다.

어제 수호자의 탑 이벤트가 끝난 뒤, 뜻 있는 학생들이 긴급히 노점을 준비해서 오늘부터 영업을 시작한다고 한다.

'음식점만 있을 것 같으니까, 어머님도 꼭 오세요.' 라고 말한 마이마이도, 책임자라서 학원에서 지낸다고 한다.

케나는 학원장도 어제오늘 참 고생이 많다고 생각했다.

승합선을 타고 중간섬으로 건너가 학원으로 향한다.

교회는 평소의 설법과 관광지 역할과 함께 구호실도 겸하는 듯하다.

대사제인 스카르고가 없어도 사제가 많으니까 운영하는 데 지장이 없다고 한다.

카타츠의 공방은 축제 동안 문을 닫는다고 한다.

'옛날에는 문을 열었지만, 축제 소리에 부하들이 산만해져서

부상자가 속출하는 바람에 문을 닫기로 했어.' 라며 카타츠가
투덜거렸다.

학원에도 사람이 제법 많았다. 중앙 공간에서 학생들의 자유
발표가 있고, 그 주위를 에워싸듯 노점이 늘어서 있다.

자유 발표로는 검무나 마법 시범 같은 구경거리가 있다.

자유 연구라고 하면 케나도 이해할 수 있지만, 검무 등을 말하
면 구경거리로 느껴진다. 게임에서도 그런 퀘스트는 받은 적이
없고, 배경의 장식 취급이어서, 케나의 감성은 자극하지 않을
것 같다.

노점은 다양해서, 역시 과거에 플레이어가 가져온 것으로 추
정되는 축제의 정석 상품을 내놓았다.

오코노미야키와 야키소바, 사과 사탕과 초코 바나나, 각종 꼬
치구이, 풀빵과 붕어빵 등. 다만 재료의 문제로 이 세계에서 독
자적으로 발전한 것이 많다.

재료가 비싸서 단가가 올라가는 것도 있으니까 평민 아이는 손
댈 수 없는 것도 있다. 초코 바나나가 그렇다. 하나에 은화 4개
나 한다. 귀족용인지 어떤지는 모르겠지만, 모험가라도 좀처럼
손대기 어려울 것이다.

사과 사탕이란 간판이 있지만, 이 세계에는 사과가 없다. 그래
서 먹기 쉬운 다양한 과일에 설탕을 발라서 만든 것을 팔았다.

사탕의 원료인 설탕도 원가가 비싸서 겉에 조금 바른 정도다.

붕어빵은 어째서인지 모양이 폰스여서, 간판에 낚여서 가 봤

더니 낯선 모양을 봐서 당황했다. 그리고 이 세계의 식량 사정은 내용물에도 영향을 미쳤다.

"속은 팥이 아니라 고구마네."

"설탕이 비싸니까요."

그리고 설탕을 그대로 쓰는 물엿은 솜사탕은 가격이 은화 단위였다. 도저히 사 먹을 마음이 안 들었다.

루카와 리트는 케나가 추억에 낚여서 산 것을 둘이서 나눠 먹었다. 야키소바는 한 접시를 넷이서 나눴다.

"이건 야키우동이네."

"면이 좀 굵군요."

"맛있어."

"응."

먹을 때 쓰라고 주는 건 젓가락이나 포크가 아니라 기다란 이 쑤시개다. 진짜 먹기 불편하다. 두 개를 써서 젓가락 대용으로 삼고, 아이들에게는 그걸로 집어서 먹여 준다.

"가쓰오부시 같은 것도 있나 보네."

"소스는 시장에서도 팔지만, 만드는 사람에 따라서 맛이 많이 다른 것 같아요."

먹는 동안 케나와 록시느는 품평회 같은 걸 했다.

아이들은 두 사람의 식욕에 따라가지 못해서 벌써 배가 꽉 찼다.

록시느가 아이들을 화장실에 데려갔을 때, 그것이 나타났다.

"이봐, 너!"

처음에는 자신을 부르는지 몰랐는데, 기척이 황급히 다가오는 바람에 케나도 그 인물을 눈치챘다.

집사를 거느린 10대 후반의 남자다. 눈빛부터 거만해서 케나의 기분이 확 나빠졌다.

사전에 징그러운 시선을 감지했지만, 피해를 안 주면 방치할 예정이었다.

아이들이 보면 교육에 나쁘니까 록시느에게 연락해서 근처에서 떨어지라고 지시한다.

그러고 나서 시끄럽게 구는 인물을 시야에 넣었다. 그리고 후회했다.

대충 입은 헐렁한 셔츠에 금색 선을 넣은 회색 재킷을 입었고, 등에는 빨란 망토를 걸친 10대 후반의 남자다. 눈꼬리가 올라가서 악당 같은 인상이 강하다.

"이봐, 너! 아버님이 말했던 그 모험가지!"

성가신 일이라고 느낀 건, 키가 뒤에 있는 집사를 가리켜 『첫날에 본 사람이군요.』라고 말했기 때문이다.

그 남자는 히죽히죽 웃으며 거만한 태도를 고수한다.

주위에서 수군거리는 소리가 들린다. 종합해 보면 '백작의 아들', '난폭. 공갈.', '부모의 지위만 믿는다' 라는 것밖에 없다.

(전형적인 귀족 도련님인가…….)

『퀘스트의 정석이군요.』

이런 사람은 한 대 치면 잽싸게 도망치겠지만, 지금의 케나가 그랬다간 즉사를 피할 수 없으리라.

나쁜 의미로 사람들 눈에 띄었는지, 주위에는 멀찍이 구경꾼들로 벽이 생겼다.

케나가 잠자코 있자 귀족의 이름에 공포를 느꼈다고 멋대로 해석하고 말을 잇는다.

"아버님께서 원하시는 물건을 내게 바치면 아버님께 잘 말해줄 수도 있다. 어떠냐?"라거나, "그래. 너도 내 여자가 되어라. 아버님도 용모만이라면 인정해 주겠지."라거나, "이봐, 뭐라도 말하지? 내가 이만큼 양보해 주었거늘." 하고 혼자서 흥분하고 있다.

귀족의 양보란 공갈이라고 읽는 게 틀림없다.

대체 어떤 교육을 받으면 이렇게 오만방자한 인격이 형성되는 걸지, 현장을 견학해 보고 싶다. 아이가 이 정도면 부모도 멀쩡할 리 없다고 생각할 수밖에 없다.

(귀찮아. 이걸 어쩔까?)

『상대해 주는 게 어떻습니까?』

(숯덩이가 될 것 같아…….)

『그렇군요.』

지긋지긋해진 케나가 흘려넘기려고 했을 때, 귀족 도련님은 집사 뒤에서 대기 중이던 사람에게 말을 걸었다.

"이봐라. 너희 힘을 이 여자에게 보여줘라!"

""네!""

손에 넣으려는 물건과 사람을, 말이 안 통한다고 해서 해치는 방향으로 가다니, 더더욱 영문을 모르겠다.

더군다나 자기 힘이 아니라 남의 힘으로.

호랑이의 권세를 빌린 여우라니, 부끄럽지도 않을까.

호랑이가 쓰러지기라도 하면 '창피를 주었다'며 펄펄 뛸 게 뻔하니까, 부하들이 불쌍해진다.

귀족 도련님의 명령에 따라서 앞으로 나온 건 갈색 로브를 뒤집어쓴 2인조였다.

두 사람 모두가 자기 키보다 큰 지팡이를 들었다. 조금 구부러진 걸 보면 숲에서 주웠다고 해도 이상하지 않다.

그들이 지팡이를 쥐고 주문을 외우자 바닥에 마법진이 생긴다.

케나의 마법 중에도 마법진을 쓰는 게 있지만, 눈앞에서 전개되는 것보다는 복잡하다.

원에 육망성만 있는 간소한 마법진은 케나도 처음 봤다.

무슨 마법진일까 흥미진진하게 구경했더니 중앙에서 지면이 치솟으며 흙모래가 분출했다.

사람보다 훨씬 큰, 꿈틀거리는 토사가 무언가의 형태를 갖추려고 괴로워하는 것처럼 보이기도 한다.

구경꾼들이 비명을 지르는 걸 보면, 이들은 무슨 마법인지 이미 짐작한 듯하다.

말로 알려주지 않을까 싶어서 귀를 기울여 보는데, 들리는 건

"저걸 쓰다니.", "죽일 작정이야?", "너무해." 같은 말밖에 없다.

그만큼 자주 사용되고, 끔찍한 효과를 부르는 것 같다.

케나가 봐서는 저 꿈틀이가 전혀 위협으로 느껴지지 않으니까, 형태를 알 때까지 기다릴 수밖에 없다.

공격해서 싹 날려 버리는 것도 생각해 봤지만, 위력을 최소한으로 줄여도 다진 고기처럼 되는 게 확정이다.

방관에 전념하고 있을 때, 마법진에서 출현한 꿈틀대는 토사는 5분 정도 걸려서 2미터가 넘는 인간형으로 변모했다.

인간형이라고 할까, 파란색 방수천을 펼쳐서 한 점을 2미터까지 들어 올리면 완성되는 헐렁헐렁한 괴물이다.

【서치】로 확인해 보니 어스 골렘이라고 한다. 바위도 아니냐고 황당할 뿐이다.

레벨은 고작 6. 제대로 상대하는 것도 망설여질 만큼 약하다.

거북이 같은 속도로 느릿느릿 케나에게 다가오는 어스 골렘.

이게 뭘 봐서 너무한지 의문이 생긴다.

하지만 애써 골렘을 보여줬으니까 자신도 보답해야겠지.

【매직 스킬 load : 크리에이트 골렘 Lv. 1】

""""오오오오오?!""""

주위 구경꾼들이 경악인지 공포인지 모를 탄성을 질렀다.

귀족의 도련님이 경악한 표정을 짓고, 마법사 같은 2인조가 벌벌 떨고 있다.

케나가 내던진 돌을 기점으로 땅속에서 크고 작은 돌이 치솟아서서히 결합해 인간 형태를 만든다.

크기는 어스 골렘보다 머리 하나만큼 높고, 헐렁헐렁해서 방어력이 약해 보이는 몸과 비교하면 돌로 된 만큼 튼튼하다.

어스 골렘과는 비교도 안 될 정도로 빨리 완성했다.

돌로 된 인형이 두 팔로 승리 포즈를 취하며 처음으로 소리를 낸다.

"모오!!"

"""말했어어어?!"""

그 자리에 있던 사람들이 화들짝 놀랐다. 실제로 주저앉은 사람도 적지 않다.

화답하는 소리만으로 중간섬 전체가 울릴 만큼 크다.

무슨 일이 생겼다고 느낀 위병이 상황을 보러 오는 것도 당연한 소동이리라. 아직 느릿느릿 움직이는 어스 골렘을 향해, 케나는 록 골렘에게 공격 지시를 내렸다.

까놓고 말해서 록 골렘 110레벨과 어스 골렘 6레벨로는 싸움이 성립하지 않는다. 록 골렘의 주먹 한 방에 어스 골렘이 산산조각 난다.

구경하던 사람들은 입을 벌리고 그 결과를 바라봤다.

귀족의 도련님도 눈은 동그랗게, 입은 네모나게 되었고, 얼굴은 놀란 나머지 새하얘진 듯하다.

마법사 2인조는 ""스, 【스킬】이라니…….""라고 중얼거리고, 지팡이를 손에서 놓쳤다.

록 골렘은 그것만으로 끝내지 않고 성큼성큼 걸어서 넋이 나간 마법사 2인조를 포획했다.

"죽이면 안 돼."라고 케나가 말을 걸자 눈을 번쩍 빛내며 응답한다.

마법사들의 어깨를 잡고 들어서, 투정을 부리는 애처럼 팔을 빙빙 돌리기 시작한다.

엉망진창으로 휘둘리면 누구나 멀미를 느낀다.

토할 것처럼 얼굴이 파래진 마법사가 완성되었다.

구경꾼들은 록 골렘의, 사람과 다름없는 경쾌한 움직임에 입에서 말도 못 꺼내고 경직했다.

이 세계의 골렘은 성능이 너무 나쁘다며, 케나는 한숨밖에 나오지 않는다.

최종적으로 마법사들은 팔을 힘껏 휘두른 골렘에 의해 중간섬 북쪽으로 내던져졌다. 이어서 그걸 멍하니 쳐다보던 귀족 도련님도 똑같은 길을 걷는다.

이러쿵저러쿵 아우성치는 것 같은데, 록 골렘은 명령에 충실하므로 대상의 말을 듣지 않는다. 포물선을 그리며 하늘을 날아 저 멀리 강물에 떨어지는 소리가 났다.

그래도 집사는 록 골렘의 마수를 피했다. 내던져진 도련님을 쫓아갔다.

케나는 조용해진 구경꾼을 보면서 "자, 이걸 어쩐다."라고 독백하고 멍하니 있었다.

아이들과는 합류하고 싶지만, 저 시선에 노출시키는 건 말도 안 된다.

어떻게든 돌파구를 찾고자 생각할 때였다. "이건 무슨 소란이냐!"라고 외치는 소리가 울리고, 구경꾼들이 황급히 움직이기 시작했다.

뿔뿔이 흩어지는 사람들을 헤치고, 기사 몇 명이 나타난다.

케나는 소란이 더 커지기 전에 마력 공급을 차단해서 골렘을 없앴다.

기사 중에서 덩치가 유별나게 큰 인물이 케나를 보더니 황당해하듯 인상을 쓴다.

"넌 일일이 말썽을 안 부리면 직성이 안 풀리는 거냐."

"내가 말썽을 부린 게 아니야. 말썽을 부린 사람이 나한테 시비를 건 거야."

면식이 있는 기사들이 "안녕하세요." 하고 인사했다.

그래서 손을 들어 인사하자 주위 사람들에게 사정을 들은 샤이닝세이버가 더욱 황당해하는 눈으로 봤다.

"넌 귀족하고 다툰 거냐?"

"협박과 강도가 두 번, 아이들 유괴 미수가 한 번이려나. 그건 록시느가 날려 버렸지만."

"흉흉한 메이드는 풀어놓지 마."

"버릇없는 것이 덤벼들면 야성을 해방할 수밖에 없다고 봐. 난 잘못한 거 없어."

"더 심하잖아!"

샤이닝세이버와 불평을 주고받고 있을 때, 루카와 리트를 데리고 록시느가 돌아왔다.

"언니, 괜찮아?"

"무서, 워?"

허리에 찰싹 달라붙는 아이들을 안심시키려는 듯이 머리를 쓰다듬어 준다.

샤이닝세이버를 보는 건 이번이 두 번째이지만, 고개를 들어서 봐야 할 정도로 큰 드래고이드가 호통을 치는 모습은 무섭게 비친 듯, 루카는 눈을 질끈 감았다.

"루카를 괴롭히지 마."

"괴롭힌 적 없어. 너한테 말한 거잖아."

할 말을 해서 만족했는지, 샤이닝세이버가 아이가 무서워하지 않게 거리를 벌렸다.

"일단 이쪽에서 상부에 보고하마. 수호자의 탑을 보유한 데다가 도시를 한 방에 잿더미로 만들 수 있는 인물을 화나게 하는 건 상책이 아니니까."

"의미도 없이 잿더미로 만들진 않아."

"그 말은 의미가 있으면 할 거라는 뜻인데."

"그나저나 귀족은 바보밖에 없어?"

"심각한 건 얼마 없겠지. 너무 문제를 일으키지 말라고. 우리 일이 늘어나니까."

하고 싶은 말은 마지막 한마디 같지만, 샤이닝세이버는 주위에서 치안을 유지하고 있는 기사들을 데리고 떠났다.

저래 보여도 존경받는 부서인 듯, 학생들의 태반은 기사를 동경과 선망 같은 시선으로 보고 있다.

"케나 언니. 어떻게 할 거야?"

주위를 둘러보고 위험이 사라진 것을 확인한 케나에게 리트가 물어본다.

아이들이 지친 표정이어서, 케나는 "집에 갈까?"라고 말했다.

"응. 피곤, 하니까……."

고개를 끄덕끄덕 움직이는 루카를 훌쩍 안은 케나는 록시느에게 말해서 귀가하기로 했다.

리트도 힐끔힐끔 루카를 쳐다봐서, 강을 건넌 다음에 루카를 내려주고 안았다.

"아, 맞다. 소형선 경주를 깜빡했네……."

뒤돌아서 중간섬 쪽을 보지만 그럴싸한 행사는 눈에 띄지 않아서 고개를 갸우뚱한다.

"그거라면 수신님을 코스에 넣는 것이 너무 송구하다며 코스를 변경하고 다음에 치른다고 하던데요."

"수신님……?"

"네. 그 하얀 물고기, 수호자의 탑을 말하는 거겠죠."

하긴 그런 연출을 보여주면 신의 사도로 보여도 이상하지 않으리라.

그렇게 보면 아무도 탑을 건드리지 않을 것 같으니까, 케나로 선 천만다행이다.

"그런 공지가 있었어?"

"네. 저쪽 벽에 있더군요."

전혀 몰랐다며 케나는 깜짝 놀랐다.

품속에 있는 리트는 아리송한 얼굴로 "경주?"라고 중얼거렸다.

"중간섬을 빙 도는 경주가 있다고 들었거든."

"재밌어?"

"글쎄? 도박의 대상이라고 하는데, 마음에 드는 배가 있으면 재밌을지도 몰라."

전돌이를 포함한 아이들의 씩씩한 모습을 못 보는 건 어쩔 수 없다. "다음 기회에 볼까."라고 중얼거리고, 흘러내리려고 하는 리트를 다시 안는다.

두 손으로도 아이들을 다 안을 수 있지만, 눈에 띄고 싶지 않아서 그만뒀다.

케나는 빌린 집에 도착할 때까지 아이들을 교대로 안고 갔다.

제5장

보복과 낚시와 귀로와 대화

탕탕. 빛이 사라진 실내에서 뭔가를 때리는 소리가 난다.

"제기랄……."

도저히 믿기지 않는다는 감정이 밴 목소리도 포함된다.

그리고 다시 탕탕 소리가 이어진다.

짜증을 어디에 풀어야 할지 몰라서 책상을 두드리는 소리다.

"말도 안 돼……."

방의 주인인 남자는 조금 전 믿기지 않는 일이 일어나서 그 지위가 위태로워졌음을 알았다.

소란스러운 평민들의 축제가 끝물에 가까워졌을 즈음, 남자는 갑자기 재상에게 호출받았다.

'서둘러 등성하라'는 전언을 받고, 실례가 되지 않도록 준비를 갖추고 성으로 갔다.

무슨 이야기를 들을지 생각하며 얼굴을 내비쳐 보니 국왕도 동석한 자리에서 규탄당하고 말았다. 불쾌하게도.

죄명은 남자의 아들이 평민에게 위해를 끼쳤다는 것.

그 부하가 국빈에 해당하는 인물의 관계자를 해치는 일에 가담했다는 것.

그리고 폭력 조직과 손을 잡아 명예로운 귀족의 이름을 더럽혔다는 것이다.

물론 그는 '누명이다.', '이건 누군가의 모함이다.' 라는 설을 주장했다.

그러나 남자의 아들이 학원에서 일으킨 협박 소동은 지위가 높은 사람들이 다수 목격했다. 그중에는 왕녀의 증언과 기사단의 항의도 포함되어서, 아들의 혐의를 뒤집을 수 없었다.

그리고 무엇보다도 큰 오산이었던 건, 거짓을 간파하는 마도구인 【말이 없는 눈동자(센스 라이)】가 그 자리에 있었다는 것과 폭력 조직과의 연락책으로 삼고, 증거가 안 남도록 처분했을 터인 심부름꾼 남자가 살아있었다는 사실이다.

온몸에 붕대를 감았지만, 정상적인 질의응답을 통한 심부름꾼의 말을 【센스 라이】가 긍정하면서 귀족인 그의 변명이 부정당했다.

이로써 구차한 변명은 왕과 재상의 귀에 닿지 않고, 그 자리에서 벌이 내려졌다.

내려진 벌은 영지 몰수와 작위 강등이다. 남자의 일족은 한 달 내로 저택을 비우고, 지금보다 더 작은 주거로 옮겨야만 한다.

"어쩌다가 이런 일이."

탕탕거리는 소리와 함께 턱턱 발로 치는 소리가 늘어난다.

짜증이 나서 화풀이하는 횟수도 늘어났다.

그것이 일족의 신념이 뒤집힌 것에 대한 분노인지, 그저 남자의 자존심이 상한 것에 대한 분노인지.

밤이 깊어져 가면서 남자의 집무실에서 탕탕, 텅텅, 쿵쿵 하는 소리가 늘어나, 사용인들은 그 덤터기를 쓰지 않게끔 숨을 죽이고 있었다.

날짜가 다음 날로 넘어가려고 했을 때야 비로소 남자의 분노가 가라앉았다.

한바탕 화풀이한 방은 마물이 습격한 게 아닐지 싶을 정도로 엉망이 되었다.

사나워진 마음을 가라앉히고자 그가 발걸음을 옮긴 곳은 자기 방이다.

마음의 위안을, 비장의 수집품을 보는 것에 맡기려는 것이다.

문을 열기 전부터 마음이 채워진다. 생일 전날에 선물을 기대하는 아이처럼.

그러나 실내에 발을 들인 남자의 마음은 순식간에 얼어붙었다. 선객이 있었기 때문이다.

이 방에는 사용인도 들어오지 않고, 열쇠도 남자만이 가지고 있으니까, 선객은 침입자다.

그 인물은 창가에서 남자의 보물을 손에 들고 저글링하듯 두 손으로 돌리고 있다.

보물이 허공을 날 때마다 남자의 마음은 찢어질 것만 같았다.

거칠게 다루지 마라.

그만둬.

돌려줘.

하지만 남자의 입에서 나온 말은 그 어느 것도 아니었다.

"어째서, 어째서 네가 여기 있지!"

놀라서 보물을 떨어뜨리게 해선 안 된다며 신중하게 다가간 그때였다. 달빛이 침입자의 모습을 비췄다.

그자는 아까 성에서 감동의 재회를 이룬 인물. 부하에게 명령해서 죽인 심부름꾼이었다. 부하는 확실하게 죽였다는 증거로 특징적인 신체 일부를 가져왔다.

그것은 빨간 눈알. 심부름꾼 남자는 여전히 얼굴의 절반을 붕대로 가렸으니까, 눈을 한쪽 잃은 것으로 추정된다.

"어라, 백작님. 아까 보고 또 보는군요. 왜 그렇게 겁에 질린 겁니까?"

입꼬리를 올려서 씩 웃는 심부름꾼에게, 백작은 이상한 느낌이 들었다.

심부름꾼은 더 굽신거리지 않았던가? 더 비굴하고 눈치만 보는 자였을 것이다.

아까 성에서 재회했을 때는 이 남자가 그 심부름꾼이 맞다고 확신할 수 있었다. 하지만 지금은 눈앞에 있는 남자가 그때와 같은 인물로 보이지 않는다.

"크크크. 어색했나? 그 한순간만 오인하게 했다. 이미 끝났지."

그 윤곽이 갑자기 일그러졌다.

심부름꾼의 모습과 모르는 자의 모습이 겹쳐 보인다.

심부름꾼과는 다르게 자신만만한 목소리가 실내를 가득 채우고, 오래된 허물을 벗은 것처럼 안에서 다른 사람이 나타났다.

꽈당, 하는 소리가 났다.

남 일처럼 가까이서 들었으니까, 그것이 자신이 낸 소리인지 눈치채는 게 늦어졌다.

백작은 소파 등받이를 잡고서 엉덩방아를 찧었다.

눈앞에 있는 현실이 허구인 듯한, 손으로 잡을 수 없는 안개인 듯한 감각에 다리에서 힘이 풀린 것이다.

눈앞에 심부름꾼보다 머리 두 개 정도는 더 큰 남자가 서 있다.

옷깃을 목까지 세우고, 온몸을 적갈색 코트로 감쌌다. 보이는 건 머리와 다리 정도.

인간족과 다를 바 없는 머리에는 다소 뾰족한 귀와 특징적인 뿔이 있다. 어두워서 잘 보이지 않지만, 거무스름한 피부를 지닌 종족인 마인족이다.

그것이 흥미를 잃은 감정이 실린 금색 눈으로 백작을 흘겨보고 있다.

쳐다보기만 하는데도 백작은 뼛속부터 얼어붙는 듯한 추위와 떨리는 몸을 참을 수 없었다.

"아, 끄, 억⋯⋯."

심장을 붙잡힌 듯한 통증이 엄습해서 호흡이 가빠진다.

그것이 시선만으로 상대에게 디버프를 거는 【약체 효과】임을 눈치챌 여유도, 백작에게는 없었다.

"자, 국왕이 내린 벌만으로 자네를 용서할 수 없는 건 확실하지."

마인족이 시선을 슬쩍 옮긴 곳에서는 다른 인물이 모습을 드러냈다.

그것을 본 백작이 결코 작지 않은 비명을 지른다.

그것은 새하얀 나무를 인간형으로 만든 것이었다. 목 위는 없고, 가슴 왼쪽에는 새까만 옹이가 있어서 새하얀 해골이 그 자리에 박혀 있었다.

"저 녀석의 재료가 될지. 아니면……."

갑자기 백작의 눈앞에 칼날이 다가왔다.

그것은 칼날 부분만으로 백작의 키를 훌쩍 넘고, 잘 연마된 날이 거울처럼 공포에 질린 백작의 얼굴을 드러내고 있다.

"그 녀석에게 잘게 다져질지."

그 칼을 든 인물은 방 천장이 불편한 것처럼 몸을 숙인, 팔이 여섯 개 달린 파란 드래고이드다.

팔에 각각 들린 무기가 필살의 거리에서 백작을 겨누고 있었다.

"히이이이이이익?!"

공포로 목이 마르고, 공황에 팔다리가 얼어붙는다.

지금 당장에라도 목숨을 구걸하고 싶지만, 공포로 굳은 백작의 몸은 말을 듣지 않는다.

그런데도 눈앞에 있는 마인족은 책상 위에 있던 금화를 줍더니 아무렇지도 않게 사형 선고를 했다.

"동전의 앞뒤로 정하자고."

마치 일상적인 대화인 것처럼 가볍다.

한순간 해골과 파란 드래고이드의 얼굴에 황당한 기색이 드러난다. 하지만 금방 기분 탓인 것처럼 사라졌다.

『싫어싫어싫어싫어싫어싫어싫어싫어싫어싫어싫어싫어싫어싫어싫어싫어싫어싫어싫싫어싫어싫어싫어싫어싫어어싫어싫어.』

말로 나오지 않는 찢어질 듯한 비명만이 백작의 마음속에서 메아리친다.

무정하게도 손톱이 금화를 튕겨서 허공으로 띄운다.

빙글빙글 슬로모션처럼 허공을 도는 금화의 표면에 새겨진 도안이 보이는 감각을 맛본 백작은, 금화가 떨어지자마자 힘껏 절규했다.

그러나 훗날, 저택에 있었던 사용인들은 모두가 아무 소리도 못 들었다고 증언했다.

축제 다음 날.

문득 눈이 떠진 케나는 침대에 자기 혼자 있는 것을 깨달았다.

밤에 자기 전 확인한 루카와 루카와 리트의 온기가 진즉에 사라지고, 깔끔하게 갠 모포가 그 여운만을 남겼다.

"야옹."

침대에 훌쩍 뛰어오른 카스팔루그, 『늦었잖아.』라고 사념을 날렸다.

창밖에 보이는 태양의 위치상, 너무 늦잠을 잔 것 같다.

"의외로 어제 일로 피로가 쌓였던 걸까⋯⋯."

기지개를 쭉 켜고, 장비란에서 한순간에 옷을 갈아입는다.

허리를 돌리고 어깨를 돌리고 하면서 이상이 없는지 확인한다. 문제없다고 판단하고 카스팔루그를 안고 방을 나섰다.

"케나 언니."

"엄, 마."

"안녕히 주무셨나요, 케나 님."

포옥, 빠릿, 하는 효과음이 맞을 정도의 웃는 얼굴로 맞이해 준다.

포옥은 루카와 리트가 케나를 끌어안는 소리. 빠릿은 모든 준비를 완벽하게 끝낸 록시느라 공손히 머리를 숙인 다음의 소리다.

"미안해. 늦잠을 잤어. 다들 아침 먹었어?"

"먹었, 어."

"먹었어. 언니 너무 늦어."

"미안해. 어제 임무가 역시 피곤했나 봐. 시이, 아침 식사 겸점심은 노점에서 찾아볼게. 준비했었어?"

"아니요. 그럴 것 같았습니다. 저녁은 어쩌실 거죠?"

"그것도 밖에서 찾아볼까? 최악의 경우에는 술집에 다 같이 가야지."

"알겠습니다."

축제는 끝났을 테지만, 케나는 수호자의 탑의 상태를 보러 갈 예정이었다. 물론, 루카와 리트와 카스팔루그도 데려간다.

록시느만이 빌린 집의 대청소를 이유로 나중에 합류하겠다고 했다.

"도와주면 더 빨리 끝날까?"

"케나 님, 제 일을 빼앗지 말아 주시겠어요?"

록시느가 눈을 슥 흘기는 바람에 흔쾌히 일을 맡기기로 했다.

"이대로 가면 내일 언저리에 이 집을 비워야 할 것 같으니까, 깨끗하게 하겠습니다."

"응. 미안해. 잘 부탁할게."

아이템 박스에서 청소도구를 척척 꺼내는 록시느의 표정은 벌써 진지하다.

청소 중인 록시느를 방해했다간 무의식중에 욕설이 날아오니까 서둘러서 이탈한다.

카스팔루그를 리트의 머리 위에 올리고, 케나는 큰길 쪽으로 가기로 했다.

"우와……."

"으헤."

"……."

큰길에서는 세 사람이 함께 입을 다물 정도의 참상이 펼쳐져 있었다.

"쓰레기장……."

"응."

"아, 그래. 그만큼 사람이 있고 노점이 서면 이렇게 되겠지."

길가에는 꼬치와 종이봉투 같은 것이 끊임없이 떨어져 있다.

어떤 가게는 앞을 청소했지만, 다른 데는 한없이 너저분하다.

"도시의 어둠을 본 기분이야……."

길가에 있는 쓰레기는 그나마 낫지만, 길 한복판에 있는 쓰레기는 마차가 지나다닐 때마다 허공으로 날아간다.

커다란 봉투를 안고서 쓰레기를 줍는 사람들이 있어서 물어보니 도시 내부의 일을 전문으로 하는 모험가라고 한다. 축제가 끝난 뒤에는 길드에서 쓰레기 줍기 의뢰가 나온다고 한다.

그렇게 해도 도시 전체에서 일손이 부족하니까 쓰레기가 완전히 사라지려면 며칠이 걸린다고 한다. 알려줘서 고맙다고 인사하고 그 자리를 떠난 케나는 사람들 눈에 띄지 않는 뒷골목에서 【바람의 정령】을 셋 소환했다.

"모습을 들키지 않게 조심하면서 바람을 조종해 도시의 쓰레기를 모아."

어린아이의 모습을 한 【바람의 정령】에게 쓰레기를 도시 한쪽에 모아달라고 부탁했다.

그렇게 하면 쓰레기를 줍는 사람들의 수고를 덜 수 있으리라.

즐겁게 춤추는 정령들은 모습을 감추고 시내 곳곳으로 흩어졌다.

회오리바람이 발생해서 쓰레기를 흡수하듯 끌어올리는 건 좋지만, 먹다 남은 꼬치가 날아갈 정도의 바람은 문제가 되지 않을까.

지금은 아직 아무도 눈치채지 않은 듯하다.

길거리가 잠잠해진 탓인지 축제 동안 좀처럼 모습을 드러내지 않던 요정도 케나의 주위에서 날아다니고 있다.

카스팔루그도 처음에 요정을 봤을 때는 놀랐지만, 지금은 머리 위에 앉아도 아랑곳하지 않는 듯하다.

그것이 브레멘 음악대처럼 보여서, 케나는 웃음을 터뜨렸다.

"엄, 마?"

"언니, 왜 그래?"

"하아. 아, 미안해. 조금 재밌는 게 있어서 무심코 웃음이 나왔어."

아이들에게는 요정이 안 보이므로 머리 위가 어떻게 됐는지 모른다. 리트가 머리를 돌리면 위에 있는 새끼 고양이와 요정도 돌아가니까, 케나는 필사적으로 웃음을 참았다.

그것이 아이들의 의문을 더 키운다.

아이들이 해소되지 않는 의문이 쌓여 볼을 부풀리는 상황에 이르러서 자백하게 되었다. 물론 요정의 존재는 언급하지 않고.

"리트의 머리 위에 있는 카스팔루그가 움직일 때마다 흔들리는 게 웃겨서. 리트 잘못이 아니야. 미안해."

"우우우우."

리트는 머리 위에서 카스팔루그를 치우고 루카에게 줬다.

루카도 받은 카스팔루그를 한동안 바라봤지만 입을 꾹 다물고 케나에게 건넸다. 케나도 카스팔루그를 받지만, 그 품에서 몸을 비튼 새끼 고양이가 빠져나간다.

바닥에 내려간 카스팔루그는 몸을 부르르 떨더니 강기슭 쪽으로 타박타박 걷기 시작했다.

"아, 야옹아! 기다려!"

"가, 버렸……어?"

뒤쫓듯이 뛰어가는 리트를 보고, 루카는 걱정스러운 눈치로 케나를 쳐다본다.

"괜찮아, 저 새끼 고양이는 강하니까 걱정하지 않아도 돼."

안심시키듯 루카를 안아 올리고, 케나는 카스팔루그와 요정과 리트의 뒤를 쫓았다.

강기슭에 많은 선창 중 하나에서 카스팔루그를 끌어안은 리트를 발견했다.

그곳으로 후다닥 다가간 루카가 끌어안는다.

"먼저, 가면, 안 돼."

"미안해, 루카."

사과하는 리트가 고개를 들자, 루카의 뒤에서 소금을 뿌려 구운 생선 꼬치를 몇 개 챙긴 케나가 대기하고 있었다. 케나는 "자, 받아."라며 리트에게 그중 하나를 건넸다.

선창의 육지 쪽에는 나무 상자와 통이 놓여 있어서, 그걸 의자로 삼아 아이들을 앉혔다.

한동안 오물오물하는 소리만이 주위를 가득 채운다.

케나가 중간섬 방면으로 눈길을 주자 수호자의 탑은 주위에서 거리를 둔 나룻배에 둘러싸여 있었다. 【매의 눈】 스킬로 배에 탄 사람들을 확인해 보니 대부분 병사였다.

관광객을 많이 태운 갤리선 등이 천천히 근처를 지나가는 것을 험악한 얼굴로 감시하는 듯하다.

괜한 일을 조금 늘렸다며, 케나는 미안한 마음이 든다.

"아."

리트가 낸 소리를 듣고 주위에 눈길을 돌린다. 잠시 먼 곳에 정신이 팔렸다며 반성한다. 일단 키가 근처를 보니까 무슨 일이 있으면 경고를 날릴 것이다.

리트의 시선이 닿는 곳으로 눈길을 주자, 물고기를 꿴 꼬치를 모은 카스팔루그가 그걸 물어뜯어 조각내고 있었다.

케나도 다 먹은 꼬치를 내밀자 그것도 물어뜯는다.

부서진 잔해를 나무 상자 구석에 모으자, 바람이 불어서 쓰레기를 한꺼번에 낚아챘다.

카스팔루그는 정령과도 친한 듯, 코를 위로 들고 한껏 으스대듯 『어때?』라고 자랑하고 있다.

"잘했어."라며 머리를 쓰다듬고 칭찬하자 아이들도 흉내를 내서 "잘했어.", "잘, 했어?"라고 머리와 등을 슥슥 쓰다듬었다.

그때만 분위기가 이상해서 또 웃음이 나올 듯한 느낌이다.

식후 디저트로 아이들이 과일을 먹는 동안, 케나는 사념으로 록시느에게 현재 위치를 알려줬다.

록시느는 아직 시간이 더 걸리는 듯해서, 케나 일행은 먼저 중간섬에 가기로 했다.

선박 운항 금지는 풀렸으므로, 승합선 영업도 다시 시작했다.

다만 승합선이 선 선창에 있던 사람이 기묘한 것을 제안했다.

"애들 요금을 공짜로 해줄게. 물 위를 걸어줄 수 없을까?"

"으엑."

자신이 구경거리가 될 줄은 몰랐는데, 그러고 보니 벌써 그 모습을 자주 보였다는 사실을 깨닫는다.

구경거리가 되는 부끄러움과 동화 6개를 저울질해 보지만, 부끄러움은 마음먹기에 달렸다.

보이는 게 아니라 보여주는 거라고 생각하면 될 일이고. 다만 케나가 그렇게 생각하게 될 때까진 시간이 걸리겠지만.

"음, 알았어. 나는 중간섬까지 배 옆을 걸으면 될까?"

"그래. 그렇게 해주면 좋겠어. 뭐하면 급료를 줄 수도 있어. 여기 요금을 더 받아서 말이지."

주위에서 듣던 손님들도 선장의 말을 듣고 소리 내어 웃는다.

물 위를 걷는 사람이 동반하며 탈 수 있는 배는 선전 효과도 뛰어나리라. 그 인물이 항상 동행하는 건 아니니까 프리미엄이 붙을 것 같다.

"뭐, 내 보수는 동반자를 공짜로 태워주는 걸로 해줘."

"겨우 그걸로 되겠어?"

선장 아저씨가 "더 챙겨줄 수 있는데."라며 물어보지만, 케나도 갑자기 튀어나온 이야기에 너무 집착하진 않는다.

아무튼 급료 이야기는 딱 거절했다.

그리고 손님에게도 케나가 곁에서 걸을 때는 동화 3개를 받는다고 한다. 이건 왕복 요금이니까, 돌아올 때 케나가 동행할지 어떨지는 모른다. 그런데도 괜찮다는 사람만 배에 태웠다.

그렇게 출발한 배 옆에서, 아이들이 가까이서 같이 탔지만, 쳐다보는 시선이 장난 아니게 많다.

걷기 시작한 지 몇 분 만에 케나는 아까 생각을 철회하고 싶은 기분이었다.

중간섬 쪽 선창에 도착해서 선장과 손님 모두에게 고맙다는 말을 들었지만, 인사도 대충 하고 급히 멀어졌다. 비슷한 일을 부탁할 것 같은 사람들이 있었기 때문이다.

"안이하게 뭐든 받아주는 게 아니네."

아무튼 이 서비스는 아까 승합선만 해주기로 마음먹었다.

루카와 리트를 데리고 중간섬 동쪽 끝으로 간다.

사람이 제법 그쪽으로 가고, 그쪽에서 돌아온다.

마침내 평소 대왕고래의 머리가 보이는 곳에 도착했는데, 반원형 공간이 확보된 것 말고는 전부 꽃다발이 쌓여 만들어진 벽으로 에워싸여 있었다.

"우와, 이게 뭐래."

"꽃, 굉장, 해."

"꽃이 한가득 있어."

대왕고래의 코끝이 보이는 부분만 겨우 비어서, 찾아온 사람은 차례차례 거기서 기도한다.

그리고 가져온 꽃다발을 벽에 두고 그 자리를 뒤로했다.

보는 동안에도 벽만 점점 두꺼워지는 것 같다.

기도하지 않는 케나 일행을 수상쩍게 보는 사람도 있어서, 방해되지 않게 자리를 뜨기로 했다.

그 직후에 대왕고래가 물을 뿜어서 기도하러 온 사람들 사이에서 환호성이 일어난다.

뭔가 축복받았다고 생각하는 사람들이 있는 듯하다. 그냥 담수인데.

그 뒤에는 교회에 들러서 화려한 스테인드글라스를 구경한 뒤, 카타츠의 공방으로 향했다.

그 무렵에야 록시느도 겨우 합류했다.

"어땠어?"

"네. 깔끔하게 청소하고 왔습니다. 오늘 출발해도 문제없을 정도예요."

"그래? 고생했어. 그러면 내일쯤 돌아가자. 너희도 괜찮지?"

"응."

"응. 괜찮아."

아이들도 동의했으니까, 내일에라도 에리네에게 인사하고 펠스케이로를 떠나려고 했다.

리트를 마을에서 너무 오래 떨어뜨려 두면 말레르도 걱정할 테니까.

"어무이!"

"안녕, 카타츠."

공방은 영업 중인 것 같지만, 일이 많아서 바쁜 것처럼 보이진 않았다.

종업원이 바닥과 목재 뒤에서 휴식하는 차에 케나 일행이 찾아오자, 카타츠가 후다닥 튀어나왔다.

"요전번엔 목재를 줘서 고마워. 덕분에 좋은 집을 지었어."

"그건 어무이 실력이지 내 덕분이 아니잖아. 그래, 루카. 잘 지냈어?"

"네⋯⋯ 안녕, 하세, 요. 카타, 츠⋯⋯ 오, 빠."

"안녕하세요, 처음 봬요. 리트예요."

카타츠의 근처로 다가온 루카가 고개를 슬쩍 숙이는 정도로 말을 잇고, 그 옆에서 리트가 머리를 꾸벅 숙였다.

록시느는 케나의 등 뒤에서 대기한 채로 인사했다.

"아아, 그쪽은 여관의 어린 아가씨라고 했던가. 나는 어무이의 셋째인 카타츠다. 보다시피 여기 공방에서 배를 만들거나 하지. 잘 부탁해."

팔짱을 끼고 수염을 어루만지며 간단하게 소개하는 카타츠.

루카는 리트와 손을 잡고 "구경, 해도, 돼⋯⋯?"라며 시선을 들어 물어봤다.

"오냐. 상관없지만……. 여기저기 위험한 물건이 널렸으니까 말이지. 목재를 쌓은 데는 가까이 가지 마. 실수로 무너지지 않는다고 보장할 순 없으니까."

"응……."

"네!"

"그렇다면 두 분은 제가 인솔하죠."

어느새 옆에 선 록시느가 말하자 카타츠는 부하 중에서 안내인을 골라 마음 편히 견학시키라고 말해두었다.

만약 붕괴 사고 같은 게 발생해도 카스팔루그와 록시느가 루카와 함께 리트도 지킬 테니까, 케나는 딱히 걱정하지 않았다.

"미안해. 루카가 어려운 부탁을 해서."

"뭘 그런 걸 가지고. 그 정도는 문제없어. 저쪽 누님은 제법 실력이 있는 것 같으니까, 목재가 무너지는 것 정도는 괜찮겠지?"

카타츠의 부하에게 "저게 뭐예요?", "이건 뭐예요?" 하고 리트가 질문(루카는 리트에게 소곤소곤 말하고 있다)하고, 록시느는 그 뒤에서 빈틈없이 감시하고 있었다.

휴식 중이던 다른 종업원들은 흐뭇해하는 얼굴로 그걸 바라보고 있다.

"마을에 지은 집 말인데, 방을 많이 만들었으니까 놀러 와. 마을엔 목욕탕도 지었으니까."

"헤에, 그것참 기대되는데."

"그리고 이것도!"

아이템 박스에서 깨는 통이 쿵 소리를 내고 카타츠의 앞에 놓였다.

희미하게 풍기는 좋은 냄새에 얼굴을 활짝 편 카타츠가 "술인가!" 하고 달려든다.

"마을에선 양조장을 하기로 했으니까, 목재의 보답으로 한 통 줄게. 혼자 다 마셔도 되고, 다른 사람들에게 돌려도 되고. 마음대로 마셔."

"목재의 보답이라니. 요금은 받았을 텐데. 이러면 내가 너무 받는 거 아니야?"

"너도 참 고지식하구나……. 솔직하게 '땡잡았다'는 정도로 받아들여."

"그, 그래. 잘 마실게."

"사카이 상회 경유로 판매할 거니까. 더 마시고 싶으면 다음엔 그쪽에 주문해."

"알았어. 고마워, 어무이."

카타츠는 마음에 드는지 만족스러운 얼굴로 통을 훌쩍 들어 올리고 공방 안쪽으로 가져갔다. 그리고 부하들에게 "이것들아! 어무이한테 좋은 술을 받았으니까, 오늘 밤에 마시자!"라고 말을 걸고 있다.

부하들이 환호성을 질러서 공방이 흔들렸다.

아이들은 그 환호성에 깜짝 놀라서 주위를 두리번거렸다.

"야옹." 하고 소리를 낸 카스팔루그가 리트의 뺨을 핥아서 위험이 없다며 진정시킨다.

왠지 오늘 중에 다 마실 것 같은 예감이 들어서, 케나도 쓴웃음을 지었다.

"이런 게 그날 술을 그날 다 마신다는 걸까?"

"술······?"

한 바퀴 둘러보고 온 듯한 아이들이 돌아와서, 케나가 중얼거리는 말에 아리송한 표정을 짓는다.

신나게 뛰면서 돌아온 카타츠에게 질색하는데, 케나로선 애주가의 마음을 이해할 수 없다.

"술은 마실 수 있을 때 다 마시라는 뜻이야."

"우응. 취한 어른은 별로야······."

"리트는 솔직하구나."

언니 루이네처럼 솔직한 의견을 말하는 리트를 보고, 케나는 웃음을 터뜨렸다.

집이 여관 겸 술집이라면 어른들의 한심한 추태를 지겹게 봤으리라.

주위에서 듣던 공방 종업원 여러분이 가슴을 붙잡고 신음하고 시선을 돌리는 게 인상적이다.

그날은 재개한 조선 작업을 구경하고 싶다고 아이들이 주장해서 해가 저물기 시작할 무렵까지는 공방에서 머물기로 했다.

록시느가 아이들을 돌보겠다고 해서 할 일이 없어진 케나는 중간섬 가장자리에서 낚시하기 시작한다.

낚시도 스킬로, 케나의 경우는 식재료용으로 쓰는 정도였다.

플레이어 중에는 희귀 물고기를 찾거나 모든 어종을 수집하거나 해서 온 힘을 다하는 사람도 많다.

스킬 마스터 동료인 쿠죠에게 부탁받아 특정 물고기를 낚는 짓을 한없이 함께한 적도 드물지 않다.

다른 목적이 있어 방문한 백사장에서 리오테크 등과 즈윕을 낚게 되었을 때는 자신의 친화성에 질렸다.

그때 즈윕을 잡으려고 한 사람은 쿠죠가 아니라 해우 옷을 입은 리오테크였던가.

아주 야단법석을 부리고, 고귀한 희생을 내며 토벌한 즈윕이 설마 소환수로 삼을 수 없을 줄이야. 리오테크가 눈물을 흘리며 아쉬워한 기억이 있다.

무심코 그때를 떠올려서 준비하고, 카타츠가 지적할 때까지 웃으며 작업한 것도 깨달았다.

낚시용 미끼를 만들고, 쿠죠가 참견한 덕분에 낚시 도구도 다 갖췄다.

시장에서 본 물고기는 종류가 풍부하니까 뭘 낚아도 여기 생활이 긴 아들이 먹을 수 있는 물고기를 선별해 주리라.

처음부터 에지드 강 명물 메기(폰스)를 낚아서 보관할 것도 필요함을 실감했다.

시간이 지날수록 공방에서 일하는 사람들의 주목이 케나에게 쏠렸다.

찌를 던지기만 하면 반드시 낚으니까.

카타츠가 신경을 써서 가져온 큰 통이 벌써 두 개나 가득 찼다.

한쪽에는 작은 물고기를 넣었지만, 그쪽은 이미 더 넣지 못할 만큼 찼다.

루카와 리트는 공방 견학보다 물고기에 더 관심을 보인다.

록시느와 함께 통을 들여다보고, 카타츠에게 물고기 조리법을 듣는다.

그리고 다른 한 통에는 폰스 등, 대형 물고기가 몇 마리 헤엄치고 있다.

너무 작은 물고기는 카타츠의 권유도 있고 해서 풀어줬다.

"이제 작은 건 그만 낚아도 될까."

케나는 중간 사이즈용 낚싯대를 집어넣고 대형용 낚싯대로 바꾼다.

"시이, 그쪽 통에서 몇 마리 골라서 잘라줄래?"

"이걸 미끼로 쓰는 거군요. 잠시 기다려 주세요."

본인 전용 식칼과 도마를 꺼낸 록시느는 무작위로 통 안에서 고른 두세 마리를 탁탁 토막 냈다.

"케나 언니. 더 낚을 거야?"

"즐거워진 참이니까. 지루할지도 모르지만, 조금만 기다려 줘."

오랜만에 시작해 봤더니 의외로 신나서, '가족이 먹을 걸 낚으면 돼'에서 '모두가 먹을 걸 낚아야지'가 되고, 지금은 이미 '줄이 끊길 때까지 낚을 거야' 상태가 되었다.

"아, 관두자 관둬! 이래선 일이 안 돼! 어이, 아무나 화로랑 나무 쪼가리 모아와! 그리고 생선 손질할 줄 아는 녀석!"

마구 낚고 있는 케나에게 흥미진진한 나머지 일이 좀처럼 진행되지 않는다고 판단한 카타츠는 부하를 모아서 즉석에서 요리하려는 듯하다.

종업원들은 카타츠의 호령에 따라 곧바로 공방 안에서 장작으로 쓸 수 있는 나무 쪼가리를 긁어모아 불을 피운다.

마도구 화로를 주방에서 가져와 냄비와 프라이팬을 세팅하고, 할 줄 아는 사람이 물고기를 손질하기 시작한다.

업무상 손놀림이 좋은 사람도 많아서, 배를 가르고 내장을 빼내 꼬치에 꽂아서 소금을 뿌려 굽는 사람. 깔끔하게 다듬어서 기름에 튀기기 시작하는 사람도 나타나 주변에 맛있는 냄새가 풍긴다.

록시느는 화로를 빌려서 따로 조리하기 시작했다. 이럴 때도 남들에게 맞추지 않는 듯하다.

너무나도 척척 움직이는 흐름에 따라가지 못한 루카와 리트는 카스팔루그를 안은 채로 우락부락한 남자들의 조직적인 작업을 멍하니 지켜보고 있었다.

"굉장해."

"응. 굉장하네."

"야옹."

대롱대롱 매달린 카스팔루그는 욕심내는 눈으로 물고기 요리에 눈이 고정되었다.

덤으로 주변에서 배를 띄운 어부들도 냄새에 낚여 자신들이 잡은 걸 들고 모여드는 판국이다.

금방 공방 쪽 강기슭에 사람들이 모이고, 모닥불을 여럿 피워 즉석 연회장으로 변했다.

도구를 바꾸자마자 갑자기 걸린 피라루쿠 모양의 3미터급 물고기를 낚아 올리자, 모인 사람들이 환성을 터뜨렸다.

좀처럼 낚이지 않는 물고기로 맛도 좋은 듯, 시장에서도 은화 2개가 넘게 받는다는 고급어라고 한다.

모두는 낚은 사람의 의향에 따라 조리할지 말지를 정한다고 한다. 딱히 집으로 가져갈 마음이 없었던 케나는 "먹어요."라고 말했다.

"케나…… 엄, 마. 여기……."

"어머. 고마워, 루카."

구덩이를 파고 향초찜이 된 물고기 살을 가져온 루카가 입을 아~ 벌린 케나에게 갓 완성된 것을 넣어준다.

"아뜨, 하후, 아흐. 아, 이거 맛있어."

향초로 냄새를 없애고 소금만 친 건데도 살이 부드러워서, 도미와 비슷한 맛이 났다.

케나가 먹으라고 가져온 접시를 다 해치우고 나중에 따로 리트가 챙긴 걸 둘이서 나눠 먹다가 맛있어서 깜짝 놀란다.

그 뒤에서 카타츠가 찾아와 손에 든 컵을 케나에게 내밀었다.

아까 준 맥주통을 따서 모두에게 술을 돌리는 것 같다.

"자, 어무이도 받아. 이만큼 낚으면 이제 충분하잖아. 슬슬 그만하고 연회에 끼는 게 어때?"

"음, 왠지 즐거워져서. 조금만 더 할게."

"더 낚을 셈이야……?"

"그리고 카타츠, 나는 술 안 마셔."

"어?! 이건 어무이가 가져온 거잖아."

"가져왔고, 만들기도 했지만, 술은 안 마셔."

충격받고 굳어 버린 카타츠를 보고 쓴웃음을 짓는다.

아무리 아들이라고 해도 드워프 같은 술고래와 똑같이 취급하진 말아 줬으면 좋겠다.

"엄, 마, 더 …… 먹, 어?"

"그래. 그러면 소금구이를 가져와 줄래?"

"응…….'"

참고로 록시느는 뭘 했냐면 스킬로 소금을 만들거나 하면서 【쿠킹 스킬】로 초밥을 만들었다.

신기한 요리라서 만들자마자 사람들이 노린다. 그러나 록시느가 풍기는 위압감이 엄청나서 아무도 함부로 손대지 못한다.

루카와 리트가 손대는 건 웃으며 지켜보지만, 다른 사람은 손을 뻗으려고 하면 눈을 흘기니까 맥없이 물러난다.

케나는 낚싯대를 한 손에 들고서 루카가 가져온 소금구이를 덥석 물었다.

리트는 몸에 밴 습관 때문인지 급사가 되어서, 요리를 나르거나 술을 따르거나 했다. 노래를 부르거나 피리를 부는 사람까지 나타나, 어째서인지 유랑 음유시인도 껴서 시끌벅적함이 더 커진다.

"갈수록 북적대는데. 이런 일이 자주 있어?"

"없어. 어무이가 오면 뭐랄까…… 소동이 많아지는데."

"미안하네!."

"응……. 즐거, 워."

케나의 서 있는 강기슭으로 자리를 옮긴 카타츠는 나무 상자에 앉아 술을 마시고 있다.

루카는 근처에 있는 큼직한 바위에 앉아 80명 넘게 인원이 불어난 연회를 구경하고 있었다. 무릎 위에는 배가 찬 카스팔루그가 쓰다듬는 손길에 고롱고롱 소리를 내고 있었다.

급사 일에 녹초가 된 리트를 데리고 록시느가 돌아온다.

두 팔에 요리 접시를 여러 개 겹쳐서.

일단 접시째로 공중에 던지고, 아이템 박스에서 탁자를 꺼낸다. 떨어진 접시를 차례차례 받아서 탁자 위에 늘어놓는다.

곡예나 장기 자랑 재주 수준이다. 루카와 리트가 짝짝 박수를 보내자 공손히 머리를 숙인다.

"리트, 고생했어."

"으으. 어느새 일하고 있었어요."

"그건 이미 직업병이야. 어린 아가씨."

"죄송해요, 케나 님. 이쪽까지 챙기지 못해 드릴 말씀이 없습니다."

"필요해지면 부를 거니까 마음대로 하면 되는데."

곁을 떠난 것을 거듭 사죄하는 록시느를, 루카가 머리를 쓰다듬어 달랬다.

여행 이야기로 록시리우스에게 꼴사나운 모습을 알리고 싶지 않다고 한다.

그렇게 일을 못 했나 싶어서 고개를 갸우뚱하는 케나의 옆에서 물속에 잠긴 찌를 보며 리트가 지루한 듯이 중얼거렸다.

"케나 언니, 아직도 하는 거야?"

"응. 한 마리만 더 낚으면 돌아갈까…… 어?"

말을 다 하기도 전에 낚싯대가 확 휜다.

바다에서 대형 물고기를 낚는 특수 낚시다. 뭔가 걸린 듯하다. 모닥불의 빛이 닿지 않는 수면을 낚싯줄이 좌우로 움직이고 있다.

두 손으로 낚싯대를 붙잡은 케나가 "빛!" 하고 명령하자 록시느가【부가 : 백색광】을 낚싯대 끝에 부여했다. 루카의 무릎 위에서 내려온 카스팔루그가 수면을 타박타박 걸어서 찌가 있는 곳을 살펴본다.

추가로 소환된【빛의 정령】의 거대한 민들레 홀씨가 수면 아래를 밝힌다.

그 직후, 흔들리는 커다란 그림자가 수면 아래를 가득 채워서 목격한 케나 일가가 눈을 확 떴다.

"와, 저게 뭐야?"

"무지 크구먼…… . 낚는다고 해도, 여기 넓이로 되겠어?"

근처 강기슭을 슥 훑어본 카타츠는 거기 있는 사람들을 물러나게 한다.

"이봐! 큰 게 걸렸어. 다들 거기서 물러나!"

"아니, 아직 낚을지 어떨지도 모르는데!"

"어무이라면 반드시 낚는다고 믿을게!"

엄지를 척 세우는 아들을 보니 눈빛이 흐려진다.

"지나친 기대는 싫은걸…… ."

아들만이 아니라 연회 중이던 사람들도 소란을 듣고 달려온다. 낚싯대를 세우고 미끼를 문 거물에 고전 중인 케나에게 주목이 쏠린다.

좌우로 흔들리는 낚싯대를 단단히 잡은 케나는 낚아 올리는 걸 그만뒀다.

낚싯줄은 그대로 두고, 잡아당기는 방법을 써서 낚싯대를 잡은 채로 몸을 뒤로 물리기 시작한다.

마침내 체념했는지, 아니면 자포자기한 건지, 낚인 상대가 서서히 강기슭으로 올라왔다.

【빛의 정령】이 밝힌 모습을 본 사람들이 비명을 지르고 강기슭에서 앞다투어 도망치기 시작했다.

록시느도 루카와 리트를 옆구리에 끼고 그 자리에서 떨어진다.

남은 건 맥주를 한 손에 든 카타츠와 낚싯대를 든 케나. 그 아래에서 으르렁대는 카스팔루그밖에 없다.

"이게 뭐야?"

"몬스터네."

몸길이가 9미터쯤 되는 사족보행 악어였다.

짙은 녹색의 오돌토돌한 피부를 지닌 그것은 상어의 머리에 악어의 몸통, 등에는 옆으로 펼쳐지는 가오리 같은 지느러미, 그리고 세로로 얇고 긴 도롱뇽 같은 꼬리가 달린 몬스터였다.

예전의 괴수를 방불케 하는 키메라틱 실루엣을 보고, 케나는 '이거 어딘가의 약탈 포인트에서 나온 게 아닐까?' 하는 의심이 들었다.

육지에 올라온 키메라 악어상어는 턱을 딱딱 울리며 모자를 위협한다.

"아, 그러고 보니 강가 일대에 주의보가 나온 것 같은데."

맥주를 꿀꺽꿀꺽 마시며 지금 막 생각났다는 듯이 태평하게 구는 카타츠에게, 등 뒤에 있는 부하들이 "어르신이 직접 듣고 왔잖았습니까!" 라고 비난하는 목소리가 날아든다.

어머니가 보는 앞에서 자기가 실수한 일로 등 뒤에 대고 소리칠 수도 없어서, 이마에 핏대만 세우는 카타츠.

쓴웃음을 짓고 "워워." 하고 아들을 달랜 케나는 키메라 악어상어를 슬쩍 보고 고개를 갸우뚱했다.

"그나저나 이거, 수호자의 탑보다 전에 나타났다고 하는 그림자의 정체 아닐까?"

그 순간 "크아아아!" 하고 울부짖은 몬스터가 시선을 돌린 케나에게 덤벼들었다.

뒤에 있는 구경꾼들이 숨을 삼키고 "위험해!"라고 외친다.

여자가 갈기갈기 찢기는 참극을 예상하고, 그걸 똑바로 볼 수 없는 사람들이 눈을 감는다.

비명이 울리는 어스름 속, 습격당한 당사자는 허둥대지 않고 땅을 박찼다.

거대한 몸뚱이를 공중에 띄우고 자신들을 덮치려고 하는 키메라 악어상어의 아래로 파고들어 발차기를 날린다.

【웨폰 스킬 : 진각폭파(震脚爆破)】.

퍼엉! 하는 소리가 울리고, 키메라 악어상어의 가슴에서 등으로 큰 구멍이 난다.

한순간에 숨이 끊긴 키메라 악어상어는 케나를 넘어서 그대로 모래톱에 쿵 추락해 움직이지 않았다.

싸한 침묵이 주변에 깔리고, 조심조심 눈치를 보던 구경꾼들이 움직이지 않는 키메라 악어상어를 응시한다.

이윽고 웅성거리던 군중 사이에서 작은 박수가 시작되더니, 금방 큰 갈채가 되어 환호성이 중간섬 일대를 진동시켰다.

그제야 키메라 악어상어에서 푸르스름한 빛이 나더니, 화들짝 놀란 사람들이 주시하는 앞에서 한순간에 빛이 된 몬스터가 소멸했다.

모래톱에 남겨진 건 손바닥만 한 크기의, 작은 정사각형 금속이다.

"역시 약탈 포인트산이었네⋯⋯."

케나는 그걸 주워서 【서치】로 감정한 다음 카타츠에게 던진다.

"어이쿠. 뭐야, 어무이. 갑자기 던지지 마."

"안 쓰니까 줄게."

"아니, 안 쓰고 자시고. 이게 대체 뭔데⋯⋯."

직접 【서치】를 쓴 카타츠가 "푸헙?!" 하고 뿜었다.

금속의 정체는 다마스쿠스강이다. 판타지 금속 중에서 단단할 물질 중 하나다.

아무튼 그쯤에서 연회를 파장하고, 먹고 마시던 사람들과 공방 종업원들이 뒷정리를 시작한다.

그 와중에 어째서인지 연회에 낀 왕도 순찰병에 의해 사라진 몬스터를 목격한 사람들을 대상으로 사정 청취가 이루어졌다.

"놀았네."

"놀았군."

"아, 아니, 무슨 소리야? 이것도 우리의 직무라고. 응."

"얼버무렸네."

"얼버무렸네요."

케나에게 하얀 물고기 소동이 일어나기 전 처음에 신고가 들어온 원인이 아니냐는 말을 들은 병사는 황급히 상사에게 보고하러 갔다. 일일이 강을 건너야 하니까 이런 보고에 시간이 걸리는 것이 펠스케이로의 단점이다.

긴급성이 없으면 수송 잠자리도 못 쓴다고 한다.

"귀찮겠네."

"어무이. 어무이처럼 편리한 스킬이 있는 사람만 있는 게 아니라고."

한숨을 쉬는 케나가, 카타츠는 황당한 기색이다.

결과가 나오려면 적어도 며칠은 걸린다고 해서, 케나는 보수가 나온다면 카타츠에게 주라고 했다.

"다음에 어무이가 올 때까지 보관할게."

"써도 별로 상관없는데."

"무슨 말씀을 하시나요, 케나 님. 돈은 유한해요. 카타츠 님, 꼭 보관해 주시기 바랍니다."

"그, 그래⋯⋯."

무덤덤한 케나를 대신해서 록시느가 카타츠에게 당부했다.

너무나도 진지한 표정과 눈빛이 드러내는 열의 때문에, 카타츠는 고개를 끄덕일 수밖에 없었다나 뭐라나.

"그러면 배가 끊기기 전에 돌아갈까. 루카, 리트, 가자."

"네~."

"네."

록시느가 머리를 꾸벅 숙여 인사하고, 루카가 카스팔루그를 안고 케나에게 뛰어간다. 리트는 소금구이 생선을 몇 개 받고 케나를 뒤따라간다.

"거참, 어무이가 오면 소동만 일어나는군."

카타츠는 케나를 배웅하고 부하들을 걷어차서 뒷정리를 서두르게 했다.

강을 건너자 해가 완전히 저물어 깜깜해졌다.

도시는 아직 축제의 여운이 남은 듯, 끼리끼리 모여서 떠들썩하게 지내는 사람이 많다.

그런 길거리에 아이를 데리고 다니면 아이들을 걱정하는 사람도 있다. 마음씨 착한 사람들이 많지만, 그런 사람은 자주 못 보니까 곤란하다.

태반은 여자들만 있는 걸 알고 술을 따르라고 강요하거나 여자에 굶주린 자들이다.

그런 사람들을 적당히 뿌리치고, 말이 안 통하는 사람에겐 힘의 차이를 보여주며 시내를 걸어간다.

빌린 집에 도착했을 무렵에는, 케나는 정신적으로 지쳐 있었다.

"마지막 관문이네. 귀찮아."

빌린 집 앞에 사람이 몇 명 있는 것을 발견했기 때문이다.

귀걸이에서 여의봉을 꺼내 한 바퀴 돌린다. 다루기 편한 길이로 바꿔서 그 집단을 노려보자 그쪽에서 허둥대는 목소리가 튀어나왔다.

"이, 이봐! 잠깐만! 왜 갑자기 전투태세인 거야?!"

"응?"

"어, 언니, 어제 기사 아저씨야."

리트가 케나의 팔을 붙잡고 말린다.

어둠 속, 눈에 힘을 주고 보니 기사 집단과 이들에게 보호받는 듯한 마이리네가 놀란 얼굴로 서 있었다.

"뭐야. 샤이닝세이버잖아……. 사람 헷갈리게 하긴."

"뭔가 피곤해 보이는데? 뭘 한 거야? 애들을 데리고 이 밤늦게까지."

"이것저것 있었어. 분위기로 봐서는 보고가 들어갔나 보네. 아무튼 들어와. 시이. 피곤할 텐데 미안하지만, 인원에 맞춰서 차를 내줘."

"알겠습니다."

모두를 초대했지만, 집에 들어온 사람은 마이리네와 샤이닝세이버뿐이었다. 나머지 기사들은 집 주위에서 경호한다고 한다.

록시느가 준비하는 사이, 케나는 아이들을 2층으로 데려갔다.

"카스팔루그, 잠깐 부탁할게."

"야옹."

"너희는 먼저 자도 돼."

"네에."

"응……."

아이들은 잠옷으로 갈아입고 모포를 덮어서 케나를 배웅했다.

아래로 내려간 케나는 탁자에 있는 두 사람 앞에 앉는다.

"그래서? 무슨 일인데?"

"분위기가 좋지 않군. 뭘 저지르고 온 거야……."

"주정뱅이 상대는 피곤하다고."

중간섬 소동보다 그쪽이 더 피곤했다.

하품을 참고 기지개를 켜는 케나를 본 마이리네는 조용히 웃고 있었다.

"그렇게 큰일을 쉽게 처리하면서 사람 상대로는 지친다니, 케나 씨는 이상한 분이네요."

그때 록시느가 인원에 맞춰 차를 내놓고, 인사한 다음 자리를 떴다.

모두가 차를 마시고 작은 티타임이 되었을 때, 샤이닝세이버가 이상하게 부푼 가죽 주머니를 내밀었다.

"이게 뭐야?"

"어제 보수야."

"그렇구나."

"어? 그걸로 끝인가요?"

케나는 받은 가죽 주머니의 내용물을 확인하지도 않고 아이템 박스에 수납했다. 너무 무덤덤한 대화를 본 마이리네가 눈을 동 그랗게 떴다.

"주면 받을게. 이런 건 거절했다간 나중이 무서우니까."

"무슨 일이 있었어?"

"그래. 아까 말이지. 증거가 없다고 대답을 질질 끈 기분이 든단 말이지."

중간섬 소동을 설명해 주자 마이리네가 벌떡 일어섰다.

"왜 그래, 마이?"

"병사들의 의식을 고치고 오겠어요. 케나 씨는 은인인데, 증거가 없다는 식으로 그런 짓을 하다니!"

"아니, 괜찮아! 그렇게 심각해질 일도 아니야! 진정하자!"

케나는 황급히 마이리네를 말려서 의자에 도로 앉혔다.

"후, 더 피곤해졌어……."

축 늘어진 케나를 보고, 샤이닝세이버는 배꼽을 잡고 웃었다.

"하하하하! 어때? 휘둘리는 기분을 알겠어?"

"그나저나 왕녀님이 이런 밤늦은 시간에 외출해도 돼?"

"안 되니까 내가 따라온 거잖아. 농담하지 말라고."

"왜 역정을 부리는 거야?"

마이리네를 보니 미안한 기색으로 고개를 끄덕였다.

듣자니 샤이닝세이버나 기사 중 아무나가 보수를 전해주면 끝날 일이었는데, 왕녀가 동행을 청했다고 한다. 그래서 기사가 그렇게 많은 거겠지.

예전의 가출 때도 그랬지만, 보아하니 전돌이만 행동파인 건 아닌 듯하다.

성으로 돌아갈 때는 아침에 불러낸 【바람의 정령】이 돌아왔으니까 따라가게 했다.

마이리네 일행이 성으로 돌아가면 소환이 풀리도록 설정해 둔다.

"잘 가, 마이. 다음에 또 봐."

손을 흔들고 작별하는 케나에게, 마이리네는 우아하게 인사한다.

"샤이닝세이버도, 다음에 또 보자."

"그래. 다음엔 소동을 가져오지 마."

어려운 걸 요구한 샤이닝세이버는 뒤돌아서 손을 흔들었다.

"안녕히 주무세요, 케나 씨."

"응, 마이도 잘 자."

따라왔던 호위 기사들도, 제각기 머리를 숙이거나 손을 흔들어서 소란스러운 밤의 시내로 사라졌다.

"아, 바쁜 휴일이었어."

기지개를 쭉 켜고 하품을 크게 한 케나는 "자자."라고 중얼거리고 침실로 간다.

거기에는 사이좋게 두 사람과 한 마리가 모포를 끌어안고 자는 광경이 있었다.

"어머나."

케나는 두 사람에게 모포를 덮어주고 한복판에 카스팔루그를 둔 다음 "잘 자."하고 말을 걸고 꿈나라로 떠났다.

다음 날엔 아침부터 에리네의 상회로 가서 빌린 집의 열쇠를 반납했다.

빌린 집에 설치한 함정은 전부 해제했다. 록시느도 먼지 한 톨 남기지 않고 청소해서, 빌리기 전보다 깨끗해졌다.

"고맙습니다, 에리네 씨."

"고맙습니다."

"고맙, 습, 니, 다……."

"하하하. 즐겁게 지내신 것 같아서 다행이군요. 축제는 어땠습니까?"

"이것저것 먹을 수 있어서 만족했어요."

"허허허, 눈으로 즐기는 것보다 먹을 게 우선입니까. 역시나 케나 양답군요."

에리네의 옆에선 변장하지 않은 아르무나도 있는데, 남편과의 대화가 끊긴 틈에 점원에게 뭔가 말하고 나무 상자를 세 개 가져오게 했다.

"어, 이건 뭐죠?"

"케나 님이 식재료를 원한다고 들어서, 이쪽에서 엄선했어요. 부디 받아주세요."

"하아, 일일이 챙겨 주셔서 고마워요."

"뭘요. 이 정도는 우리 상회라면 쉬운 일인데요."

케나가 상자를 운반한 점원을 보니 표정이 미묘하게 딱딱했다. 눈 밑에 까맣게 그늘이 진 사람도 있어서, 모두 피로가 짙게 드러났다.

"이만 가볼게요."

케나는 아르무나에게 금화 3개를 줬다. 아르무나는 눈을 깜빡인 다음, 손에 있는 금화를 봤다.

"저기, 이건?"

"대금이에요. 다음엔 돈을 내겠다고 했잖아요."

"어머나. 역습당했네요. 알겠어요. 이건 감사히 받죠. 매번 이용해 주셔서 감사합니다."

안도한 표정을 지은 점원과 아르무나가 물러나자 에리네가 즐거운 투로 말을 걸었다.

"허허, 케나 양. 우리 안사람이 마음에 든 것 같군요."

"제발 살려주세요……."

핼쑥한 얼굴로 케나가 중얼거리자 에리네는 "그러면 다음에 또 뵙죠."라며 머리를 숙였다.

마차는 아이템 박스에서 꺼내서 돌아갈 준비를 다 마쳤다.

이번에는 소란이 커지는 걸 피하려고 말을 한 마리 붙여서 평범한 마차처럼 보일 예정이다.

무식하게 생긴 골렘보다는 낫다며 【서먼 매직】으로 안바르라고 하는 말을 불러냈다. 바다와 육지를 자유자재로 달릴 수 있는 신마다.

"그러면 이만. 에리네 씨, 신세 많이 졌어요."

마차 안에서 머리를 꾸벅꾸벅 숙이는 루카와 손을 흔드는 리트에게 손을 흔들어 준 뒤, 에리네는 케나에게 "다음에 마을에서 또 뵙지요."라고 말했다.

이번에는 아무도 놀라는 일 없이 동문을 빠져나가 안도했다.

"케나 언니. 마차가 좀 이상하지 않아?"

마차 안에서 케나가 느긋하게 있을 때, 바깥 풍경을 보던 리트가 뒤돌아본다.

그건 어쩔 수 없다. 애초에 이 마차는 어느 정도 자기 의지로 자동 주행한다.

안바르에겐 '마차를 끄는 시늉만 해줘.' 라고 말했을 뿐, '끌지 말라' 고는 말하지 않았다.

나설 차례가 없는 걸 불러서 기쁜지 안바르가 달린다. 마차도 달린다. 상승효과로 폭주하는 듯한 속도로 마차가 돌진하고 있다.

"양쪽 다 사람을 치는 짓은 안 하니까, (마차 안의) 안전 대책은 완벽해."

윙크해 보지만, 마차는 평소 내지 않는 속도로 달려서 주위 풍경이 전철 창문으로 보이는 것처럼 흘러간다. 리트의 표정은 어둡다.

케나는 밖으로 얼굴을 내밀고 "안바르, 조금만 천천히 가." 라고 말을 걸어서 마차의 속도를 낮춘다.

그제야 마차의 속도가 말이 걷는 수준으로 안정되었다.

안바르가 조금 불만스러운 기색이어서, 밤에는 마차 끌기에서 해방해 주변에 풀어줄지를 생각했다.

펠스케이로를 떠나 첫 번째로 야영하려고 했을 때다.

진행 방향에서 말에 탄 기사 네 명이 지키는 호화 마차가 다가오는 것을 록시느가 알아차리고, 케나에게 보고했다.

야영지 부근에 댄 마차에서 『무지개 후광』을 배경에 깐 스카르고가 뛰쳐나온다.

케나는 쓴웃음을 짓고 아들을 맞이했다.

"아아, 어머님. 이러한 데서 뵐 줄이야……. 이 스카르고, 신께 감사합니다."

호위 기사들은 혼자서 주접을 떠는 스카르고를 무시하고 야영 준비를 시작했다.

아들의 머리에 꿀밤을 날린 케나는 "기사만 시키지 말고, 너도 도와."라고 지시했다.

어머니의 웃는 얼굴에서 싸한 것을 느낀 스카르고는 벌떡 일어나 뒤돌아서 야영 준비를 도우러 간다.

이마에 손을 짚고 "하아." 하고 한숨을 쉰 케나는 루카와 리트를 불렀다.

"불렀, 어……?"

"왜? 케나 언니."

"저기 기사들에게 같이 저녁을 먹지 않겠냐고 물어봐 줄래?"

"응. 잘할, 게."

"응! 맡겨."

아이들이 손을 잡고 사이좋게 걸어가는 것을 지켜보자, 옆에서 불을 피우고 있던 록시느가 웃었다.

"왜 그래? 시이."

"스카르고 님에겐 안 말하는 거군요?"

"일하지 않는 자는 먹지도 말라 이거야."

"그것참…… 그분은 요리를 할 줄 알까요?"

"대사제가 되기 전의 수행 기간에 요리 경험 정도는 있겠지. 괜찮지 않을까?"

인원수에 맞춰 차를 낸 록시느는 케나와 돌아온 아이들에게 컵을 건넨다.

자기들끼리 해결하려고 했던 기사들은 간절하게 보는 아이의 눈빛을 이기지 못하고 케나의 제안을 받아들였다.

여담으로 엉엉 울면서 "왜 저한텐 말해주지 않는 겁니까?!"라고 불평하러 온 스카르고에게 루카가 "오빠, 놀았, 으니까, 안 돼."라고 눈을 흘기는 바람에 돌이 된 상황은 생략하겠다.

저녁은 케나가 【쿠킹 스킬】을 썼다.

아르무나에게 받은 나무 상자에 든 에지드 강의 큼직한 조개와 채소, 콜트 버드의 고기를 써서 매콤한 수프를 만든다.

냄비에 한가득 만들었는데도 기사들이 뚝딱 비웠다.

'어머님의 요리니까 남기는 게 좋지 않겠습니까.'라고 중얼거리던 못난 아들은 적당히 입을 다물게 했다.

록시느가 모두에게 차를 돌리는 광경도 현실감이 없다.

가도 근처에 있는 샘으로 가서 그릇을 씻고, 케나와 아이들이 돌아오면 짧게나마 가족끼리 화기애애하게 지내는 시간이다.

먼저 케나가 스카르고에 당부해서, 지위와 관계없이 예의를 차리지 않기로 했다.

다만 문관 사용인들은 '동석할 수 없습니다.' 라며 일찍이 자리를 피했다.

기사를 지휘하는 소대장은 말이 잘 통하는 사람 같았다.

시작부터 "스카르고 님, 가능하면 마차 안에서 지나치는 민중에게 별이나 무지개를 날리는 걸 그만둬 주실 수 없습니까? 저희가 다 부끄럽습니다."라고, 불만을 털어놓는 판국이다.

"아, 못난 아들이 바보라서 미안해. 뭐하면 펠스케이로에 복귀할 때까지 밧줄로 묶어도 돼. 내가 허락할게."

"어-머-님."

"왜 우는 거야, 스카르고. 은근 진심이야."

"부정하지 않는 겁니까?!"

소리를 빽 지르는 스카르고를 보고 모닥불을 둘러싼 사람들이 모두 웃는다.

눈물을 펑펑 흘리며 힘없이 몸을 웅크리는 스카르고.

기사들은 그 밖에도 케나가 펠스케이로에 간 목적을 물어봤는데, 숨길 일도 아니어서 솔직하게 이야기했다.

딸을 보러 가는 김에 아이들의 사회 견학이라고 대답했다.

한동안 잡다한 화제로 환담이 이어졌지만, 술도 들어가서 말이 많아진 기사 한 명이 불쑥 꺼낸 말 한마디에 의해 그 자리가 고요해졌다.

"아, 스카르고 님의 아버님은 어떤 분이십니까?"

원래라면 어디서든 이야깃거리가 되어도 이상하지 않은 질문이지만, 전혀 예상하지 못했던 케나는 말문이 막혔다.

동시에 평소엔 입을 다물고 있어도 스킬 효과로 주위를 밝게 하는 스카르고조차 비통한 얼굴로 고개를 푹 숙이는 바람에 침묵이 깔렸다.

말실수한 것을 깨달은 기사가 정신을 번쩍 차리고, 소대장이 쿡 찌르는 바람에 "죄송합니다."라고 머리를 숙인다.

그걸로 이야기가 끝나면 별일 없이 넘어갔을 것이다. 그러나 미묘한 분위기 속에서 아래를 보던 스카르고가 고개를 들어 케나를 바라봤다.

"어머님. 아버님에 관해서는 우리 형제도 애매모호한 이야기만 들었는데, 어떤 분입니까?"

"풉!"

계속되는 위기 상황.

얼렁뚱땅 넘어가려고 했던 화제를 직구로 물어보는 아들 때문에, 케나는 얼어붙었다.

이것만큼은 감정적이 되어서 화염계 최대 상급 마법을 날릴 수도 없다.

엄밀하게 말하자면 스카르고 형제의 아버지는 'VRMMO 리아데일'의 게임 시스템이다.

말해도 이해하지 못하겠지만…….

속으로 패닉에 빠진 케나는 가장 잘 아는 남자를 참고로 앞뒤를 생각하지 않고 설명해 버리고 말았다.

나보다 강했다. 남에게 장난치는 꾀를 잘 부렸다 등등.

말하는 사이 자기혐오에 빠져 점점 어두워진 케나를 보고, '힘든 일이 있었나 보구나' 라고 오해한 모두가 동정하는 낌새를 보였다.

'어머니보다 강했는데 지금은 왜 없는가?' 라는 의문을 언급하지 않은 것이 그나마 다행이리라.

완전히 침울해진 케나를 보고, 그 자리는 파장하게 되었다.

대화의 계기를 제공한 기사는 거듭 머리를 숙였지만, 자업자득인 자기 탓이니까 신경 쓰지 말라고 말해두었다.

야영 중의 경비로는 【불의 정령】과 【번개의 정령】을 불렀다. 스카르고는 기사들이 있으니까 어떻게든 되겠지.

머리를 끌어안고 "아~.", "으으." 하고 신음하는 케나에게, 루카가 덥석 안겨들었다.

"왜, 왜 그러니, 루카?"

"엄, 마, 랑, 잘, 래."

"어? 아, 그래. 그러면 같이 자자."

루카는 처음 만난 뒤로, 이토록 허둥대는 엄마는 처음 봤다고 생각했다.

이제야 엄마의 인간미를 본 것 같아서 안심했다.

"치사해, 루카! 나도 언니랑 잘 거야!"

"아니, 매일 같이 자잖아."

왠지 모르게 쟁탈전이 벌어지는 바람에, 케나가 아이들에게 팔을 베개로 제공하는 걸로 겨우 이야기를 매듭지었다.

록시느가 중재하러 나선 다음, 원만하게 해결된 셈이다.

"이건 내일 무조건 팔이 저리겠는걸……."

추가로 2일 정도 지난 여정의 야영지에서, 이번에는 코랄을 포함한 5인 파티와 마주쳤다.

"안녕, 케나."

"어라? 호위 일 아니었어?"

사카이 상회의 사절을 국경까지 호위하는 의뢰를 받았을 텐데, 그게 끝난 것치고는 너무 이르다.

걱정해서 물어봤는데, 이유는 간단했다.

"그래. 편도 계약이었으니까. 돌아오는 길엔 국경에서 한동안 머문다고 하니까. 우리도 펠스케이로로 돌아갈 참이었고."

"그랬구나. 그러면 같이 저녁이나 먹을래?"

코랄은 케나의 어깨 너머로 이쪽을 지긋이 보는 아이들을 눈치챘다.

그 시선을 따라서 뒤돌아본 케나가 쓴웃음을 짓는다.

"방해되는 거 아니야?"

"다른 사람과의 교류를 기대하는 것 같아. 루카가 사교적이 되어서 다행이야."

이번에는 코랄이 자기 동료들을 뒤돌아보고 "그렇다고 하는데, 어때?"라고 물어본다.

딱히 반대할 이유가 없는 동료들은 괜찮다고 했다.

다시 【쿠킹 스킬】로, 이번에는 빠에야 비슷한 것을 만든다.

코랄을 빼고, 그 동료들은 처음 보는 【스킬】에 눈을 깜빡이며 놀랐다.

사실 루카와 리트가 코랄 일행을 지긋이 본 건 【쿠킹 스킬】로 만든 요리를 먹을 수 있을지도 모른다는 기대가 드러난 것이다.

스카르고 일행과 헤어진 뒤, 어제 저녁밥은 록시느가 조리한 보존용 말린 고기와 채소를 끓인 수프였다.

그 자리에 누군가가 끼면 '손님 접대용 요리'를 먹을 수 있다는 인식이 박힌 듯하다.

물론 그걸 아는 사람은 '어떻게 하면 엄마 요리를 먹을 수 있어?'라는 말을 들은 록시느뿐이지만.

밤도 깊어져서 코랄의 동료가 자신들이 모험에서 체험한 일을 아이들에게 재밌게 이야기해 주고 있다.

코랄과 케나는 모닥불을 둘러싼 동료에게 잠시 양해를 구하고, 마차에서 멀어져 어둠이 펼쳐지는 숲이 한눈에 보이는 곳에 단둘이 있었다.

케나가 비밀리에 할 이야기가 있다는 것을 코랄이 받아들였기 때문이다.

"비밀리에 할 이야기가 뭔데?"

"코랄은 여기 온 뒤로 10년이나 지났지? 그 경험을 봐서 물어
보고 싶은데……."

"갑자기 정색하고 무슨 소리야? 그렇다곤 해도 실력을 숨기고
초심자처럼 위장해서 소심하게 살아왔다고. 게임의 프로에게
대답할 정도의 지식은 없어."

"진지한 이야기인데…… 자."

"오, 미안하군."

미리 만들어 둔 맥주를 담은 컵을 내미는 케나.

이 스킬의 단점은 만들 때마다 대용량 통밖에 작성할 수 없다
는 부분이다.

지난번에 스카르고와 마주쳤을 때 만든 것이 많이 남아서, 여
기서 코랄 일행을 만난 건 좋은 기회였다.

"코랄은 자기 역량으로 대적할 수 없는 적과 마주친 적이 있
어? 요전번 이벤트 몬스터를 빼고."

"음? 어디 보자……. 내가 기억하기론 별로 없는데. 너는 있
어?"

돌아온 질문에 케나는 탄식하고, 지금껏 마주친 고레벨 몬스
터를 나열한다.

새로운 것으론 며칠 전에 낚은 키메라 악어상어와 오거를 이끌
던 검은 엘프, 루카를 거두는 원인을 제공한 유령선 등이다.

하나같이 케나를 기다린 것처럼 딱 좋은 타이밍에 나타났다.

"기다린 것 같다는 건 너무 의식한 거 아니야?"

"뭐, 그런 느낌도 들지만. 문제는 약탈 포인트 몬스터 말고는 대부분 이벤트 몬스터라는 점이야. NPC와 대화해서 발생하는 사건 속에서 이벤트 몬스터가 출현하는 시스템인데, 왜 NPC도 사건도 일어나지 않은 상황에서 이벤트 몬스터가 가동했는지 모르겠어."

케나는 과일주가 든 컵을 내려다보고 담담하게 말했다.

그 분위기만 보면 쌓이고 쌓인 불만을 털어놓는 것 같아서, 고개를 끄덕였다.

이야기를 듣기로, 케나의 평소 생활에서는 코랄과 같은 동향 플레이어를 만나기 어렵다.

안 그래도 모두가 모험가를 생업으로 삼았다. 본거지로 삼은 도시에 간다고 해서 만날 수 있다는 보장은 없다.

집사나 메이드에게 말해 봐도 해결의 실마리를 찾을 수 없다.

실제로 푸념할 상대가 필요했던 거라고, 코랄은 추측했다.

그래도 뭔가 실마리가 생길까 해서, 코랄은 10년 동안 배양한 경험과 지식에서 케나가 바라는 걸 긁어모았다.

"음, 폐도라고 알아?"

"끙…… 놀리는 거구나. 놀리는 거야. 놀리는 거 맞지!"

"앗! 차국을 폐허로 만든 게 너였던가. 깜빡했어."

일기예보로 불리는 운영 메시지가 몬스터의 도시 습격을 예고한다.

예보에 따라서 차국 수도에 출현한 몬스터 대군을 토벌하는 이벤트가 있었다.

그걸 물리치려고 마법 공격 특화의 스페셜리스트, 하이엘프 최대 레벨 보유자 겸 스킬 마스터 특권 장비를 사용하는 케나가 출격했다.

다만 그 이벤트 직전에 일반 공격으로도 건물이 부서지는 시험적인 업데이트가 이루어진 것이 문제의 핵심 원인이었다.

힘을 발휘한 케나가 날린 광범위 마법 【운석 낙하】가 수백 발 떨어진 결과, 차국 수도는 폐허로 변했다.

이후로 차국 수도가 통칭 '폐도'로 불리게 된 것은 게임 시절의 상식이며, 케나의 불명예스러운 별명 【은색 고리의 마녀】가 퍼지는 원인이 되기도 했다.

"뭐, 옛날에 차국이었던 곳 말이지. 여행 도중에 들은 이야기인데, '폐도'란 곳은 펠스케이로와 오우타로퀘스의 사이의 서쪽에 있고, 존재 자체가 3국의 협정으로 은폐 중이라고 하더군."

"뭐? 나라끼리 힘을 합쳐서 숨겨야 할 정도로 위험한 곳이야? 아니면 나라에 이익이 되는 곳이야?"

"그건 모르겠지만. 듣자니 공공연한 비밀 같은 것이라서, 폐도의 존재를 믿는 녀석과 옛날이야기로 여기는 녀석이 반반이라고 하던데."

"사정은 알겠는데, 그게 내가 한 이야기랑 무슨 관계가 있어?"

뜸을 들이는 코랄은 맥주를 단숨에 마시고 빈 컵을 케나에게 내밀더니 "알지?"라며 씩 웃는다.

"그래. 알았어."라고 끄덕인 케나는 일단 그 자리를 벗어나 마차를 돌아서 모닥불 쪽으로 다가간다.

그것만으로 사정을 헤아린 고양이 귀 메이드 록시느가 맥주를 가득 채운 컵을 두 개 건넸다.

"고마워."

"아뇨. 신경 쓰지 마세요."

그리고 다시 원래 위치로 돌아가 코랄에게 컵을 둘 다 넘긴다.

하나를 단숨에 들이킨 코랄은 입이 가벼워졌는지, 옆구리를 찔러 마저 말하라고 보채는 케나에게 아까 하던 이야기를 계속했다.

"나도 옛날이야기로만 아는 건데, '폐도'란 200년 전쯤, 대륙에 삼국이 세워지던 때 신이 남긴 재앙을 봉인한 곳이라고 하더군."

"재앙……?"

"나도 재앙이라고 해서 감이 안 왔는데, 그게 네가 말하는 이벤트 몬스터가 아닐까?"

"오오! 아하!"

"어때? 느낌은 비슷하지?"

"하긴……."

케나는 그제야 지금껏 길게 이어진 코랄의 해설을 확신했다.

하지만 코랄이나 샤이닝세이버, 엑시즈와 쿠올케, 그리고 이름을 미처 듣지 못한 도적 두목이 여기에 있는 이유를 떠올리고 움직임을 멈췄다.

"음? 무슨 문제라도 있어?"

"코랄은 서비스 종료일에 뭘 했어?"

"아, 평범하게 근처에서 즉석 파티를 짜고 잡몹을 잡았지."

"그러면 말이야. 200년 서비스 종료일에는 퀘스트를 시작하고, 이벤트 몬스터가 출현하는 조건을 갖춘 사람이 엄청 많아서, 그게 전부 '폐도'에 봉인된 거라면? 문제는 왜 그게 요즘 들어서 밖으로 나오기 시작했냐는 건데."

"어이, 잠깐만……."

케나가 하려는 말을 이해한 코랄도 식은땀을 줄줄 흘렸다.

'VRMMO 리아데일'은 일곱 나라가 서버별로 있었다.

서버 하나의 최대 수용량은 나라마다 다르지만, 전쟁 이벤트 때는 평균적으로 한 나라에 천 명이 넘게 접속했다는 기록이 있다.

서비스 종료일에는 일주일 전부터 전용 업데이트로 여기저기 꾸몄으며, 도시와 마을에서는 불꽃놀이도 했다.

축제 분위기를 좋아하는 플레이어라면…… 아니, 굳이 말하자면 축제 분위기를 좋아하는 플레이어만 있었던 것 같다.

게임을 접은 사람도 오랜만에 참가했다고 하니까, 어쩌면 게임이 오픈하고 전례를 찾아볼 수 없는 만큼 많은 플레이어가 접속했을 가능성도 있다.

그런 축제 분위기 속에서 게임이 끝날 때까지 평소와 똑같이 열심히 사냥하던 사람은 코랄 말고도 많았을 것이다.

그중 일부가 일반 사냥이 아니라, 마지막이라고 지금껏 한 적이 없는 퀘스트를 시작했다면?

어쩌면 최종 보스와 싸우던 중에 모든 서버가 내려가서, 끝까지 잡지 못했을지도 모른다.

그런 사례가 많다면, 온 대륙에 이벤트 몬스터가 남았을 것이다.

게임과 이 세계가 얼마나 밀접하게 연결되는지는 알 수 없지만, 케나가 맞닥뜨리는 확률과 옛날이야기와 삼국의 협정을 생각하면 그게 가장 확실한 추측 같았다.

"샤이닝세이버라면 나라의 상층부에 있으니까 이 정보를 알지 않을까?"

"네 아들은 어떤데?"

"아무리 그 아이라도 공과 사는 구분할걸. 안 그러면 나라의 3인자라고 할 수 없잖아."

태도는 무게가 없고 인격도 이상하다고 케나가 인식하는 스카르고.

스카르고 자신은 어머니가 나라와 엮이지 않도록 조치하고 있으니까, 본인이 직접 나라의 중대 기밀을 누설하진 않을 것이다.

그렇다고 해서 오우타로퀘스로 가서 여왕 사하라셰드에게 물어볼 수도 없다.

그 언저리의 정보를 확인한다면 국가 권력에 가장 가까운 위치에 있는 케이릭이 적당하리라.

케나는 상인으로서 정보도 상품으로 다루지 않는지 물어봐야겠다고 생각했다.

그리고 엑시즈 일행에게도 의견을 물어볼 필요가 있다고 마음속 메모장에 기록하고, 다음에 만났을 때 코랄과도 정보를 교환하기로 약속한 뒤, 그날 밤은 파장했다.

에필로그

코랄과 헤어지고 다시 이틀 뒤, 케나 일행은 겨우 변경 마을로 돌아올 수 있었다.

마을 입구에 있는 랙스 공무점은 공무점 겸 잡화점으로 영업 중이었다.

루카와 리트는 곧장 마차에서 내려 라템에게 여행 선물을 주러 간다.

겸사겸사 스냐와 인사를 주고받은 케나는 랙스 공무점이 국경에 건설하는 요새의 보급처로서 일반품을 다룬다는 말을 들었다. 당연히 마을 사람들도 이용할 수 있다.

케나는 "오랫동안 수고했어."라며 카스팔루그를 돌려보낸다.

"야옹." 하고 운 카스팔루그는 『아이들 돌보는 건 내게 맡겨.』라는 사념을 남기고 사라졌다.

안바르는 돌려보내기 전에 케나의 뺨에 얼굴을 문댄 다음 히힝거리고 사라졌다.

말레르에게 리트를 바래다주자 무사히 돌아왔다며 기뻐했다. 딸에게 여행 선물을 받고는 더욱 기뻐했다.

케나가 "오래 걸려서 죄송해요."라고 사과하자 끌어안고 등을 탁탁 때렸다.

"네가 신경 쓸 일이 아니야. 다음에 기회가 또 생기면 부탁할지도 모르겠는걸."

케나가 자기 집으로 돌아가자 현관 앞에서 록시리우스가 무릎을 꿇고 바닥에 머리를 조아리고 있었다.

"어, 어어?"

다시 봤지만, 무릎을 꿇고 머리를 조아리고 있었다.

흙이 묻는 것도 아랑곳하지 않는지, 완벽한 자세다.

록시느는 질색하는 얼굴로 머리를 밟을지 말지 고민하고 있다.

"뭘 하는 건가요. 이 바보 고양이가. 드디어 땅바닥에 머리를 안 대면 정서가 불안해지는 병에 걸린 건가요?"

루카는 깜짝 놀라서 케나의 망토에 달라붙었다.

"저기, 록스. 일어나. 무슨 일이 있었어?"

몇 번인가 케나가 불러도 머리를 조아린 채.

가까스로 들리는 음량으로 "죄송합니다죄송합니다죄송합니다죄송합니다죄송합니다죄송합니다죄송합니다죄송합니다." 하고 거듭 사죄하고 있다.

"아니, 진짜 무슨 일이야?"

도중에 폭발한 록시느가 멱살을 잡고 록시리우스를 일으켜 세웠다.

"짜샤아아아아! 주인님이 곤란해하잖……."

분노에 맡긴 노성이 중간에 끊긴다.

멱살을 잡혀서 일어난 록시리우스가 눈물을 줄줄 흘리고 있었기 때문이다.

이러면 아무리 록시느라도 맥이 빠진다.

"아, 어…… 저기……."

"아무튼 집에 들어가자. 시이는 록스를 놔줘."

"그, 그래요……. 네."

흙을 털어서 더러운 걸 닦아내고, 아이를 어르듯 등을 두드리며 록시리우스가 차분해지길 기다린다.

록시리우스의 몸을 청결하게 하는 일은 록시느도 거들었다.

다른 의미로 충격이 큰지, 얄미운 소리도 하는 일 없이 조용히.

루카는 잠시 방으로 피난시키고, 다시 불러낸 카스팔루그를 딸려 보낸다.

불러낸 사람, 아니 고양이는 '당연하지' 라는 듯이 의기양양한 얼굴이었다.

식당 탁자에 가서 겨우 차분해진 록시리우스가 고개를 푹 숙인 걸 보니, 케나도 대체 무슨 일이 있었나 싶어서 불안해진다.

록시느도 차분한 얼굴로 쟁반을 껴안고 옆에 서 있었다.

말이 없는 몇 분이 있고 나서야 록시리우스가 입을 열었다.

"그게……."

"응."

"소, 손님이 와서……."

"응…… 응?"

옆에서 록시느가 어깨를 축 늘어뜨렸다. "

"겨우 손님 가지고 무슨 짓을 하는 거야, 넌!"

"아, 아니, 손님이 누군지는 계약 때문에 말할 수 없는데……."

"어어?!"

발언에 포함된 터무니없는 단어에, 케나는 의자를 박차고 일어섰다.

"계약? 【계약 마법】?!"

【계약 마법】은 NPC에게만 사용할 수 있는 플레이어 전용 마법이다.

그 목적은 약속을 준수하게 하는 것인데, 고약한 플레이어는 다른 사람의 NPC(양자나 길드 홈의 직원 등)를 계약으로 속박해서 납치하곤 한다.

별명은 '노예 마법'이라고 해서, 게임에서도 사람들이 꺼리는 마법 중 하나다.

시전한 플레이어가 효과를 끄거나 계정을 삭제하지 않는 이상 예속 상태가 계속된다.

게임에서는 마법을 통째로 삭제했지만, 불법 프로그램으로 다시 거는 경우가 많았다. 사용자는 한 방에 계정 삭제 및 통보 처분을 받는다.

"하지만 록시리우스는 여기 있으니까. 강제당한 건 손님에 관한 정보뿐이야?"

"네. 집을 보라고 하셨는데, 정말 죄송합니다."

축 늘어진 록시리우스를 보고 인내심이 다 떨어졌는지, 록시느가 화가 머리끝까지 치솟은 얼굴로 쿵쿵 소리를 내며 밖으로 나갔다.

"그래서? 그 손님이 뭘 어쨌는데?"

"아, 네. 편지를 받았습니다."

그리고 록시리우스가 건넨 것은 편지용 규격 봉투다. 이 세계에는 존재할 리가 없는 물건이다.

케나는 얼굴을 굳히고 안에서 접힌 종이를 꺼내서 펼쳤다.

──이름을 붙여라.

거기에는 오직 그 문장만이 적혀 있었다.

특별 단편

왕녀 님의 체험

　나는 마이리네 루스케이로.

　펠스케이로의 첫째 왕녀이자, 다음 대의 왕이 될 자.

　그러기 위한 교육에는 불만이 없고, 좋은 생활을 하는 대가는 국민에게 두 배로 돌려줘야 한다고 생각합니다.

　아버님도 어머님도 자상하시고, 때로는 엄격하시고, 딸로서 사랑해 주신다고 느낍니다.

　아직 개구쟁이인 동생도 종종 걱정해 주니까, 무척 고마워요.

　하지만 그렇기에 뭔가 부족하다고 느끼는 건, 욕심이 많은 걸까요?

　그래서 친구인 론티에게 그런 말을 해버린 걸까요.

　무심코 나온 말이었습니다.

　한 번 내뱉은 말은 도로 담을 수 없다는 걸 잘 이해하면서도.

　어째서인지 그때는 불쑥 튀어나오고 말았습니다.

　"네……? 저기, 전하. 지금 뭐라고 하셨어요?"

　어릴 적부터 알고 지낸 론티는 그 조부인 아가이드 님의 뒤를 이어서 재상이 될 유력 후보라고 합니다. 지금은 간단한 일을 받고 있는데, 같이 상의하며 백성을 위해 해결책을 짜내는 연습이라고 들은 바가 있습니다.

아가이드 님이 말씀하시기론 '가끔 너무 마음을 써서 폭주할 때가 있다'고 합니다. 정말로 결단력이 조금 과격한 분이라고 생각해요. 성 안팎에서 대응을 다르게 해주는 것도 훌륭하다고 봅니다.

"가출을, 해보고, 싶다고요……."

자신의 주변 환경에 불만은 없지만, 아마도 나는 흔히 있는 '이웃집 잔디가 더 파랗게 보인다'는 병에 걸린 것 같습니다.

성에서는 볼 수 없는 다른 사람의 생활도 즐겁지 않을까. 그렇게 생각해 버린 겁니다.

론티에게 혼날 걸 각오하고, 말해 봤습니다.

아마도 나는 친구가 그런 황당무계한 생각에 호통을 쳐주기를 바란 거겠죠.

하지만 론티는 황당해하는 얼굴로 "어쩔 수 없네요."라고 말하더니, 외출 준비를 갖춰 주었습니다.

성을 나설 때도 기사단장을 속여주었고.

하지만 그 변명이 '전하가 참회하고 싶은 일이 있어서 교회에 다녀오겠습니다'인 건 너무하지 않나요?

참회할 정도로 뭔가 심각한 고민이 있다고 여긴 걸까요.

기사단장은 교회까지 호위를 붙여 주었습니다. 하지만 론티, 그건 우리의 가출에 불리하지 않나요?

론티도 참…… 호위하러 온 여기사와도 이미 결탁했었다니. 교회에 도착할 때까지 조마조마했던 제 초조함을 돌려주세요.

"그러면 두 분, 저는 스테인드글라스에 정신이 팔려서 두 분의 행방을 놓쳤다고 하겠습니다."

"그랬다간 당신이 책임져야 하는 문제가 되지 않나요?"

"그래요. 기사단장의 불벼락이 떨어지겠죠."

"당신이 무고한 죄를 뒤집어쓰면 가슴이 아프……."

"하지만 괜찮아요! 그 보상으로 이미 론티 님에게 뇌물을 받았으니까요!"

"?!"

론티, 당신은 "예이~." 하고 기사와 손을 짝 마주칠 때가 아니에요.

대체 어느새 그런 수작을 부린 건가요?

헉. 설마 오늘 담당 시녀들이 제 곁에서 일찍 떠난 것도 당신의 소행인가요?

"자, 가요. 호위할 사람도 찾아야 하니까요."

여행용 복장과 함께 몸을 싹 가릴 수 있는 외투를 걸치고, 우리는 작은 승합선으로 서민 거리로 건너갔습니다.

론티가 아는 모험가는 매일 뭔가 의뢰를 받아서 시내를 이리저리 돌아다닌다고 합니다.

때때로 기사단장에게 듣는, 시내에 새로 생겼다는 관광지도 그분이 만들었다고 하더군요.

대체 뭘 어떻게 하면 개인이 관광지를 만들 수 있는지. 론티의 말을 의심하는 건 아니지만, '그분'이 아니라, '그분들'이 아닐까요?

하지만 그분과의 만남은 의외로 일찍 찾아왔습니다.

모험가 길드로 가는 길에 본인이 먼저 말을 걸어 주었습니다.

저보다 어리게 보이는데, 그 미모는 절세의 미녀라는 말이 어울리는 분이었습니다.

조금 무서울 정도로 단정한 얼굴인데, 론티와 스스럼없이 대화하는 모습은 나이에 걸맞다고 할까요. 아무튼 신기한 분위기가 느껴지는 분이었습니다.

나중에 안 거지만, 저보다 어리지 않고 훨씬 나이가 많은 분이었습니다. 엘프 여러분은 이러니까…….

케나 씨라고 하는, 그 하이엘프 모험가…….

하이엘프는 엘프의 왕족이라고 하는 분들 아닌가요?! 왜 이런 인간들 도시에서 모험가를 하는 건가요!

제 의문도 아랑곳하지 않고, 론티와 케나 씨 사이에서 가출 중의 호위 이야기가 척척 진행됩니다.

보통 협상할 때는 보수 이야기부터 시작하지 않나요?

보수를 받을 수 있을지 어떨지도 모르는데 론티와의 대화만으로 호위를 수락하려는 의도를 모르겠습니다.

가장 이해할 수 없는 건, 일이 있어서 밖에 나가는 겸 우리를 호위하겠다는 발상에 이른 경위를 모르겠습니다.

짐도 거의 없이 야영 이틀? 괜찮니, 론티?

허리춤에 레이피어 같은 검을 찼는데, 강해 보이진 않는데.

더군다나 토벌 대상이 혼 베어라니…….

해치우려면 기사가 두 사람 이상 필요하다고 들었는데.

"론티, 저 사람 괜찮은 거니?"

"뭐어, 실력은 우리 할아버님도 인정했으니까요. 스카르고 대사제님의 친어머니라고 하니까, 문제는 없을 거예요."

스, 스카르고 님의 어머님?!

스카르고 님의 이름이 갑자기 튀어나오는 바람에 동요해서, 론티한테도 밝힌 적이 없는 짝사랑이 들통난 것은 가장 큰 오산이었습니다.

아아아아, 왜 이렇게 돌발 사태에 약한 거야!

온몸이 화끈거려서 허둥대는 동안, 케나 씨가 스카르고 님을 향한 마음을 허가해 주셨는데, 꿈은 아니겠지?

그렇다고 해도 이야기로만 들은 적이 있는 하이엘프란 종족은 신비한 힘이 있구나. 숲의 나무에게 말을 걸면 길이 생긴다니, 엘프 여러분한테도 들은 적이 없는 능력이야.

숲속에서 길이 없는 길을 가게 된 뒤로, 케나 씨는 좌우지간 '파격'이란 말이 잘 어울리는 사람이었습니다.

야영할 때 식사에 【스킬】을 쓰는 것만으로도 놀랐는데.

밤에 경비를 세운다는 이유만으로 저승의 문지기라고 하는 머리 셋 달린 짐승을 아무렇지도 않게 불러내다니.

날카로운 이빨이 난 사나운 머리가 셋, 말과 체격이 비슷한 짐승. 이쪽을 보기만 해도 몸이 저절로 떨립니다. 그런 맹수를 쓰다듬고 친구처럼 말을 걸다니, 믿기지 않아요.

그리고 밤에 숲속을 가르는 굉음과 함께 목욕탕을 만들다니.

왠지 모르게, 케나 씨를 하루 만에 이해한 것 같습니다.

이분의 힘은 너무 방대한 게 아니냐고. 그건 론티도 동의해 주었지만요.

그리고 우리를 무척 신경 써서 지켜주었습니다.

숲속인데도 추위나 굶주림을 느낄 일 없이 지낸 건 케나 씨 덕분입니다.

그리고 겉보기와 다르게 무척 강한 분이었습니다.

혼 베어를 발로 차서 해치우는 건, 아무도 할 수 없어요.

하지만 '안전한 잠자리를 제공할게.'라며 드래곤을 부르는 건 제발 상식을 생각해 주세요. 그야 본 적도, 들은 적도 없는 침구이지만요.

하지만 그렇기에 여행하는 사람들이 얼마나 고생하는지를 알았습니다.

케나 씨가 없었다면 우리는 한 번도 쾌적할 수 없었다는 사실을 실감했습니다.

무력함과 분함을 느끼지 않으려고 어떻게 해야 하는지를 배운 겁니다.

지식을 얻고 기술을 배우면 여행할 수가 있다고.

케나 씨만큼 쾌적할 순 없겠지만, 경험을 쌓으면 다가갈 수 있겠지요.

우선 우리가 할 수 있는 일은, 가도를 정비하는 걸까요.

론티와 상의하고, 이틀 동안 느낀 문제점만 해도 엄청나게 많았습니다.

그걸 하나씩 해결하는 것만으로도 방대한 시간이 필요할지도 모르지만, 의욕이 생깁니다.

돌아오는 길에 우리가 골머리를 앓고 있을 때, 케나 씨가 불길한 예감이 드니까 빨리 돌아가겠다고 했습니다.

서둘러서 돌아간 곳에서는 절망의 화신이 도시를 덮치고 있었습니다.

하지만 비관할 틈도 없이, 케나 씨가 그걸 해치웠습니다.

뭐라고 할까요. 이젠 케나 씨에게 불가능한 일이 없는 게 아닐까요?

성으로 돌아가 아버님과 아가이드 님에게 혼났지만, 우리가 의욕을 보이는 것을 신기하게 여기는 듯했습니다.

"자, 론티. 알겠죠?"

"그래요, 전하. 우선 문제점을 전부 집어낸 다음, 그것에 해결책을 대입하는 거죠."

"그러고 나서 아버님께 제출하고, 실현할 수 있는 것부터 처리해 가요."

스카르고 님의 일도 있지만, 이쪽이 더 급한 일이에요.

무언가 하나라도 실현할 수 있다면, 케나 님의 소감을 듣고 싶네요.

등장인물 소개

WORLD OF LEADALE

Character Data

4

록시리우스

레벨 550. 애칭은 록스.
묘인족 소년.
설정 연령은 16세 정도.

만능형 전위직. 주무기는 검.
성실한 성격이지만, 농담이 잘
통하지 않는 사람.
집사로서 다른 사람을 섬기는
스킬을 나름대로 갖췄지만, 집
안일은 록시느에게 빼앗겼다.
마을에서는 평소 순찰하면서 아
이들에게 읽기, 쓰기, 산수를 가
르쳐주고 있다.

록시느

레벨 550. 애칭은 시이.
묘인족 여성.
설정 연령은 21세 정도.

도적형 후위직. 주무장은 단도
이도류.
남자를 싫어하고 성격이 까탈스
러우며, 독설이 심하다. 록시리
우스와는 사이가 몹시 나쁘다.
현재 하는 일은 집안일과 루카
돌보기. 요리를 위해서라면 마
을 밖에 나가서 재료를 구한다.
두 사람 모두 이름의 유래는
64(*일본어로 로쿠시). 케나의
생일 6월 4일이다.

<::✦ 리아데일의 대지에서 4 ✦::>

후기

안녕하세요. 작가인 Ceez입니다.

오늘은 「리아데일의 대지에서」 4권을 사 주셔서 대단히 감사합니다.

이번에는 인터넷 연재판 본편에서 35화부터 38화 사이의 이야기입니다. 그런데 표지에 등장하는 수호자의 탑이 앞으로 한동안 등장하지 않는다는 것을 깨달았습니다. 그 문제를 해결하고자 신규 에피소드로 수호자의 탑을 투입하게 되었습니다. 그 결과가 인터넷 연재판을 보고 찾아오신 독자님에게 낯선 표지입니다.

그런고로 이번에도 비효율적인 시간 활용 문제가 전면에 부상해서 성탄절도 연말연시도 없는 작업 기간이 되었습니다. 여러모로 생각해서 손대 봤으니까, 그 부분을 눈치채 주시면 좋겠습니다.

인터넷 연재판에서는 여행에 동행하는 게 록시리우스였지만, 서적판에서는 록시느가 된다거나. 두 사람의 쌀쌀맞은 대화가 자연스럽게 싸움으로 발전하는 모습 등을 묘사할 수 있어서 즐거웠습니다.

그리고 샤이닝세이버와 마이리네 왕녀님의 활약입니다. 이 공적 덕분에 마이의 왕위 계승이 탄탄해진다든가. 여전히 오해가 풀리지 않는 샤이닝세이버 약혼자설이라든가.

겨우 등장한 그 사람……이라든가. 다양한 이벤트가 줄줄이 나옵니다.

다음에는 소동과 거북이. 이야기는 인터넷 연재판에서 반환점에 해당하지만, 서적판은 달라질지도 모릅니다.

텐마소 님, 이번에도 예쁜 그림을 그려주셔서 고맙습니다. 표지가 설마 했던 세피아색. 그냥 아름다워……. 그리고 이번에도 민폐를 많이 끼친 담당 편집자님, 관계자 여러분께 큰 감사를. 만화판을 담당해 주시는 츠키미 다시오 님. 동시 출간 축하합니다. 출판에 기여해 주신 여러분에게도 큰 감사를 바칩니다. 감사합니다.

Ceez

텐마소입니다.
이 후기에 넣는 그림을
너무나도 멋진 인물원의 풍경으로 할지 말지 고민했습니다.

마지막 이성으로 관뒀습니다.
관두길 잘했다고 생각합니다.
하지만 기회가 생기면 그려보고 싶네요!

리아데일의 대지에서 4

2024년 05월 15일 제1판 인쇄
2024년 05월 22일 제1판 발행

지음 Ceez | **일러스트** 텐마소

옮김 정대식

발행 영상출판미디어(주)
등록번호 제 2002-000003호
주소 07551 서울특별시 강서구 양천로 570 NH서울타워 19층
대표전화 02-2013-5665

ISBN 979-11-380-4623-7
ISBN 979-11-6524-096-7 (세트)

RIADEIRU NO DAICHI NITE Vol. 4
©Ceez 2020
First published in Japan in 2020 by KADOKAWA CORPORATION, Tokyo.
Korean translation rights arranged with KADOKAWA CORPORATION, Tokyo.

구매 시 파손된 도서는 구매처에서 교환하실 수 있습니다.
기타 불편사항, 문의사항이 있으신 독자님께서는 노블엔진 홈페이지
[http://novelengine.com] 에서 Q&A 게시판을 이용해 주시기 바랍니다.

고생한 끝에 낙이 온다?! '건강한 몸'을 얻어서 여유롭게 땅을 갈고
농사를 짓는 이색 슬로 라이프 스토리, 스타트!

이세계 유유자적 농가

1~8

투병 끝에 젊은 나이로 세상을 떠난 청년.
신의 자비로 '건강한 몸'을 받아서 전이한 이세계에서, '만능농기구' 하나로
생전에 꿈만 꿨던 농사일을 시작하는데——
자유롭게 개척하는 대지, 개척한 농지로 하나둘 모여드는 새 가족들.
느긋하고 즐거운 삶이 여기에 있다!
게임 시나리오 라이터가 전하는
슬로 라이프×이세계 농업 판타지, 여기에 개막!

ⓒKinosuke Naito
Illustration : Yasumo
KADOKAWA CORPORATION

나이토 키노스케 지음 / 야스모 일러스트

영상출판
미디어㈜